여러분 안녕하십니까 송해올시다
노래하는 인생은 즐거운 인생이오
움직이는 인생은 건강한 인생이지요.

송해 1927

송해·이기남 지음

사람의집

프롤로그

여러분, 안녕하세요. 송해입니다.

깊어 가는 가을에 제가 「송해 1927」이라는 영화 한 편을
세상에 내놓게 되었습니다. 사람과 인연을 맺는다는 일이 참
어렵기 마련인데, 이 영화를 만든 제작진과는 촬영을 하면서 그
인연이 더욱더 깊어졌어요.

영화를 만든 모든 스태프와 함께 제 영화를 처음 봤던 날이
떠오릅니다. 시사회에서 영화를 보고 나니, 열과 성의를
다했는데도 너무 부족한 것만 같았습니다. 제가 살아온 세월을
새삼 반성하기도 했지요. 제게 주어진 시간이 얼마나 있을지
몰라도 더 열심히 노력하리라 생각했습니다.

그리고 어려운 여건에서도 각자 맡은 일을 열심히 해준 우리
제작진, 연출과 촬영 그리고 조명 등 모든 곳에서 자기 일처럼
세세하게 챙겨 준 여러분께 뭐라고 감사의 말씀을 드려야 할지
모르겠습니다. 아흔다섯을 살고도 여전히 부족하고 배울 점이

많다는 것을 알았어요. 저와 인연을 맺어 주어서 참 고마워요.

처음 영화 출연에 관한 제안이 왔을 때는 많이 망설였습니다. 내가 여기서 보여 줄 게 뭐가 더 있으려나 싶었어요. 4개월가량을 고민하다가 호랑이도 죽으면 가죽을 남긴다는데 나도 내 발자취를 남겨 보고 싶다고 생각하여 이렇게 영화를 찍게 된 것입니다.

한번은 우리 집에서 촬영을 하는데, 감독님이 〈여기 창문가에 서주십시오〉 하고는 아무 말이 없는 거예요. 이 장면에서는 어떻게 어떤 감정을 잡아 달라는 말 한마디가 없어서 속으로 애를 태웠는데, 막상 창문가에 서서는 〈아, 그냥 내 마음대로 하면 되나 보다〉 하고 편하게 찍었습니다.

그런 순간과 저의 일상 그리고 제가 마음속에 담고 있는 소중한 것들을 이 책에 풀어 보았습니다. 그저 즐겁게 봐주십시오. 항상 건강하시기를 바랍니다. 그럼 또 만나요!

2021년 10월, 송해

차례

프롤로그   5

첫 번째 인터뷰   9
2019년 11월 20일 송해 × 윤재호(『송해 1927』 감독)

두 번째 인터뷰   73
2020년 1월 7일 방일수, 원일(희극인) × 이기남(『송해 1927』 PD)

세 번째 인터뷰   99
2020년 1월 7일 엄영수, 김학래(희극인) × 이기남

네 번째 인터뷰   125
2020년 5월 25일 송해 × 윤재호

다섯 번째 인터뷰   153
2020년 6월 11일 송숙연(송해의 둘째 딸) × 윤재호

여섯 번째 인터뷰   183
2020년 7월 7일 양정우(송해의 손자) × 윤재호

일곱 번째 인터뷰   201
2020년 8월 18일 송해 × 윤재호, 이기남

여덟 번째 인터뷰   227
2020년 11월 25일 신재동(「전국노래자랑」 악단장) × 윤재호

「송해 1927」의 뒷이야기   255

「송해 1927」에서 만난 사람들   289

에필로그   305

첫 번째 인터뷰
2019년 11월 20일

송해 × 윤재호(「송해 1927」 감독)

    윤재호 안녕하세요, 선생님!

송해 네, 안녕하세요.

    윤재호 자기소개를 부탁드립니다.

송해 제 이름은 송해이고, 고향은 저 황해도 재령이라는 곳입니다. 1927년 4월 27일에 태어났습니다.

    윤재호 그때는 어떤 시절이었나요?

송해 그땐 아주 심각했던 일제 강점기였죠. 제 기억으로는 뭐, 부엌에 있는 놋숟가락이라든가 놋젓가락이라든가 심지어는 신던 고무신까지도 공출로 가져가는 그런 심각한 시절이었습니다.

    윤재호 일본 제국주의 치하를 겪으셨는데 어떠한 기억이 남아 있는지요?

송해 어린 시절이니까 아무래도 세상 파악을 못 하고 그 깊이도

제 이름은 송해이고,
고향은 저 황해도
재령이라는 곳입니다.
1927년 4월 27일에
태어났습니다.

몰랐지요. 하지만 어른들 사시는 모습이나 또 주위 분위기도 그렇고, 소학교 오가고 할 때 즈음 되니까 분위기가 심상치 않은 것을 알게 되고……. 어른들이 일제에 관해 수군거리는 얘기도 조금 들었던 기억이 납니다. 일제 강점기 때 제가 학교를 제대로 못 다녔어요. 또 우리 아버지께서 소상인이어서 여기저기로 이사를 많이 했고 그래서 학교를 건너뛰는, 요샛말로 결석을 밥 먹듯이 했는데 그냥 학교 가면 가나 보다, 못 가면 못 가나 보다, 안 가면 안 가나 보다 이래서 제가 소학교를 굉장히 늦게 나왔습니다. 남보다 한 2~3년 늦어서 그저 갈팡질팡했던 생각이 나요.

윤재호 어릴 적 꿈은 무엇이었어요?

송해 글쎄요. 나중에 저를 만난 사람들이 〈너는 이거 하려고 태어났나 보다〉 그러는데, 사실 친구들하고 골목에 우르르 몰려다니는 아이였어요. 요새 흔히 얘기하는 골목대장 같은 건데 그냥 친구들 앞에 서서 〈야, 어른들께 인사 잘하자!〉 이런 거를 앞장서서 한 것 같고……. 그때부터 제가 친구들하고 동요나 민요를 자주 부르곤 했어요. 저녁 늦은 시간까지도 노래를 부른 기억이 납니다.

윤재호 어떤 노래인가요?

송해 모두 어린이 노래들이었지요. 윤극영 선생이 일제 강점기 시절에 만든 〈푸른 하늘 은하수 하얀 쪽배엔 계수나무 한 나무 토끼 한 마리〉 같은 동요였습니다. 소학교에서 띄엄띄엄 배울 때는 가사도 생각이 나지만 일단 뭐, 어린 시절에는 그저 한다는 노래가 〈까치 까치 설날은 어저께고요, 우리 우리 설날은 오늘이래요〉

아니면 〈산토끼 토끼야 어디로 가느냐, 깡충 깡충 뛰면서 어디를 가느냐〉 이러면서 친구들 앞에서 부르거나 재밌는 동작을 잘하고 그랬던 것 같습니다. 그리고 〈따따따 따따따 주먹손으로 따따따 따따따 나팔 붑니다〉 이러면서 부모님께 재롱을 부리고 맛있는 것도 얻어먹고 그랬던 기억이 납니다.

윤재호 그때 가족들은요?

송해 제 위로 형이 하나 있었고 어머니와 아버지가 계셨습니다. 저희 형제가 조금 나이 터울이 있어요. 나중에 어른들 말씀을 들어 보면 형 두고 그다음에 아기를 하나둘 실패하고 또 제가 있고 그다음에 또 그렇게 되고……. 둘 잃어버리고 하나 있고, 또 둘 잃어버리고 하나 있고. 제 아래로 누이동생이 하나 있었는데 저하고 좀 나이 차이가 있어요. 그때는 생활이 어려웠기 때문에 바짝바짝 나이 터울이 없이 낳았다고 할까, 그리고 실패들을 많이 한 것 같습니다.

윤재호 혹시 6.25 전쟁에 대한 기억이 있으세요?

송해 아무래도 6.25 전쟁은 제가 좀 커서 났고, 같은 민족이 싸운 전쟁이기에 기억이 나지만 당시는 이게 무슨 일인지 어떤 상황인지 깨닫지 못했습니다. 다만 아, 전쟁이 터졌구나, 하면서 피난 갔던 기억은 나지요.

윤재호 그때는 나이가 몇이었죠?

송해 6.25 전쟁이 터졌을 때는 스물넷이었습니다. 전쟁의 소용돌이 속에 있을 때는 완전하게 누가 우리 편이고 누가 남의 편인지, 이런 것도 처음에는 인식을 못 했어요. 북녘과의 관계나 남한과의 관계,

이런 것도 다 파악을 못 할 때였지요.

윤재호 언제쯤 남한으로 오게 됐나요?

송해 해주음악전문학교[1]에 다니다가 피난길에 올랐죠. 피난길에 오르기 전까지는 친구들끼리 만나서 이제 어떻게 되는 거냐, 동족끼리 싸움이 났다는데, 하고 서로 생각도 나누고 그랬어요…….
그런데 저희는 그 혼란기에 징병을 피해서 집을 나왔다가 들어가고 또 나오고 그런 걸 여러 차례 했습니다. 저희 고향에 구월산이라고 하는 명산이 있습니다. 6.25 전쟁 때 본거지로 산이 굉장히 깊습니다. 거기에 인민군, 그러니까 퇴각하다 남은, 그때 얘기로 패잔병이지요. 그 사람들 한 2~3천 명이 산에 들어가서 식량이 떨어지면 저녁에 노을이 질 때 꽹과리를 두드리고 북을 치고 호적을 불고 이런 소리를 내면서 마을로 내려오기도 했어요. 그러면 마을 사람들이 잠깐 피했다가 다시 들어왔는데, 말하자면 피난이었지요. 아무래도 젊은 시절이니 그들을 굉장히 두려워했어요. 그렇게 징집을 피하려고 나왔다가 인편으로 한 2~3일 뒤에 소식이 있으면 또 들어가고, 그런 걸 서너 차례 했습니다. 그러고 네 번째쯤 되어서 이제는 완전히 도로 들어갈 길이 없게 됐지요. 그때가 1950년 12월 3일이었을 겁니다.

윤재호 6.25 전쟁 중에 최종 결정을 한 건가요?

송해 저희가 마음을 결정한 것보다도 네 번째 우리가 나왔다가 다시 들어가려는데 결국 인민군이 사격하고 패잔병들이 다시

---

1   북한 최초의 음악 전문 학교로 1946년 1월에 설립하였다. 3년제로 성악과, 기악과, 작곡과로 나뉘었고 1948년까지 그 재학생 수가 1백여 명이 넘는 규모였다.

나오면서 우리가 밀렸지요. 도망을 쳐서 합류한 길이 남한으로
내려가는 피난길이었습니다. 고향인 재령의 아주 험준한 산을
넘어서 해주 주변으로 빠져나왔는데 그해가 눈이 제일 많이 왔다고
그랬어요. 눈이…… 삼십 몇 년 만에 눈이 많이 왔다고. 그래서 앞
사람하고 둘이 허리에 서로 줄을 매고 걸었지요. 눈에 빠지면 한
길이 넘으니까 골짜기에서 실종된 친구도 하나둘 있었던 기억이
납니다. 그렇게 눈이 많이 내리는데 뒤에서는 총을 쏘니까
사선이지요, 사선……. 총소리가 막 나면 숨어야 하니까 눈 속에
파묻혀도 있고. 폭격으로 철로가 무너지기도 했는데 제가 그 위를
올라가다가 뒤에서 기관총을 쏘니까 아래로 떨어지면서 그 철길에
삐죽삐죽 난 철근을 잡았어요, 철근을……. 거기에 한참 버티고
매달려서 다리 틈새에 숨었다가 결국 총소리가 그치고 나서 다시
피난길에 올랐죠.

　　　근데 그때는 이게 전쟁이 난 건지 무슨 난리인지 모르고 다만
이렇게 됐을 때는 남쪽으로 내려가야 산다, 그런 얘기를
친구들하고 많이 주고받은 것 같아요. 사선을 헤치고 해주에
오니까 이미 시내에는 조선 민주주의 인민 공화국의 국기가
펄럭이던 기억도 납니다. 거기를 피해서 바닷가로 갔는데 나룻배가
하나 있었어요. 임시로 명을 받아 나왔던 사람 말로는 군수 같은
높은 사람들이 피난 가려고 만들어 놨던 배라고 그래요. 그래서
그런지 나룻배를 타니까 갑판에 쌀가마가 쫙 둘러 놓여 있고
옷가지도 쌓아 놓았어요. 그걸 우리 7, 8명이 타고 흘러 내려와
연평도로 왔지요. 연평도 바닷가에서 출렁거리는 파도와
밀치락달치락하다 보니까 아주 집채 같은 배가 떠 있어요. 그게
유엔군이 벌써 정보를 듣고 피난 배가 어디서부터 어디까지 오는

데 며칠 걸리고 여기까지 내려오는 게 어느 정도 되겠다 하는 걸 알아서 배를 댔던가 봐요. 나중에 알고 보니 피난민을 수송하기 위한 상륙함 LST였습니다. 그것도 지금 기억하는 게 뭐냐면, 선수 쪽을 보니까 피난민을 유도하는 군인들이 그물망을 난간에서부터 쭉 내려놨어요. 그리고 몇 사람이 그걸 타고 올라가는 게 보여서 아, 이게 피난 나가는 사람들을 구제하려고 온 배구나, 하고 타는데 들어맞았습니다.

그 상륙함을 타고 거기서부터 한 3일 동안 방향도 모른 채 그냥 바다 위에 떠서 부산까지 왔지요. 3일간 배가 너무 고픈데 그 배에서도 그렇게 많은 사람을 수용할 줄 몰랐는지 식량이 없었어요. 그때 안남미라고 있습니다! 입으로 불면 막 날아가는 거. 그 안남미가 배에 있었어요. 저는 그걸 싫어했는데 그냥은 못 먹겠고 해서 물로 끓여 밥 짓듯이 한번 해보자, 하고 화물선이니까 배 측면에 있는 송판 조각들, 그걸 그냥 힘을 다해서 한 조각 한 조각 뽑았지요. 그리고 군인들이 먹고 버린 깡통에 줄이나 옷으로 허리띠처럼 쭉 매 가지고 그걸 내려 보내서 바닷물을 끌어 올려다가 안남미를 넣고 나무 뜯은 거로 불을 넣으니까 막 끓었지만 그냥 소금을 먹네, 소금을! 근데 참 이 소금이 정말로 음식 중에 제일 맛있고 또 인류 생활에 없어서는 안 되는, 제일가는 조미료라고 살아가면서 알게 되잖아요. 그때 제가 진짜 소금 맛을 알게 되었죠. 소금 먹고 물 먹으면서 왔다고 해도 과언이 아닙니다. 그래도 부산에 도착했어요. 배에서 내려서도 여기가 어디인지 누가 설명해 주는 사람도 없고……. 그 배가 사람들 내리는 부두가 아니라 화물 부두였으니까요. 나중에야 좀 알아봤지만 거기까지 오는 동안은 세상이 어떻게 된 것인지도 모르고 그냥 왔지요.

그때가 그해 12월 하순경이었습니다.

제 본명이 송복희인데, 상륙함에 실려 어디로 가는지도 모르고 망망대해를 헤맬 때 제 이름을 다시 지었습니다. 바다 해 자를 따와서 송해(宋海)라고요. 이 이름이 주민등록상 본명이 되었죠.

윤재호 도착하고 나서 처음으로 한 게 뭔가요?

송해 배에서 내리니까 앞 사람 손을 꼭 쥐세요, 해요. 그렇게 일반인들 막 다니는 길을 줄 서서 왔어요. 선창 어딘가에 도착했는데, 창고야 창고. 예전에 그런 창고는 벽을 함석으로 많이 했잖아요. 함석이 바람에 떨어져서 쟁쟁 소리가 나는 데로 들어갔지요. 나중에 보니까 마구간이야, 말 창고. 말 여물들 넣고 이런 데에서 정착했어요. 그게 아마 임시 수용소이자 훈련소로 청년들을 모아 놓는 곳인데 거기에 우리를 내려놓은 것 같아요. 바깥 구경도 하지 못하고 거기서 훈련을 받았지요. 며칠 지나니까 사격 연습도 하고…… 나중에 보니 훈련소였어요. 한번은 옆에 있던 사람이 하루 자고 나면 없어지고, 또 없어져서 가만히 분석해 보고 얘기도 들어 보니까 말하자면 총알받이라는 얘기도 있습니다만, 그냥 나가서 사라지는 거예요. 사람만 모이면 나가는데 참 불행하게도 그분들은 이 세상에 안 계실 거라고 생각해요. 거기서 우리가 운이 좋았든지 어떻게든 남았죠.

그러고 한 2주 지났을까 그래요. 하루는 훈련장에 가서 훈련하는 걸 보는데 거기가 부산에 있는 어떤 국민학교 운동장이었어요. 거기에 통신병들이 훈련하는 모습을 보여 주는 거예요. 저쪽에서 송신하면 여기서 받아서 통신하고 마이크 대고

뭐라고 하고. 그때 그런 걸 본 적도 없었지만 야, 거참, 저런 기술이
다 있네, 했어요. 그랬는데 우리를 쫙 세워 놓더니 학교 못 간 사람,
학교 간 사람, 중학교 출신, 고등중학교 출신 다 나누어 놓더니
자기가 희망하는 사람은 원하는 학교로 가는 거예요. 우리가 한
6, 7명 남았었는데, 〈이건 지금 군에서 하는 통신인데 이 통신을
배우고자 하는 사람 손들어!〉 그래서 우리가 다 같이 손을
들었어요. 그렇게 차출되어서 통신 학교로 갔지요. 육군 통신
학교로. 근데 운이 굉장히 좋았던 것 같아요. 일선에 나가서 그냥
마주 대고 총도 쏴보고 그랬죠. 게다가 나중에 특수 부대로
배치되어 경제적으로도 혜택을 얻으면서 교육도 받기 시작했지요.

　　통신병 때는 내가 살기 위해 뭐든지 하나라도 잘해야겠다는
생각밖에 없어서 엄격한 훈련과 심한 매질도 견뎠습니다. 그때
1분에 120자 이상의 모스 부호를 날릴 수 있어야 합격하는
〈766 고속도 통신사〉 시험이라는 게 있었는데, 선임병에게 매 맞는
것이 무서워 화장실에 숨어 밤새도록 모스 부호를 외워서 결국
붙었습니다. 아직도 기억이 나는 게, 1953년 7월 27일에
6.25 전쟁이 드디어 휴전 협정을 체결했는데 이때 휴전 협정 모스
암호를 전군에 직접 날렸지요. 〈1953년 7월 27일 밤 10시를
기점으로 모든 전선의 전투를 중단한다〉는 내용이었습니다.

　　윤재호 군대를 나오고 나서는 무슨 일을 했나요?

송해 남쪽에 일가친척이나 어디 의지할 데가 없어서, 군대에서
나오긴 나와야 하겠는데 가족도 없고 홀몸이었지요. 제가 3년
8개월간 군대 생활을 했는데, 〈만기〉라고 알려 줘서 제대를
했습니다. 제가 고향에 있을 때 해주음악전문학교에서 선전대

활동을 몇 번 하다가 나왔는데 그 소질이 남아 있었는지 군에 있을
때도 콩쿠르 같은 거를 하면 막 나갔어요, 제가. 지금도 뿌옇게
기억나는 게, 명동에 국립 극장 그 전에 무슨 극장인가 거기에서
우리 군인들이 콩쿠르를 했어요, 육해공군 전체가. 거기 나가서 또
최우수상을 받았지요, 제가. (웃음) 그래서 좀 대접도 받고
그랬는데 아무리 생각해 봐도 그 길밖에는 찾아갈 길이 없었어요.

　　　군대를 나온 후에 부천의 친구 집에서 살면서 극장에 악극단
구경도 가고 여러 악극단을 떠돌기도 하다가, 서울 한일극장에
어떤 악극단이 왔다고 해서 무조건 거기에 갔습니다. 가서
무대감독 하는 분한테 경례를 올리고, 저 이북에서 이랬다가
남한에서 최근 제대했고 여기저기 떠돌아다니다가 이런 생활을
같이하고 싶어서 왔습니다, 하고……. 참 무슨 용기로 그랬던가
몰라요. 그랬더니 아아, 그러냐고 아래위로 훑어보더니 일가친척이
없느냐고 해서 없다고 하니까, 그럼 뭘 했느냐? 그래서 제가
이북에서 공부할 때는 재령제2중학교²를 나오고 또
해주음악전문학교라는 곳을 가서 위문 공연도 다니고 그랬습니다,
했어요. 그러자 그럼 너 뭘 할 줄 아냐고 물어서 노래도 배우고
악기도 좀 배웠습니다, 하니까 노래를 한번 해보라 그래요. (웃음)

　　　그쪽에서 놀 때 〈백곡집〉이라는 게 있었는데, 노래 1백 곡이
수록된 걸 노상 쥐고 돌아다녔어요. 거기서 불렀던 노래를 좀
불렀는데 저를 몇 번 발성을 시켜 보더니, 입단을 허락해서
여러분이 기억할지 모르지만 서울에서 활동한
〈창공악극단〉이라고, 거기에 참 아주 운수 좋게 인사 한마디로
들어갔습니다. 거기서 뭘 해서 돈을 벌겠다든가 크게 되겠다든가

　　2　현재의 고등학교에 해당한다.

대구에서 통신병으로 근무하던 시절.

그런 건 처음에 생각이 없었고 옳다, 이제 밥 먹고 살 길 생겼다,
했지요. 그곳에서 아주 큰 용기를 가졌고 무대 감독인 〈채랑〉이라는
분이 참 잘해 줘서 이리저리 수소문이 나고 길도 좀 연결해 주었고,
또 군에서 콩쿠르 나갔던 것도 경력이 되어서 연예 활동을 하게
되었습니다.

윤재호 그때가 언제인가요?

송해 그게…… 몇 년도일까요? 어, 1950년 12월에 내려와서
3년 8개월간 군 생활을 했고, 부천에 있던 친구 집에서 기거하다가
악극단을 찾아다녔으니, 잠깐…… 어디 보자, 1955년쯤이고
스물아홉 살이었네요, 네.

윤재호 이북에 있을 때 해주음악전문학교에 다녔다고 했는데
그때 구체적으로 어떤 걸 배웠나요?

송해 그때 성악과와 작곡과 등이 있었는데 성악과가 제일 쉬운 게
되지는 못했지만, 그냥 저 〈백곡집〉 들고 (웃음) 노래하고 그랬더니
그 노래하는 곳이 바로 성악과다, 그래서 거기를 들어갔지요.
들어가고 보니까 아시다시피 당시 체제가 사람들에게 이념
선전이나 체제 보급하는 일이 주여서 공부하는 것보다 선전대
실습을 많이 다녔어요. 도립 극단이나 국립 극단이 각 도에
하나둘씩 있었는데 그곳에서 공연할 때 가서 참여도 해보고
그랬어요. 전문적으로 할 짬은 없고, 전쟁 전이니까 당시가 제일
여러모로 과도기였지요. 제가 그 학교에 들어가자마자 아버지한테
혼이 나서 쫓겨났는데, 그때는 어디 가서 노래한다고 하면 요새는
〈딴따라〉라고 그럽니다만 그거 한다고 그러면 집안 망한다고

내쫓았어요. 그런데도 그렇게 노래하는 친구들이 좋고 선전이나 공연 가는 단체들하고도 자꾸 만나고 그랬어요. 그러다 아까 말씀드린 그 피난길에 서게 됐지요.

윤재호 아버님과 어머님에 대한 기억이 있는지요?

송해 음, 지금도 뭐…… 어머니 생각은 참 잊히지 않아요. 세월이 그렇게 흐르고, 꿈에도 한 번 안 오셨던 분인데……. 어머니가 아니면 제가 그 학교 못 다녔습니다. 거기에 또 입학하자마자 악기도 필수적으로 하나씩 가지고 있어야 했어요. 근데 그때 악기는 고관 댁 아니면 못 만지는 데다가 수소문에 수소문해서 어디 학교로 연락하고 신청해야 나오는 건데, 그것도 어머니가 해주셨어요. 그래서 어머니 생각이 많이 나고, 아버지는…… 어쨌든 시작부터가 그 양반은 반대하고, (웃음) 내 자식 아니라고 소리쳤으니까 그저 무섭기만 했지요. 제가 지금껏 이런 연예 생활을 하고 있습니다만 조금만 쉬거나 적적하면 어머니가 생각나요.

윤재호 혹시 그때 가졌던 꿈은요?

송해 그때는 저쪽 체제에 도립 극단이나 이동 예술단이 있었는데, 그들이 한 번 와서 공연하고 가면 마음의 동요가 없었던 사람이 없었어요. 꿈이 많은 시절, 거기에 마음이 흔들리지 않는 학생들이 없었습니다. 그래서 그때부터 속으로 마음은 있었지만 그 후에 거창하게도 사선을 넘기도 하고 또 인연이 될 일도 없었는데, 우연히 군에서 그런 기회를 얻어서 다시 연결되었지요. 역시 아까도 말씀드렸지만 제대하고서 나는 이 길밖에 없는가 보다,

했는데 다른 사람들도 〈넌 천생〉이라고 하니 정말 인연인가 하고 믿게 되었지요. (웃음) 그래서 흔히 기록에는 유랑 극단으로 나옵니다만 전국을 돌면서 유랑 생활에 아주 완전히 젖었지요. 아, 나는 이 길밖에는 없다. 그리고 군에 들어갈 때도 부산에서 들어갔지만 제가 연예 생활을 시작하고 고생할 때도 부산 신세를 많이 졌어요. 또 피난 시절에 피난민이 제일 많이 와 있던 데가 부산 아닙니까? 그래서 부산에 대한 애정이 커요. 부산에서 인연이 된 것도 많고. 여하튼 저는 꿈이라는 걸 내가 가지겠다고 생각하기 이전에 몸에서 먼저 흘렀던 것 같아요.

윤재호 네, 그렇네요.

송해 그게 참 묘한 인연입니다…….

윤재호 어렸을 적에 선생님은 어떤 아이였습니까?

송해 아, 장난꾸러기였지요. (웃음) 어렸을 땐 장난이 너무 심했어요. 그때 장난이라는 게 땅따먹기, 팽이치기, 활쏘기 등이었죠. 만추에 대풍년이 되면 그 나락에 떨어진 볍씨들을 모아서 총대 해먹는다고, 불 피워서 콩대 같은 거도 꺾어서 얹어 놓고 익히면 그게 그렇게 맛있고 좋았어요. (웃음) 그런 거 말하자면 콩 서리지요, 콩 서리! 그리고 조가 수확 철이 되면 1미터 넘게 자랐어요. 그 조밭에 들어가서 진을 치고 술래잡기도 했는데, 어렸을 때는 뭘 찾으러 다니는 걸 많이 했어요. 물론 지금 이 순간에도 뭘 찾고 있지는 않나 싶어요. 어릴 적에 저는 착하고 장난 잘 치고 친구들을 좋아했던 아이였습니다.

송해 카메라는 방송에 입문한 이후였죠. 카메라 앞에 서는 걸
좋아했다기보다 워낙 카메라가 신기하고 그 앞에서 내가 뭘 하고
점점 시대적으로 기술이 발전하면서 그걸 또 체감하니까 좋았어요.
어찌 보면 저는 카메라 앞에서 놀 수 있는 참 좋은 취미를 가졌던 것
같아요. 카메라 앞에서 놀이를 한 거죠. 그런데 지금 생각해 보면,
누군가 시나리오를 쓰고 배우에게 연기를 요구하고 누구는 이 역을,
다른 사람은 이 역을 하라고 각각 정해 주는, 이런 모든 과정이
작품이 아닌가 싶어요. 하나의 작품이죠. 그리고 카메라에 설
때부터 남이 인정을 하고 안 하고 떠나서 스스로 자질이 흘렀던 거
아닌가 합니다. 내 자랑을 이렇게 한번 해볼 때가 있지요. (웃음)

　　윤재호 방송에 처음 출연하게 된 계기는 무엇이었나요?

송해 당시는 방송에 나온다는 건 상상도 하지 못할 때였죠. 유랑
극단은 일단 출발하면 두 달이나 석 달이 걸렸고, 아예 해를 넘겨서
돌아다니는 단체도 많았습니다. 그렇게 다니면서 마음속에 바라는
건 바로 서울에 가는 거지요. 서울에 가면 다른 배우들이 있고 연기
학원이 있고 새로운 친구를 사귈 수도 있고. 무엇보다 영화를
좋아했으니 서울에 와서 보고 느끼고 그러면 하고 싶은 것도
생기고 그랬어요. 극단이 서울에서 몇 주 공연한다고 하면
마음속에 희망이 점점 커졌지요. 결국 서울에서 정착을 해야겠다고
생각했는데 쉬운 일이 아니었습니다. 우선 소속된 단체에서 인정을
받고 중앙 단체에 들어가 쭉 있어야지 정착을 하는데, 이 극단 저
극단, 이 악단 저 악단을 돌아다니니 그게 참 잘 안 되었지요.
요새는 전국 투어라고 합니다만 전국을 한 번 돈다 그러면, 3개월

있다 돌아올지 6개월 있다 돌아올지 몰랐어요. 안 되겠다, 서울에 있는 단체에 머물러야겠다, 생각했습니다. 서울에 있어야지 단체를 옮겨도 옮기고, 또 내가 옮기고 싶은 게 아니라 다른 단체에서 공연을 보러 와서, 저 사람 괜찮다, 하면서 빼가는 거죠. 결국 〈창공악극단〉에 정착했고 여러 일을 겪으면서 방송도 하게 되었습니다.

어느 날 악극단에 모르는 사람이 찾아왔는데 옆에서 인사를 하라고 그래요. 처음 본 사람인데 나하고 똑같이 생긴 거예요. 그게 누구냐면 박시명 씨라고, 오래전에 세상을 떠났습니다만 그 사람도 고향이 저 평안북도였어요. 그래 만나서 서로 인사를 하니, 정말이지 내가 거울을 보는 것만 같았지요. 그 친구도 나한테 똑같이 얘기하고. 뭐, 지금은 이렇습니다만 그때는 아주 홀쭉했지요. 그래서 둘이 뭘 한번 해보자, 하고 사회도 같이 보고 공연도 같이했는데 이렇게 콤비로 한 것은 저희가 처음일 겁니다.

그런데 그때 방송국에서 여기저기 악극단을 찾아다니며 방송 프로그램의 사회를 맡을 인물을 찾는다는 거예요. 말하자면 방송 녹음을 잠깐 쉬는 동안에 관객을 웃기고 사회도 보는 코미디언을 찾는 거였는데 그 연락이 우리한테 왔어요! 야, 옳다구나, 이때다! 싶어서 둘이 동아방송[3]에 들어갔지요. 당시 동아방송의 「스무고개」 프로그램이 대인기였습니다. 그땐 텔레비전이 별로 없을 때니까 공개 방송을 녹음해서 라디오로 내보냈지요. 그 공개 방송에서 둘이 쉬는 시간에 무대에 나가 무료한 관객들을 웃기고 그랬어요. 그게 소문이 나서 그다음에 다른 역할이 들어오고 또 프로그램도

3   동아일보사 산하에 있던 민영 라디오 방송으로 1963년 4월 25일에 개국하였다.

맡게 되고 결국 방송국에 입문하게 되었지요. 방송국 기록에도
남자끼리 듀엣으로 나온 게 저희가 맨 먼저였습니다. (웃음)

또 박시명 씨가 따로 활동할 때는 제 친구가 그 사람과 듀엣을 하고 또 그 사람 친구가 나하고 일하기도 하고. 우리 둘이 쌍둥이 같았으니 내가 그 친구가 되고 그 친구가 내가 되고, 아주 참 재미난 한때를 보냈어요. 그러면서 방송에 재미를 붙이게 됐지요. 방송에서 뭘 맡는 게 참 하늘의 별 따기인데 연출하는 분이나 작품을 쓰는 분들이 어떻게 봤는지 여기저기서 프로그램을 같이하자고 그랬어요. 「스무고개」는 국문학자 양주동 박사 같은 명사들이 나와서 스무고개를 하는 방송이었습니다. 그분들이 퀴즈를 풀지 못하면 우리가 콩트를 하면서 힌트를 주었어요. 그런 것들이 마음에 들었던가 봐요. 다른 사람이 하지 않았던 거였으니까요. 방송은 춘하추동 철철마다 개편하는 시기가 제일 힘들 때인데, 여기저기 왔다 갔다 하면서 사랑을 받고 또 많은 분이 좋아라 하셔서 방송이라는 임무를 맡게 되었습니다.

윤재호 처음 관객들을 웃기라고 했을 때 당시에 했던 대사 같은 게 기억이 나나요?

송해 네, 저희들 한다고 하는 게 그때만 해도 무슨 대본이 나와서 보고 할 때가 아니고 참 즉흥적이었어요. 지금 생각하면 어떻게 해냈는지 모르겠는데, 둘이서 밤새도록 연구했지요. 뭘 가지고 얘기할 게 없으면 둘이 경험한 것들을 말하기 시작했어요. 역사적으로 표현하면 〈막간 코미디〉인데 뭐, 여행 얘기나 대폿집에서 한잔한 얘기를 풀었죠. 한 잔만 먹으려고 했는데 석 잔, 넉 잔 마시고 얼근하게 취해서 망탕 마시고 놀다가 대폿집에서

혼난 이야기 같은 거죠. 그런데 이 얘기를 나누다가 둘이
토닥거렸죠. 야, 네가 그때 안주 있다고 한 병 더 마셔서 그런 거
아냐, 아니다, 네가 그 얘기를 안 했으면 덜 마셨을 거 아냐, 하고.
그런데 이게 또 난리가 났어요. 당시 아무도 안 하던 걸 하니까 이런
콩트가 유행이 되고, 유행이 되니 또 기회가 생기고……. 또 박시명
씨가 그런 우스갯소리를 상당히 잘합니다. 게다가 작품성도 있었죠.
혼자 놔두면 한두 주 만에 뭘 하나 만들어 와요. 그럼 둘이 머리를
짜내서 재미난 걸 만들고 그랬지요.

　　그다음 텔레비전 방송으로 넘어왔는데 이제 청취만이 아니라
시청에 대한 감각이 필요했어요. 하지만 둘이서 여러 군데를 다녀
봤고 부딪쳐도 봐서 겁나지는 않았죠. 악극단 시절부터 노래도
하고 사회도 보고 사람들을 웃기기도 했던 게 몸에 뱄지요. 아,
역시나 방송의 힘이라는 게 얼마나 큰지, 뭘 하나 새롭게 하면
요샛말로 정말 대박이 나고 그 여운도 아주 오래갔어요. 그리고
그때 텔레비전이 있는 집에는 온 동네가 다 모일 때인데, 그러다
보니 저희를 못 본 사람도 있고 해서 다시 방송에 출연하게
되었지요. 라디오에서 입소문이 났는데 텔레비전으로 보게 되면서
더욱 알려졌어요.

　　자, 그러면 이제 라디오가 슬슬 사양길인데, 라디오는 어떻게
살아나야 하느냐 하고 방송국 제작진이 회의를 하고 아이디어를
꺼내고 프로그램을 개발했지만 결국 텔레비전에 질 거라
생각했어요. 그런데 동양방송에서 찾은 해결책은 바로
자동차였습니다. 텔레비전은 자동차에 달 수 없으니 라디오를
달자! 이걸 제작부에서 안을 냈는데 채택이 된 거죠. 제가 교통
방송을 오래 해서 아는데, 당시 서울에 자동차가 20만 대도 되지

사람이 미래를 자꾸 닦아
나가야 하는데 워낙
초조함이 내 앞에 있으니
여유를 가질 수 없었죠.

않았죠. 그런데 텔레비전 때문에 라디오에 맞춘 건데 이 자동차가
아주 오늘 1백 대가 출시되면 내일 1천 대가 나올 정도로 매일매일
수가 불었어요. 그 덕에 라디오가 또 살아났습니다. 저희는
텔레비전과 라디오를 오가며 더 많이 나오게 된 거죠. 운이 텄다고
생각했습니다. 참 많은 사랑을 받았어요.

　　　잠깐 말했지만 방송에 들어와 보니, 춘하추동 철이 넘어갈 때
개편을 하는데 그게 힘든 거예요. 봄철에 꽃이 질 즈음 여름
개편으로 들어가거든요. 이때 개편에서 살아남느냐 (웃음) 아니면
잘리느냐, 이런 초조한 때를 넘기고 나면 그다음에는 가을 개편, 또
겨울 개편이 기다리지요. 그래서 저는 솔직한 얘기로 3년 계획
같은 걸 제대로 세워 보지 못했어요. 악극단에서 시작하여
그곳에서 인연을 만나 또 방송에 나오고, 그렇게 인생이 늘
바뀌니까 3년 후에 뭔가를 하겠다는 계획이 안 되죠. 수입이라는
것도 일정치 않았으니. 그래서 지금까지도 3년 계획을 못
해봤습니다. (웃음) 사람이 미래를 자꾸 닦아 나가야 하는데 워낙
초조함이 내 앞에 있으니 여유를 가질 수 없었죠. 하지만 곰곰이
생각해 보면, 워낙 순간순간 변하고 달라지고 사람 마음도 왔다
갔다 하는 이런 세월에 이 직업으로 오랫동안 사랑받는다는 것도
하나의 큰 복이다, 우리 어머니와 아버지가 이 세상에 잘
내놓으시고 이 다음에 커서 이걸 고생이라 여기지 말고 즐거움이라
생각하라고 나를 내주셨다고 생각합니다. 그런데 아무리 빌어도
어머니가 꿈에 한 번을 안 나타나요. 꿈에 보이면 말이라도 좀 건넬
텐데……

　　　금강산 관광이 1998년 11월 18일에 처음 시작했는데, 저도
그때 갔습니다. 금강산 관광 허가 제1호 현대금강호가 저녁 6시에

저 동해, 옛날 묵호항에서 북한 실향민과 언론사 기자들 그리고
관광객을 포함해 1천2백여 명을 싣고 출항했어요. 그땐 육로나
항공으로 갈 수 없고 배만 갈 때니까요. 그 첫 배를 탔으니 세상만사
다 필요 없지요. 고향 땅 한 번 밟아 보고 그저 어머니와 아버지를
만나면 원이 없을 듯했습니다. 3일간 관광을 포함해 4박 5일
여정이었는데 제 KBS 소속 문제가 불거졌어요. 금강산에 갈 때만
해도 내일모레 통일이 될 것 같고 그런 분위기지만 정말 한 번
가기가 얼마나 힘든가요? 다음 날인 19일 새벽 6시에 북한
장전항에 닻을 내렸는데 공교롭게도 저는 배에서 내리지 못했어요.
제 신분이 저쪽 출신이고 이미 남한에서 활동한 거를 다 아는데도
배를 내리고 입국 수속을 하는데 내 명찰을 보더니 〈선생님은 배에
가서 앉아 계시라요!〉 하는 겁니다. 아, 이제 끝나는구나, 인민군
역할도 해봤지, 욕도 해봤지, 내가 한 거 여기서도 다 봤을 텐데.
(웃음) 그래서 이틀간 배에서 못 내렸는데 혼자 배 안에 있으니
얼마나 답답합니까? 그런데 떠나기 전날에 저를 불러내더니, 〈저,
내일 아침에 일찍 좀 일어나야 되겠습니다〉 하는데 가슴이
철렁하는 거예요. 그래도 물어봤죠. 왜 그러느냐 하니 그냥 새벽 5시
30분에 데리러 올 테니 일어나라고 해요. 아, 내일 새벽이면 내
인생이 끝이구나 생각했습니다.

다음 날에 누가 뚜벅뚜벅 오더니 따라오라고 해서 차에 타니
다른 사람이 이미 있었어요. 『조선일보』 기자 두 사람이. 그래서
우리가 왜 이 차를 탔는지 물어봤지요. 기자들은 날 알고
있으니까요. 그런데 다들 모르겠다고 해요. 이제 셋이 그냥
끝나는가 보다 했습니다. 그런데 그날 저녁 6시에 배가 떠나는데 그
시간에 맞춰서 저희를 다른 사람이 이틀간 했던 관광을 그때부터

시켜 주는 거예요. 그렇게 돌아다니다가 만물상(萬物相)[4]에
들렀어요. 바위가 커다랗게 있는데 그게 만물상이래요. 여기가 왜
만물상이냐면 뭐 만 가지 억만 가지 얘기가 다 있다는 겁니다. 그럼
내가 원하는 게 있으면 다 있는 거냐, 보고 싶은 사람 있으면 보는
거냐 물었지요. 〈아, 보고 싶은 분 있으면 여기서 부르라요! 그러면
보입네다!〉 해서 그럼 우리 어머니 부르면 여기 어머니가 나오시는
거냐고 했더니 〈네, 그렇습니다, 불러 보시라요!〉 하더군요. 어떻게
하면 되냐고 하니, 무릎을 딱 꿇고 최면을 거는 것처럼 눈 딱 감고
그저 어머니를 부르고 조금 이따가 눈을 뜨라는 거예요.

　　　아이고, 참, 이거 새벽에 나와서 이렇게 돌아다니다가 나는
내일이면 죽을 테니, 그냥 어머니 한번 불러 봐야겠다 했지요.
무릎을 꿇고 〈어머니, 저 이제 끝입니다, 뵙지 못하고 저도 갑니다〉
하고 〈어머니!〉를 불렀습니다. 그런데 눈을 뜨니까 어머니 얼굴이
마치 달처럼 넓은 것마냥 바위 위로 쫙 올라와서 이게 꿈인지
생시인지 〈어머니!〉 하고 세 발짝 앞으로 가다 보니 그냥
물거품처럼 사르르 흩어지는 거예요. 그래서 난 지금까지도 우리
어머니 얼굴이면 달덩어리가 떠올라요. 꿈에는 저한테 오지
않았지만 이렇게 보여 주시는구나. 그러고 배로 돌아왔는데 관광을
다녀온 사람들은 뭐가 어떻니 하며 이제 배가 떠나니 다들
즐겁지만 저는 어디서 오라고 할지 모르니까 초조하게 앉아
있었습니다. 이제 배가 떠나려고 마지막 문을 열고 입선을
하려는데 저를 안내했던 친구가 거기 딱 서 있는 거예요. 가슴이
두근두근했죠.

　　　4　금강산에 있는 바위산으로 바위가 여러 가지 물체의 형상을 나타내고
있어 기묘한 경관을 이루고 있다.

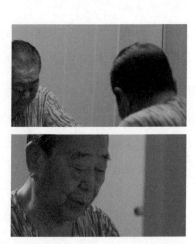

〈아유, 그동안 얼마나 마음 졸이고 고생했습니까! 죄송하게 됐습니다. 그래도 이 겨울에는 금강산이 꽃이 지고 낙엽도 다 지고 그러니 이 다음에 꽃이 피는 좋은 시절에 다시 한번 오시면 그저 마음 상했던 거 다 풀어 드리고 극진하게 모시겠습니다〉라고 하는데 그때 제가 앉아 있었는지 뭘 했는지도 모르지만 (웃음) 그 자리에 주저 앉았어요. 이 얘기는…… 할 때마다 제 마음이 참 그렇습니다.

아무튼 남한에 와서 그렇게 고생을 하고 3년 계획도 못 세워 보고 가고 싶은 고향도 못 가고 그러다 보니 한이 서렸었는데, 가만 생각해 보면 그래도 고향 가겠다고 금강산이라도 한 번 가서 어머니를 부르고 빕기까지 했으니 이게 끝까지 적적하라는 건 아니구나, 이렇게 마음을 먹고 사니까 너무 걱정 안 해도 그저 그냥 일을 열심히 하게 되고 이날까지 이렇게 뛰고 있습니다. (웃음) 아, 어떻게 보면 참 팔자 좋은 사람이지요. 사실은 그때는 말로 표현도 못 하고 저려 오는 가슴을 어찌할 수 없었습니다만 그저 목구멍이 포도청이라고 애써서 살고 열심히 살면 되는구나, 하면서 희망의 끈을 놓지 않고 살고 있습니다.

그런데 그 후에 제가 이북에 또 갔잖아요. 2003년 8월에 KBS 남북교류협력단과 조선중앙방송이 함께 평양 모란봉에서 「평양노래자랑」을 열었습니다. 평양과 가까운 사리원 아래가 바로 재령이니까 이번에는 고향에 가보겠지 했는데, 일하러 갔으니 고향에 좀 가겠다는 소리는 못 하고 또 그쪽에서도 내 사정을 아니 잠깐 고향에 다녀오자고 할 텐데 그런 얘기가 일절 없어요. 그때 출연자는 전부 저쪽 사람이고 여기서 간 사람은 연출팀과 박원기 남북교류협력단장 한 명 그리고 초대 가수 몇 명만 갔어요. 그러니 고향에 가고 싶은 마음은 없어지지가 않아요.
그러나 저는 살아오면서 그것에 너무 마음을 바치거나
휘둘리거나 하지 않습니다.

얘기가 잘 안 통하고 뭘 해야 할지도 모르고 그랬어요. 우리 작가가 대본을 다섯 번이나 바꿨으니까요. 이래도 안 되고 저래도 안 된다고. 겨우 통과하고 나니까 이번에는 곡목 선정이 안 된다는 거예요. 우리는 〈전국노래자랑〉이니까 이북 노래도 하고 남한 노래도 하고 그랬으면 하는데 전부 주체성 있는 노래만 하겠다니까, 이북에도 노동 가요나 부녀 가요 등 다양하게 분류된 노래가 많고 전국에서 노래 잘하는 사람들이 모였는데 꼭 주체성 있는 것만 하겠다니까 최악의 상황이었죠. 5박 6일 계획을 하고 갔는데 결국 8박 9일이나 있었습니다. 노래 곡목을 정하지 못해서요. 우여곡절 끝에 겨우 녹화를 하고 돌아왔었죠.

　　그때 저를 감시하던 친구가 50세였는데, 벌써 16년이 넘었네요, 그런데 이 사람이 하루는 얼근하게 취하더니 〈선생님 고향이 재령이지요?〉라고 물어요. 그렇다고 하니 고향에 가고 싶으냐고 또 물어요. 그때 집에 못 돌아가니 술 마시는 게 낙이었는데 나도 소주를 마시다가 〈저, 그 고향에 좀 가봅시다〉 했더니, 지금 고향에 가도 솟아 있는 산이나 흐르는 강은 있을지 몰라도 다른 건 다 변했다고 말합디다. 거기서 또 철렁했죠. 그러면 거기 다 없어졌냐고 물으니 함경도 사람들로 다 바뀌고 거기 사람들이 함경남도로 가고 집도 새로 다시 짓고 했다는 거예요. 황해도도 반으로 나눠서 황해남도와 황해북도인 거라, 즉 인의 장막을 쳤다는 거지요. 그래서 내가 가고 싶다는 얘기 안 한 게 다행이구나, 뭐 결국 이런 얘기나 들을 줄 알았구나 싶어서 말았죠. 하지만 고향에 가고 싶은 마음은 없어지지가 않아요. 하는 데까지 열심히 해서 건강하게 지내야만 부모님을 뵐 테니, 물론 이 세상에 없겠지만 그래도 희망은 놓지 않고 가지고 있었지요. 이토록 오랜

세월 동안 바랐던 것이 이뤄지지 않으니까……. 그러나 저는
살아오면서 그것에 너무 마음을 바치거나 휘둘리거나 하지
않습니다. 세상도 살 만큼 살았고 많은 경험을 했고 또 많은 도움을
받았으니까요.

　　윤재호 북한을 떠나서 남한으로 올 때 부모님이나 가족과

　　함께 오지 않은 것에 대해 후회하세요?

송해 1983년 KBS 특별 생방송 「이산가족을 찾습니다」가 전
세계를 울렸습니다. 저는 이산가족 찾기 신청을 하지 않았어요.
제가 여기서 수 년간 활동했으니까 남한에 우리 가족이 와 있다면
어떻게든 만났을 거 아니겠어요? 그러니 여기에 있지 않다는 게
틀림이 없고 또 내가 이북을 두 번이나 갔는데도 소식은커녕
연락도 못 했으니까요. 이 고향이라는 게 어머니의 품과 같아서
정말 무슨 일이 딱 닥치면 어머니 생각, 아버지 생각, 고향 식구
생각이 나지요. 그리고 저는 고향을 아주 잊어버릴 수는 없다고
생각해요. 그래서 이산가족 찾기를 했을 때는 후회를 많이 했어요.
아이고, 그래도 같이 내려왔다면 만날 수 있는 건데, 그러니 같이 못
온 게 너무나 마음이 아팠어요. 이 세상에 사람으로 태어나서 이런
불효가 어디 있나. 지금은 후회해도 소용이 없고 후회를 안 해도
그렇고. (웃음)

　　그렇습니다, 그 이산가족 찾기 할 때까지만 해도 굉장히
후회스러웠어요. 그런데 그 얘기를 하면 젊은 세대들은 잘
몰라요. 「이산가족을 찾습니다」를 다시 틀어 놓고, 저 가족이 못
찾은 사람이 누구다, 뭐 이러면 애들이 그런대요, 왜 저렇게 하고
살았느냐고. (웃음) 같이 만나서 왔다 갔다 하고 살지 왜 저러고

살았느냐고? 모르는 사람들은 모르죠, 그 참혹했던 우리 민족의 아픔을……. 그저 나라 형편에 맞춰서, 세상 가는 대로 따라가는 수밖에 없지 않을까? 그런데 따라가는 것도 어떤 희망의 끈이 좀 있어야 하는데 (웃음) 어떤 때는 있었다가 어떤 때는 좀 멀어졌다 이럴 때가 많습니다. 그런데 여러분과 이렇게 생활하고 연예 생활을 쭉 하다 보니까, 나 혼자만 이런 것도 아니고 남쪽에 사는 분들 중에 고향이 있어도 못 가는 경우도 있으니, 내가 마음으로나마 그 마음을 나누려고 해요.

윤재호 어떻게 보면 분단 전과 분단 이후 그리고 남북에서 모두 살아 본 경험을 갖고 있는데, 어떤가요?

송해 그렇죠. 서로 맞닿아 있지만 완연하게 체제가 다르니 동족의 아픔과 안타까움 그리고 풀리지 않는 응어리에 대한 것은 누구나 저와 같겠죠. 저와 같은 세월을 산 사람들은 체제나 사상이 뚜렷하게 달라서 헤어진 게 아니거든요. 급작스럽게 일어난 전쟁의 소용돌이 속에서 어쩔 바를 모르고 고향을 떠나 가족과 흩어진 게 대부분이지요. 운명을 탓하는 건 아니지만 또 탓한다고 운명이 남의 것이 되나요? 하지만 반이 쪼개져서 65년이 넘는 세월 동안 이렇게 산다는 건 도대체 무슨 운명의 고통인가 싶어요.

그런 생각도 해요. 우리 조상이 이 아름다운 나라에 터를 잡고 역사를 만들었으니 후손이 이 땅에서 행복하고 슬기롭게 살아야 하는데 두 동강을 냈으니 세상 살아온 우리 책임이 있는 거 아닌가 하고. 사람의 혈육이 서로 헤어져서 오래도록 이렇게 산다는 게 이 얼마나 불행한 건가. 양쪽에서 면회소라도 하나 만들어서 이 가족들을 며칠만이라도 만나게 하고 이러면 아픈 마음이 좀

없어지지 않겠나. 그런데 저는 또 반문해서 그렇게 며칠 만나고
기약 없는 이별을 한다면 만나서 뭘 하나 싶어요. 중국을 통해 백두
대간에서 만났다는 사람도 있지만 다시 만났다는 얘기는 듣지
못했어요. 이산가족도 헤어질 때 버스 창문에 서로 하염없이 손을
대고 또 언제 만나느냐고 울부짖다 떠나는 것이, 도대체 이게 무슨
만남인가. 국가의 운명이겠지만 참 한탄스럽지요.

　　왜 이런 얘기를 하느냐면, 교육자인 조영식 박사가 세상을
떠났지만 그가 1천만이산가족재회추진위원회 위원장을 맡았을 때
울부짖은 말이 지금도 귀에 쟁쟁합니다. 평안북도 출신인 그분이
주먹을 쥐고서는 〈1천만 이산가족 여러분! 꼭 금강산 가야 합니다!
우리는 고향에 꼭 돌아가서 화목한 가정으로 들어가야 합니다!〉
했던 게 엊그제 같아요. 그런데 어언 세월이 흘러서 1천만
이산가족 1세대 중 생존자는 5만 명 정도입니다. 특히 생존자의
3분의 1가량이 80세 이상의 고령자들이에요. 이제 3~4년이 더
지나면 이 세대가 다 사라져 버려요. 그러면 2세대에게 물려주는 게
있어야 하는데 그런 게 하나도 없지요. 이런 안타까운 세월이 너무
많이 흐르고 있습니다.

　　윤재호　혹시 남한에 내려와 살면서 이북 출신으로서 받은
차별이나 어려웠던 점이 있었는지요?

송해　네…… . 저는 지금까지 제가 한 그 실수로 제가 가는 길에
지장을 초래했다든가 혹은 나의 인격적 실패라고는 못 느껴 봤는데,
어려웠던 점이라면…… 열두 가지 재주에 저녁거리가 없다는 말이
있듯이 아무리 재주가 있더라도 쓸 데가 있어야 하는 게 재주
아니겠어요? 그런데 아무리 재주가 있고 내가 평생 여기에서

재주로 살면서도 이곳에서 나다 싶은 거를 손에 쥐지 못한 것
같아요. 또 이 분야가 너무 시시각각 변하기에 내가 어떤 감을 못
잡을 정도로 세월을 보낸 건 아닌가도 생각해요. 희망을 갖고
살다가도 한 2~3년 지나면 안개처럼 사라지고 다른 안개가 피거나
하죠. 이토록 빨리 변하는 세상에서 우리가 살아왔으니 솔직히
그걸 생각할 겨를도 없었습니다.

제가 살아온 세대가 가장 난관도 많았지만 헤쳐 나가기 힘든
세월을 겪어 낸 세대이기도 해요. 1백 년을 기준으로 얘기하면
위아래로 번개 치듯이 요동이 심했지요. 일제 강점기를 겪은 우리
세대가 해방을 맞고 이제 됐다 싶으니 5년 후에 6.25 전쟁이
터졌지요. 그 수라장에 난리가 나서 가족이 흩어졌고, 또 사회가
세분화되어 가족이 서로 멀어지고, 우리가 참 좋아하고 지켜온
인정과 윤리와 도덕이 이제는 산산이 부서진 것만 같습니다.

하지만 비극적이지 않습니다. 오히려 행복해요, 지금의
대한민국을 보면. 제가 1년에 반은 지방으로 다니는데 그 지방을
2년이나 3년 만에 다시 가면 달라지고 또 달라져 있어요.
사회에서도 어려운 고비가 나타나면 혼란을 겪기도 하지만 또
어디선가 희망의 기운들이 나오고 그렇죠. 제가 교통 방송을 오래
해서 운전하시는 분들과 참 가까운데, 저녁 늦게 오랜만에 만난
택시 기사님을 만나면 저기 천호동 위쪽으로 해서 밤 드라이브를
가자고 해요. 강변북로로 해서 쭉 훑으며 강화까지 내려가면서
한강 줄기를 보면, 와, 우리 대한민국이 이렇게나 바뀌었나, 제가
외국은 많이 안 가봤지만 마치 런던 어디인가 싶게 변했어요.
그리고 한강 폭이 그렇게 넓은지 몰랐습니다. 강변북로를 쭉
드라이브하다 보면 정말이지 한 이틀은 가야 될 것만 같아요, 우리

위의 사진은 1970년대 자택에서 첫째 딸의 졸업 기념으로 찍은 가족사진.
왼쪽부터 송해, 첫째 숙경, 둘째 창진 그리고 학사모를 쓴 아내 석옥이와 막내 숙연.
아래 사진은 대구 달성군의 처갓집을 방문했을 때.

그래서 이럴 때마다 정말 다들 참 고생하고 열심히들 살았구나, 희망은 있어, 하며 주먹을 불끈 쥐지요. 이 1백 년간 저마다 다들 행복한 경험을 했구나 생각해요. 게다가 저만큼 가진 사람이 어디 있겠어요. 아, 뭘 다른 특별한 걸 가진 게 아니고, 저는 경험을 많이 가졌지요. 그래서 답답할 때 이런 생각을 하면 속이 탁 풀어집니다. 그러고 살지요, 뭐. (웃음)

윤재호 한국에서의 가족은 어떤가요?

송해 한국에 있는 가족은 집사람과 우리 3남매 그리고 처가댁 분들이지요. 그런데 처가도 이제 가족이 없어서 단출합니다. 또 내 자식들이 결혼해서 낳은 아이들이 있고. 제가 워낙 사람이 집에 많이 드나드는 걸 좋아해요. 그런데 우리는 양가가 모두 단출해서 명절이나 누구 제사 때도 조용하고 쓸쓸하지요. 그래서 사람들로 북적대는 집에 가면 저도 괜히 덩달아 들뜨곤 합니다.

윤재호 결혼은 언제 했나요?

송해 결혼은 좀 늦었지요. 군에 있을 때 당시 선임 하사가 오갈 때가 없는 저를 자신의 집에 자주 데리고 갔어요. 그에게 누이 동생이 하나 있었는데 인연이 되다 보니 결혼을 했습니다. 세월만 가득하지요. 형님이 저보다 위였으니, 같이 있으면 얘기가 잘 통했어요. 그런데 그도 세상을 떠났고 처가 쪽 어르신들도 모두 일찍 떠났습니다. 처가가 5남매인데 넷이 세상을 떠나고 막내 하나 남았어요. 우리 아내가 둘째였는데 그렇게 되고……. 하지만 저보다 더 외로운 분들이 많이 있습니다. 제가 병원 같은 데를,

기회가 있으면 제 친구나 연예인들을 꼭 데리고 가서 병실을 한번

4 2

쭉 돌고 그래요. 그러면 환자분들이 그렇게 좋아해요. 실제로 어떤

가족은 어머니가 연세가 많고 병원에 오래 계시는데 그저 보고

싶은 사람 한 명이 나라고 그러기도 해요. (웃음) 그러면 제가 어느

병원입니까? 하고 물어서 만나 뵈면 이제 병이 다 나은 것만

같다고도 하고……. 이러면서 잃어버린 가족들 생각도 자꾸자꾸

잊어버리게 되고 그러지요.

윤재호 사고로 아드님을 잃어버렸다고 들었습니다. 혹시
애기해 줄 수 있나요?

송해 아, 잃어버린…… 아, 네. 흔히 낭패를 당했을 때 하늘이
무너지는 것 같다는 얘기를 들어만 왔지 내가 실감하지는 못했는데
그런 느낌이 오더군요. 그런데 아들이 그랬다는 소리를 듣고 제가
맨 먼저 생각한 건 개가 하고 싶다고 한 걸 못 해준 게……
죄스러웠어요. 그 녀석이 서울예전5을 다녔는데 2학년 때인가
친구들하고 오토바이를 많이 탔습니다. 오토바이가 한창
유행이었는데 그거 참 위험하다, 위험한데…… 그랬어요. 사고가
워낙 많이 나니까, 제가 하지 말아야 할 일을 해버렸지요. 차고에
있던 오토바이를 아주 그냥 죄다 분해를 했어요. 그렇게 좀
지났는데 이번에는 엄마를 졸라서 오토바이를 마련한 모양이에요.
아무래도 엄마는 해주게 되잖아요. 그걸 타다가 사고가 났는데……
그냥 개가 정말로 좋아하니 그저 훨훨 날아서 오토바이도 타고
친구들하고도 놀러 다니고 그래라 했을 텐데……. 그게 잘

5 현재의 서울예술대학교로 원래는 서울시 중구 남산에 자리하였고
2001년 경기도 안산으로 캠퍼스를 이전했다. 많은 방송인을 배출한 예술
전문 교육 기관이기도 하다.

지워지지가 않아요. 또 하나 지우지 못하는 건, 예전에 아들과 같이 다녔던 친구들이 가끔 와서 인사를 하고 돌아가면 또 생각이 나고 그래요. 참 운명이고 팔자이겠지요. 그때 병실 밖에서 수술을 마치고 나온 의사 얼굴이 밝지 않아서 각오는 했는데……. 아이가 응급실에서 〈아버지, 살려 주세요〉라고 소리 치던 것도 잊히지가 않고……. 그렇게 사고 나고 이틀 후에 떠났습니다. 사람 인생이 잘하는 게 있으면 부족한 것이 있고 부족한 게 있으면 여유 있는 게 있다고들 하지만 뭐, 지나고 나면 후회스러운 게 많이 있습니다. 그런데 또 그때 당시를 생각하면 그럴 수밖에 없지 않았을까 싶어요. 생각하지 않으려고 해도 사람이 부처님처럼 혼자 덩그러니 앉아 있는 게 아니니까요.

윤재호 그때가 언제였어요?

송해 아이가 스물 하나일 때 잃어버렸으니까 지금 34년 됐어요, 34년……. 이제는 그것도 자꾸 생각하기가 싫네요.

윤재호 네…….

송해 그래서 한동안은 걔가 사고 난 다리를 안 다녔어요. 저 한남대교 거기서 그때 램프 공사를 위해 난간 쪽 도로를 폐쇄하고 펜스를 놓아 두었어요. 그날 비가 오고 안개가 뿌옇게 끼어서 펜스를 친 게 안 보이는 데다가 뒤에서 과속으로 달려오던 트럭이 미처 오토바이를 피하지 못하고 들이받았어요. 비가 와서 땅이 젖고 급브레이크를 딱 잡으니까 몸이 떴지요. 현장에 가서 핸들이나 미러 같은 게 흩어져 있던 것도 다 보고 그랬어요. 지금이니 이런 얘기를 하는데 전에는 얘기를 안 했어요. 그래서 그

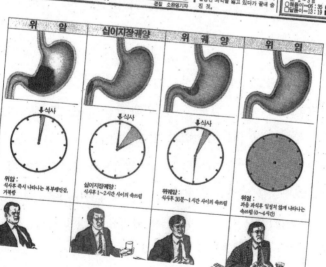

아들의 사망 소식을 다룬
1986년 3월 21일 자『스포츠 동아』와『스포츠 서울』의 지면.

근처를 제가 한동안 안 다녔습니다. (웃음) 지금은 조금
익숙해졌어요. 다른 사람들은 사고 나지 말아야 하는데, 하고
마음으로 기도도 드리고. 이제는 더 이상 울지 말라는 아이의 계시
같기도 하고…….

　　　사람이 살아가면서 겪는 일인데 왜 나한테 이런 일이 생기나,
하면 안 되는데……. 아무도 풀어 줄 사람이 없으니 스스로 풀어야
하고……. 그래도 나는 남자라서 술 한잔 걸치고 어디 가서
고함이라도 지르고, 그냥 고개를 못 넘길 것 같으면 대포 한잔 하고
노래도 한 곡 부르고 넘어갔지만 걔 엄마가 고통받고 잠을 못
이루는 건 보기가 힘들었지요. 그런데 아이 흔적만 나오면 안 되는
것을 뭐. 어디서 헌책이라도 하나 나오거나 집 정리를 하다가도
뭐가 보이면……. 그래서 그저 일에 집중하고 잊어버리려고 했어요.
원래 소문난 술꾼이지만 (웃음) 참 술의 도움을 많이 받았습니다.
술 한잔이 나를 달래 주는 순간은 정말 행복합니다. 참 행복해요.
이게 없었더라면 내가 어디서 이 얼어버린 고독한 가슴을 잠재울
수 있을까? 그런데 저는 술을 먹어도 그냥 한 종류만 먹어서 (웃음)
요새는 그 술이 거의 없는데 그냥 빨간 딱지가 붙은 소주였습니다.
근데 그 소문이 온 데로 다 나서 미국에 가면 미국에서 그 소주를
가져오고, 지방에 가면 지방에서도 그 소주를 가져오고 뭐 가는
데마다 그걸 가져와요. (웃음) 그렇게 위로를 받으면 내가 풀지
못한 것도 잘 풀 때가 있고 또 오히려 매듭이 지어질 때도 있고
그렇습니다.

　　　세월이라는 건 누가 붙들 수 있는 게 아니잖아요? 모두들
어린 시절을 지나 아동이 되고 또 청년기를 지나 왕성하게 사회
활동을 하다가 노년으로 가게 되지요. 그래서 요새 저는 나이 드신

분들이 건강한 것이 국가의 건강이라고 생각해요. 체력은 국력이다
하는 얘기를 우리나라 구호로 쓰기도 했지만 체력이라는 게 한도가
있지 않습니까? 그러니 그 한도를 다 넘기자! 말하자면 청년
시대부터 소중하게 여기고 중년으로 넘어가서 또 건강을 챙기고,
중년에서 노년으로 갈 때 건강을 챙기고 노년에서 노년으로 갈 때
자꾸자꾸 한도를 줄이면서 챙기면 내가 걸어온 길에 큰 지장이
없지 않겠는가 해요.

윤재호 선생님 인생에서 최고의 기억들이 있나요?

송해 내 인생에 최고의 기억이라……. 거참 뭐 그게 다 공히 인정해
주는 기억도 있겠고 저 혼자 통쾌한 것도 있겠지만 이북에서 제가
희망하던 거를 했을 때였어요. 그 설레고 긴장했던 기억. 이 모든 걸
한 번에 확 풀었던 것이 바로 2003년 8월 11일, 모란봉 공원에서 한
「평양노래자랑」이었지요. 그때만 해도 이북에서는 사람들이
모여서 그것도 야외에서 이런 프로그램을 한다는 건 상상도 하지
못했어요. 오는 사람들이야 섭외해서 모이겠지만 그들을 경계해야
할 사람들도 많이 고생을 했어요. 그게 저녁 6시쯤이 조금 안 된
시간인가, 이제 해가 기울어서 어둑어둑해지고 주변에 나무도 많고
그러니까 그만 끝내야 하는 거예요. 〈그럼 이것으로
평양노래자랑을 여기서 전부 마치겠습니다. 여러분 안녕히
계십시오. 통일의 한길에서 다시 만납시다, 다시 만납시다!〉 하는데
관중들이 와! 하고 함성을 내고 박수를 쳤어요. 아, 난 정말 지상
최대의 쇼를 했다, 그런 통쾌감을 느꼈습니다. 그날은 평생 그렇게
마음을 졸이고 고생하고 그런 게 그냥 한순간에 날아갔어요.
이제는 우리가 얼싸안고 춤도 추면서 어떻게 지냈냐, 하고

4 7 인사하고 살 때가 됐구나. 그래서 정말 온 천지를 날 것 기분을 느낀 적이 있습니다. (웃음) 그런 장면과 그런 기쁨을 아는 여러분에게 다시 한번 이 감동을 보여 주는 것이 제 소원이지요.

윤재호 그렇다면 인생에서 가장 안 좋은 기억은 무엇일까요?

송해 아, 네. 저는 부모 형제와 생이별하고 자식을 잃어버리고 또 평생의 친구인 동반자도 먼저 보냈습니다. 이제 앞으로 어떤 일이 또 닥칠지 모르지만 제 인생에서 가장 안 좋았던 일이라고 하면 음, 어머니하고 세 번이나 헤어지면서 〈어머니, 저 좀 이번에 또 나갔다가 한 이틀 이따가 다시 와서 뵐게요〉 하면서 두 번째에도 세 번째에도 인사를 하고 나왔는데, 네 번째에는 가지 못했어요. 그때 내가 무슨 일이 있었어도 다시 돌아가서 어머니 아버지 만나고 가족들 만나서 그곳에서 살았으면 부모님의 아픔을 면하게 했을지도 모르는데……. 그때 왜 못 돌아갔을까, 젊기도 했는데 왜 그랬을까 그런 생각을 해요.

사람이 이 세상에 태어나서 산다는 게, 거참 그 집안이 편안해야 나라가 편안하고 나라가 편안해야 세상이 다 내가 사는 곳 같다는 말도 있지만 제가 그때 못 돌아가 못 만났기 때문에 제가 가장 바라는 걸 하지 못했다는 말이지요. 그러나 사람이 하고 싶은 거 다 하고 끝나는 것보다도 그리움이 있고 아쉬움이 있을 때 뭔가 하고 싶은 걸 더 찾아보는 건 모두 같은 마음일 겁니다. 만나지 못하지만 언젠가 만날 마음으로, 쓰러져도 다시 일어나서 다시 이 세상을 살아왔고 지금까지 이렇게 버텨서 이런 말도 할 수가 있고 또 잘못한 죄도 빌 수가 있다고 생각합니다.

윤재호 선생님이 부러워한 사람들도 있을까요?

아무것도 없던 제가
여러분과 살다 보니까 제게
집중해 주고 잘 못 하는
노래라도 한 곡 하면 박수 치고
무슨 말을 하면 웃어 주고
이러니 제가 어디 가서 이런 큰
보람을 느끼겠어요.

송해 부러워한 사람들이 많지요. 홀로 일가친척 하나 없고 어디 마음 붙일 데 없는 타관 객지로 떨어졌을 때 그저 사람 둘이 지나가는 것만 봐도 부럽지요. 사람이 시작하는 데가 사람이라고, 사람 인 자도 둘이 서로 받치고 의지해서 그렇게 쓴다고 그러는데 세 사람이 지나가면 더 부럽고 남녀 커플이 걷는 걸 보면 참 애정이 가득하고, 또 일가족 여럿이 함께 가면 참 부러웠지요. 저렇게 사람으로서 꼭 느끼고 경험해야 하는 걸 나는 왜 못 하는가 싶었어요.

우리 흔히 하는 얘기로 아홉 푼 가진 놈이 한 푼 가진 거 달라고 한다고, 그래 넌 아홉 푼이나 가졌는데 왜 내가 가진 한 푼을 달라고 하냐고 물으면, 열 푼 채우려고 그런다고 해요. (웃음) 욕심을 갖지 말라는 얘기지만 저는 그 욕심을 부리고 싶어도 부릴 수가 없었습니다. 뭐가 있어야 하나라도 더 키울 욕심이 생기는데 그런 욕심조차 가져 보지 못했다는 것이 그저 소인배가 아닌가 자책도 해봅니다. 그 반대로 보람을 느끼는 건 이 생활을 지금 외길 인생으로 하고 있지만 역시 이탈하지 않고 또 가다가 희망을 포기하지 않고 자신을 잃지 않으며 고비를 넘겼다는 것이 스스로 자랑스럽다고 호언하면서 저를 다독거려도 보지요.

윤재호 지금 송해에게 중요한 것은 무엇일까요?

송해 어렸을 때에 저는 꿈에서 뭘 갖지 못하면 잠꼬대를 하면서 〈내 거야!〉 하고 소리를 쳤다고 해요. 지금 제가 어렸을 때와 달라져서 꿈이 뭐냐고 묻는다면, 저는 〈건강〉밖에 없습니다. 그저 건강, 하나도 건강, 둘도 건강, 셋도 건강! 제가 가끔 무대에서 〈건강은 인생에서 또 개인에게 가장 소중한 건데 이 건강은 누가 만들어

줍니까?〉 하고 객석에 크게 질문을 던지면 모두가 〈내가요!〉 하고
합창하듯이 같이 외칩니다. 그래서 내 자신을 소중히 하는 게
꿈이라면 꿈입니다. 그리고 어렸을 때 송해와 지금의 송해가
달라진 게 뭐냐 하면, 아무것도 없던 제가 여러분과 살다 보니까
제게 집중해 주고 잘 못 하는 노래라도 한 곡 하면 박수 치고 무슨
말을 하면 웃어 주고 이러니 제가 어디 가서 이런 큰 보람을
느끼겠어요. 그래서 이 보람을 내가 가지고 있는 한 보답을 해야
한다, 한없이 해야 한다고 생각합니다.

윤재호 혹시 종교가 있으세요?

송해 저희는 직업상 함부로 말하지 못하는 얘기가 하나 있어요.
그게 바로 종교입니다. 예를 들어 행사를 하거나 공연을 할 때
교회에 가서 할 때가 있고 사찰에 가서 할 때도 있고 또 성당에 가서
할 때가 있습니다. (웃음) 사찰에서 할 때는, 왜 노래 공양을 많이
한다고 그러잖아요, 그래서 불교에서 흔한 노래 하나쯤은 하나
알아 둬야 거기 가서 자신이 생기지, 모르면 자신이 하나도 없어요.
또 금강경을 좀 외운다든가 반야경을 읊을 수 있어야 한다든가 뭘
좀 해야 하지요. 〈마하반야바라밀다심경 관자재보살
행심반야바라밀다〉라고 하다 보면 아이쿠, 다른 종교에서 뭐라고
하지 않을까 덜컹할 때가 있어요. 또 교회에 가면 찬송가 하나는
해야 되고 성경 한 줄 정도는 말해야 아, 저 사람은 뭐 좀 알고
다니는구나, 이럴 것 같아서 〈내 주를 가까이 하게 함은 십자가 짐
같은 고생이나 내 일생 소원은 늘 찬송하면서 주께 더 나가기
원합니다〉 하고 찬송가를 부르면, 아이쿠, 다른 종교에서 또 뭐라고
하지 않으려나 싶습니다. 그럴 때 얼른 생각하죠. 믿음이라는 건

내가 가지는 거다, 남이 무슨 믿음을 가지고 있든 내 믿음이
중요하니 남의 믿음에 대해서 말하지 말자. 내가 이곳에서 하는
일이 무엇인가, 혹시 내가 중심에서 벗어났느냐 아니면 중심을
지키고 있느냐 하고 번개처럼 떠오를 때가 있습니다. 믿음이라는
건 만인이 공히 자유롭고 또한 나를 훌륭한 길로 이끄는
전도사라고 생각하고, 그러니 절대로 남의 종교나 믿음에 대해
관여하거나 짐작하거나 미워하지 말자고 생각합니다.

오래전에 어머니하고 이런저런 얘기를 하다가 엄마는 어떤
태몽을 꾸었냐고 물은 적이 있어요. 그때 어머니가 대답하셨지요.
〈너 낳을 때는 말이야. 엄마의 엄마가 아궁이 앞에 앉아 불을
때면서 양재기에 따뜻한 꿀물을 담고 수삼을 그 꿀물에 찍어서
먹여 주었어. 그 꿈을 꾸고 나서 왜 그런지 몸이 건강한 것 같고
힘이 나더니 너를 잉태하게 되었지.〉 보통 다른 집들은 용꿈이나
돼지꿈을 꾸었다고 하는데 집안마다 그 태몽이 어떤 내력이나
흐름을 만드는 것 같아요. 그래서 저는 몸살이 나거나 피곤하면 꼭
그 생각을 합니다. 어머니가 자신의 태몽처럼 어렸을 적 제게 꿀에
찍은 수삼을 먹였던 것을요. 수삼이 아무리 꿀을 찍어도 참 써요.
그래서 몸이 좀 찌뿌둥하면 아니, 어머니가 그 수삼을 내게
먹였는데 이런 걸 못 이기냐, 하고 다시 힘을 내기도 하지요. 만사가
다 마음먹기에 따른다고 하지만 그렇게 잘 안 되는 세상이고 그저
피할 수 있다면 좋은 방향으로 생각하자고 마음먹지요. 그래서
어떤 코너에 몰려서 숨 쉴 데가 없으면 아주 작은 틈이라도 하나
찾아서 그 작은 빛에라도 의지합니다.

윤재호 죽기 전에 내가 이것만은 꼭 해야겠다 하는 게
있을까요?

송해 그런 질문을 많이들 하는데 저는 아직 그거까지 생각할 때는
안 됐다고 여깁니다. (웃음) 내가 지금 한창 때인데 뭘 그런 생각을
하우? 하면 다들 한바탕 웃곤 하지요. 이제는 자식들에 대한 생각을
제일 많이 하게 됩니다. 제가 부모님의 임종을 지키지 못한 것이
못내 한이 된 건지, 자식으로서 무슨 효를 갖다 쌓는다고 해도
부족한 죄 같아서 그저 자식들이 건강한 게 우선입니다.
다음으로는 뭘 하더라도 남에게 밉보이지 않게 살라고 합니다.
사람들에게 정직하게 살아라, 잘 살아라 그런다고 해서 모두
그렇게 되는 건 아니지만 그저 삐뚤어지지 말고 건강하게 지내기를
바라죠. 나는 너희들 할아버지와 할머니에게 효를 하지 못하고 그
죄를 씻지 못했지만 너희들은 효를 다하고 끝까지 임종 때까지
건강해라, 하는 얘기도 참 좋을 것 같습니다. (웃음)

윤재호 현재 자신에 대해서는 만족하세요?

송해 네, 저는 반 이상은 만족스럽다고 생각합니다. 하고 싶은 것을
하고 있을 때처럼 즐겁고 기쁜 게 없어요. 즐겁고 기쁘다는 건
만족을 느꼈을 때 그러지 않습니까? 저는 지금도 원하는 것을 하고
있는데 더 이상 무슨 바람이 있겠습니까? 그저 건강해서 끝까지
여러분 앞에 꿋꿋하게 선다면 제가 누릴 수 있는 복이라고
생각합니다. 아까 쉬는 시간에 작가님이 문득 나한테 질문을 해요.
〈고독하다거나 외롭다고 느낄 때가 많지요?〉 이게 무슨 의미인가
순간적으로 제가 분석을 해보니, 혼자 살고 있는 제 근황을 알고서
이런 질문을 하는구나 했어요.

제가 요새 지방에 주로 가서 집에 도착할 때면 자정이 넘을
때도 있습니다. 그런데 자정을 넘기면 여러 가지 갈등이 오곤 해요.
그래서 자정은 넘기지 말자, 잃어버려도 자정 안에 잃어버리자,
내가 무언가를 얻어도 자정 안에 얻자, 하고 생각합니다. 저는 이
자정이 넘어가면, 다른 하루로 넘어가면 참 쓸쓸함인지 고독인지
외로움이라고 할지 이들이 떼로 몰려와서 무서울 때가 있어요. 새벽
1시 혹은 1시 반쯤 아무도 없는 집에 문을 쓱 열고 들어오면 마치
아이 때처럼 섬뜩하게 다가오는 게 있습니다. 집사람이 떠난 지
2년째인데 아내가 쓰던 그 방을 그대로 놔두었어요. 그래서 그런 게
올 때는 (웃음) 잠옷으로 갈아입고 그 방에 들어가서 자요. 그러면
그런 것들이 길이 막혀서 못 들어오는 것 같고 그렇죠. 그런데 다른
때는 내가 들어와도 아무 느낌이 없는데 꼭 뭔가 감지를 하면 이
자정을 넘기는 순간에 꼭 그래요.

윤재호 죽음 이후에 뭔가 있다고 생각하시는지요?

송해 만물상에서 어머니를 뵙던 얘기도 그렇고 오래전에는
배뱅이굿을 보면서 빠져들기도 했고 할 얘기야 참 많지만 지금
제가 하고 싶은 얘기는 그때그때 적응해서 사는 것밖에는 도리가
없다는 겁니다. 지금은 모든 분야든 세대든 나날이 젊어지고
있어요. 그러니 우리가 그들과 어울리지 않고 그 세계를 모르면 못
따라갑니다. 자꾸 어울리려고 하고 현재를 이해하고 받아들이면서
살아야 합니다. 자꾸 대화하지 않고 또 상대방 말을 듣지 않으면
아무도 내게 뭘 묻지 않아요. 저쪽에서 뭘 묻든가 말이 있어야 내가
할 얘기가 있는데, 받아주는 사람이 없으면 공허해져요. 이
공허감이 자꾸 오면 점점 입을 다물게 됩니다. 말해야 소용이

없으니까. 그러다 보면 치매가 오는 거죠, 치매가. 이 세상 사는 데
아주 참 몹쓸 병 중에 치매같이 몹쓸 병이 어디 있나요? 우리
사무실에도 와봤지만 저는 그곳에서 제 또래들과 마작을 하고 놀고
그럽니다. 이게 그 공허감이 없어요. 룰을 지켜야지, 상대 눈치도
봐야지, 이건 이렇게 피하자, 하고 온종일 뇌를 쓰고 말하고 웃고
이러니 공허가 올 틈이 없지요.

　　게다가 이 세상에 누이동생이 나처럼 많은 사람이 어딨어요!
만 3세부터 115세까지 날 보고 다 오빠라 그래요. 그렇지요? 이것도
복 아닌가요? 그러니까 저를 알기 때문에 그분들이 그런단
말이지요.「전국노래자랑」에 나온 사람들의 연령이
만 3세부터 115세까지가 공식 기록입니다. 5년 전에 양평에서
115세인 이선례 씨가 나오셨어요. 이분이 귀만 조금 어둡지 노래
부르는 게 젊은 아가씨예요. 그러면서 나보고 오빠래! 또 구례 편에
나온 103세였던 어머니도 나보고 오빠래, 그분의 따님이 81세인가
그런데 그분도 또 나보고 오빠래! 그니까 이 세상에 저같이
누이동생 많은 오빠가 어딨어요! (웃음) 누군가가 저를 밀어주고
손뼉 쳐주고 위로해 주기 때문에 저는 지금이 행복합니다. 또 요새
집에 햇과일이 떨어질 날이 없어요. 사방에서 보내 주셔서 많이
얻어먹습니다. 여기 오는 길에도 누가 포도알 커다란 걸 세 알을
주는데 하나 먹으니까 입에 꽉 차고 씨도 없어요. 그걸 세 개나
먹었더니 지금 이렇게 말짱하잖아요. (웃음)

　　윤재호　처음「전국노래자랑」을 하게 된 계기가 있나요?

송해　저는「전국노래자랑」을 내 평생의 교과서라고 말합니다.
옛날부터 세 살 적 버릇이 여든까지 간단 얘기가 있지만, 또 세 살

먹은 아이한테도 배울 게 있다는 걸 경험했습니다. 한 번은 만 세 살 되는 아이가 엄마에게 안겨서 나왔는데 멀리 브라질에 있는 아빠에게 인사를 하라고 했더니, 〈아빠, 빨리 못 와? 아프지 마!〉 하는 거예요. 참 놀랐어요. 이제 말을 겨우 잘하게 되었을 텐데 아빠 아프지 말라는 말에. 그때 방청객이나 출연자나 울지 않은 사람이 없었을 거예요. 저도 한참 말을 못 했으니까요. 그래서 「전국노래자랑」이 내가 평생 배워야 할 교과서라고 느꼈습니다. 누가 잘하고 못 하고 꼭 재밌어야 하는 것보다 그저 우리 생활이 묻어나는 곳이구나, 내가 이걸 하기 잘했다고 생각했어요.

　　「전국노래자랑」을 하게 된 계기는…… 제가 아이를 잃어버렸을 때 TBC(동양방송)의 「가로수를 누비며」라는 교통 프로그램을 하고 있었습니다. 교통 방송만 17년간을 했었죠. 제가 「가로수를 누비며」를 참 좋아했어요. 전국의 수많은 기사님과 사귈 수 있었으니까요. 앞서 말했듯이 자동차에 라디오를 달자고 안을 냈던 그 PD가 이 프로그램을 진행했는데, 나중에는 음반 올리고 음악 줄이고 하는 디제이 노릇도 제가 다했습니다. (웃음)

　　프로그램 시작이 〈여러분, 안녕하십니까! 「가로수를 누비며」 송해입니다!〉 그리고 〈자, 우리 오늘도 안전 운전합시다!〉 하고 인사하면 경쾌하게 시그널 음악이 나왔어요. 그런데…… 그 일을 당하고 나니까 그게 안 돼요. 아무리 혀를 깨물고 어떻게든 하려고 해도 그 말이 나오지가 않아요. 〈자, 우리 오늘도 안전 운전합시다!〉라는 말이. 라디오 프로그램이니 눈에 안 보여서 어찌어찌 넘어갈 때가 있었지만……. 당시 「가로수를 누비며」가 아침, 점심, 저녁 하루에 세 번씩 생방송으로 진행할 때였어요. 그래서 어느 날, 프로그램을 마치고 제가 말했습니다. 후임자를

「전국노래자랑」이 내가 평생

58

배워야 할 교과서라고
느꼈습니다. 누가 잘하고
못 하고 꼭 재밌어야 하는 것보다
그저 우리 생활이 묻어나는
곳이구나.

찾아야겠다고…….

　　그때 마침 이 「전국노래자랑」의 연출을 누가 했느냐면,
여러분도 잘 아는 안성기 배우의 형 안인기 PD였어요. 지금은 연예
기획사를 하고 있습니다. 두 형제의 아버님은 충무로에서 영화
제작을 했었고, 저와는 마작을 같이하는 사이여서 형제가 어릴
때부터 잘 알고 있었어요. 이 친구가 일본에서 방송 공부도 하고
와서 아주 예리하게 연출을 했었지요. 어느 날 갑자기 와서 차나
한잔 마시자고 하더니 「전국노래자랑」이라는 프로그램을 본 적이
있느냐고 물어요. 그리고 「가로수를 누비며」에서 매주 일요일에
공개 방송으로 틀었던 〈노래 경연〉 코너도 다 들었다고 해요. 이
〈노래 경연〉은 택시 기사님이나 버스 운전사분 그리고 그 운전자
가족들을 중심으로 노래 경연 대회를 펼치고 제가 사회를 봤던
코너였습니다. 그걸 다 듣고 왔다면서 프로그램을 맡아 달라고
해요. 제가 지금은 아이가 그렇게 돼서 방송할 생각이 없다, 당분간
좀 쉬려고 한다고 하니, 〈아유, 그거 뭐 지나간 얘기 가지고
그러십니까〉 해요. 그러면서 자신과 〈야전 부대〉나 하면서 전국을
떠돌아다니고 바람이나 쐬자고 그래요. (웃음) 처음에 고사했는데
계속 부탁을 해서 1988년 5월에 「전국노래자랑」을 시작했습니다.
그런데 생방송이었다면 제가 말을 못 했을 수도 있는데 녹화
방송이니 제가 카메라 위치도 모르고 막 돌아다녀도 그걸 다
편집해서 내보냈어요. 안인기 PD가 저 때문에 고생 많이 했습니다.
시작하고 한 6개월 지났을 때 제가 또 급한 일이 생겨서 못 한 적이
있어요. 그랬더니 시청자분들 요청이 많고 해서 계속 맡아 주면 안
되겠냐고 해서 지금까지 하고 있습니다.

　　「전국노래자랑」이 이제 40주년이 됩니다. 4년 정도는

아나운서 최선규 씨와 미국으로 건너간 가수 위키리 씨가　　　　　6 0
진행했습니다. 위키리 씨하고는 참 친해서 라디오 할 때 장난도
많이 하고 그랬는데, 그가 미국 가서도 노래자랑 많이 했다고 해요.
그이도 세상을 떠났습니다. 아, 뽀빠이 이상용도 남산 시절에 잠깐
했지요. 원래 「전국노래자랑」은 1971년 「KBS배 쟁탈
전국노래자랑」이 전신이었는데 이게 변하고 성장해서 1980년부터
「전국노래자랑」이 된 거지요. 그런데 이 「KBS배 쟁탈
전국노래자랑」은 가수를 뽑기 위한 오디션 프로그램이었으니 실제
「전국노래자랑」은 제가 「가로수를 누비며」에서 했던 공개 방송이
제자리로 돌아간 거라 볼 수 있습니다. 첫 무대가 경상북도
성주였는데, 제가 뭘 했는지도 모를 정도로 〈감〉이 오지 않아서 한
3년간은 이 〈감〉을 잡으려고 노력을 많이 했어요. 지금은
「전국노래자랑」 재미로 살고 있지요.

윤재호 기분이 어떤가요? 곧 40주년인데?

송해 네. 사실 책임은 자꾸 늘어나고 또 많은 분이 저를 만나면
어디 편 봤다, 뭐가 재밌었다 하고 또 출연했던 분 중 입상한 분들이
명함을 줘서 받아 보면, 「전국노래자랑」 몇 회 무슨 상 수상이라
적혀 있고 최우수상은 활자가 크게 찍혀 있고 그러는데, 제가 그걸
보면 그냥 보람을 느껴요. 지금은 또 트로트 붐 아닙니까? 특히
송가 집안들이 세상 만났다고 할 수 있습니다. 아, 보십시오! 지금
세상을 흔든 송가인, 또 「전국노래자랑」에 나왔던 송소희, 또
가요를 부르는 송대관 거기에 송해! (웃음) 모두 노래를 해서,
말하자면 꿈을 잃지 않고 그 끈을 계속해서 잡고 새롭게 출발한
사람들입니다.

송가인 같은 가수는 그녀도 「전국노래자랑」에 나왔지만, 어머님인 송순단 씨도 「전국노래자랑」에서 「진도 아리랑」을 불렀습니다. 송가인의 원래 성은 〈조〉 씨인가 그래요. 그리고 국악곡을 불러 최우수상을 받았지요. 당시 송가인은 가요를 하겠다고 하고 집안에서는 국악을 해야 한다고 서로 갈등이 조금 있을 때였는데 이 국악이라는 게 아주 느린 진양조장단에서 아주 빠른 휘모리장단까지 매우 폭이 넓어요. 남미의 아무리 현란한 장단이라도 우리 국악 장단을 따라오지 못해요. 그래서 이 국악이라는 건 가요가 됐든 가곡이 됐든 명곡이 됐든 뭐든 믹스를 하면 별것이 다 나올 수가 있어요. 요즘 음악 경연 프로그램을 보면 옛 노래를 각색하고 색다르게 바꾼 사람들이 일등을 하더라고요.

저는 이게 우리나라 얘기이고 우리 국민의 얘기이고 각 분야 그리고 전체에 해당하는 얘기라고 생각합니다. 프로그램 하나가 이렇게 발전하고 있다는 것. 그러니 여러분이 하는 일에서 도태되지 말아요, 권태를 느끼지 마세요! 권태는 절대로 느끼지 마세요! 제가 최근 「딴따라」라는 노래를 불렀습니다. 이거 왜 불렀는지 잘 모르시지요? 흔히 세인들이 우리를 〈딴따라〉라고 그러잖아요? 제가 2015년에 『나는 딴따라다』라는 책을 냈는데, 글을 쓴 사람은 시인이자 영문학자인 오민석 교수가 썼습니다. 그이에게 제가 〈딴따라〉가 제목으로 좋긴 좋은데 한번 그 본뜻을 찾아보자고 했어요. 다 찾아봐도 이 단어의 어원이 없어요. 오민석 교수가 더 찾아보니 제일 가까운 게 〈팡파르〉였습니다. 팡파르는 스타의 등장을 알리는 나팔 소리 같기도 하고. 그래서 가만히 생각하다가 이거 자신 있게 홍보를 하자고 해서 아예 「딴따라」를 만들었어요. 「찬찬찬」과 「다 함께 차차차」를 만든 김병걸 작사가가

아, 오늘은 어디에서
임자 없는 내 노래를 불러 보나.
가진 건 없어도 행복한 인생,
나는 나는 나는 딴따라.

노랫말을 쓰고 노영준 작곡가가 곡을 지었습니다. 〈아, 오늘은 어디에서 임자 없는 내 노래를 불러 보나. 가진 건 없어도 행복한 인생, 나는 나는 나는 딴따라.〉 솔직히 나는 딴따라다! 그러기 어렵잖아요? 그러니까 이 팡파르에서 스타가 나온다는 얘기가 얼마나 좋습니까!

윤재호 네, 좋습니다!

송해 특히 후렴구인 〈나는 나는 나는 딴따라〉를 부를 때 객석을 보면 아주 많이 박수를 보내시는 거예요. 그래서 내가 그럽니다, 하던 일 자꾸 중간에 그치지 말고 싫어라 하지 말고 권태를 느끼지 마라, 우리는 평생 이걸 했어도 열심히 한 사람은 다 성공했다고. 〈딴따라〉라고 부른 것 때문에 일반 팬들과 코피 터지고 싸운 사람 한 명만 얘기할게요. 저기 여수 출신 배우, 박노식이라고 아주 주먹이 세요, 한 방이면 그냥 떨어집니다. 박노식 씨 영화도 좋지만, 그이가 노래도 잘하거든요. 어느 날에 우리가 조금 즐겁게 놀고 있는데 저쪽에 앉아 있던 사람들이 〈저것들 뭐냐, 딴따라들이잖아〉 하는 거예요. 박노식 씨가 그 소리를 듣고 〈지금 뭐라고 그랬어? 딴따라라고 그랬지? 너희가 딴따라들한테 밥을 사줬냐, 술을 사줬냐? 내가 노래 부를 때 춤추고 좋았지? 즐거웠으면 뒤에서 고맙다고 말하지는 못해도 딴따라가 뭐냐, 딴따라가!〉 하면서 싸웠어요. (웃음) 그러니까 「딴따라」는 사람들이 모르고 하던 얘기를 알아보니까 이런 의미가 있다, 하는 걸 새기자는 노래였어요.

음, 이런 건 있습니다. 세상 아무도 모르게 지나가는 사건이 별것 다 있어도 우리 연예계 얘기는 정말이지 방귀만 뀌어도

소문이 나지요. 냄새가 안 나도 말이 퍼지지요. 그래서 우리가
사면초가일 때가 많습니다. 사람 살아가는 데 그저 어떻게 잘
하고만 삽니까? 물론 고의로 그랬다면 참 나쁘지요. 사람이
살아가는 데 고의성이 있는 게 제일 나빠요. 아무튼 우리가 일하다
보면 그 일에 지칠 수도 있고 실언을 할 수도 있는데, 그걸 너무
그대로만 받아들이지 말고 분석을 해보자, 하는 말입니다. 그런데
내가 무슨 얘기를 하다 이렇게 되었지? (웃음)

윤재호 네.(웃음)

송해 그러니까 지금 하는 걸 천직으로 아세요! 지금 뭐 우리가
안방에서 따뜻한 데 앉아서 얘기하는 줄 아십니까? 여기 지금
찬바람이 쌩쌩 돕니다. 지금 몸이 얼려고 하지만 우리가 열과
성의를 내면 됩니다. 하던 거 하세요! 하고 싶은 거 하세요! (웃음)

윤재호 네! 알겠습니다! 이번에는 영화에 관련한 질문을
할게요. 임권택 감독님이 연출한 「신세 좀 지자구요」에
출연할 때가 언제쯤이었지요?

송해 네, 영화가 1969년에 개봉했으니 마흔세 살이었네요. 저 때가
〈홀쭉이와 뚱뚱이〉 양석천과 양훈 콤비가 활동한 다음에 그 아래로
〈막둥이와 합죽이〉의 구봉서와 김희갑, 비실이 배삼룡 그 아래로
살살이 서영춘, 후라이보이 곽규석 등이 난리였을 때인데 그
사이를 왔다 갔다 할 때 같습니다. 그때 영화에 큰 뜻을 두었거나
그런 건 아니고 영화 전체 내용이나 의미도 잘 모르면서 중간에
단역으로 들어간 거였어요. (웃음) 라디오 활동 때 말했지만 박시명
씨하고 저하고 얼굴과 목소리가 똑같았기 때문에 라디오에서

배삼룡, 송해, 박시명 이 셋이 녹음을 하면 한 사람이 한 것 같았어요. (웃음) 화면을 봐야지 서로 누군지 알 수 있지 안 보면 다 똑같아요. 저 시기는 그저 아무거나 계속하자 할 때입니다. (웃음)

당시 임권택 감독께서 한번 역을 골라 봐라, 그랬던 것 같은데 그때는 물불을 안 갈릴 때였으니 다른 거 다 제쳐 놓고 촬영장에 가고 그랬습니다. 1969년에 구봉서 씨가 주연을 했던 「수학여행」이 청룡영화상에서 상을 받아서 우리 희극계도 참 경사가 나고 희망도 컸을 때였습니다. 그리고 저 홀쭉이 양석천 양반과 뚱뚱이 양훈 선생은 나이가 한 살 차이였어요. 저하고 구봉서 형님도 한 살 차이고. 그런데 양훈 씨가 깍듯이 받들어 모시는 거예요, 홀쭉이 형님을. 그 두 분이 지켜 온 의리가 지금까지도 저희 희극계에 흘러왔고, 그래서 구봉서 선배가 세상을 떠나니 제가 많이 허전해요. 참 좋은 선배였고 아코디언 연주도 잘하고 즉흥으로 하는 연기는 제일 잘했던 분이었어요. 또 김희갑 선배는 본향이 함경도였는데 이 함경도 사투리를 고치지 못하고 돌아가셨죠. 황정순 배우와 부부로 나왔던 영화 「팔도강산」을 보면 참 짝을 잘 만났다고 느껴요. 그 시절에 한창 영화가 사랑을 받고 그 덕에 우리도 엑스트라로 나갔지만, 영화가 나오고 나서 아, 저 남자 둘이 하는 짝꿍들이네, 하고 소문이 나고 그랬지요.

윤재호 선생님에 대한 각본이 따로 있었나요?

송해 각본은 따로 있지는 않았고, 웨이터로 나와서 손님이 들어오면 서빙을 하고 그런 역인데, 자꾸 일을 저지르는 거지요. (웃음) 악극을 해도 그렇고 순극을 해도 그렇고 영화를 해도 그렇고 중간에 객석이 조금 따분할 것 같을 때 한두 신으로 나가는 거지요.

그런데 저 영화에는 여러 군데 나왔어요. 같이 출연한 백금녀 씨도 우리 희극계에선 참 드물게 발견한 여배우였는데 세상을 빨리 떠났어요. 서영춘 씨와 〈갈비 씨와 뚱순이〉라는 콤비를 이뤘지요. 서산 출신으로 서산에 가면 남의 땅을 밟지 않고 다닐 만큼 부자라는 소문이 있었던 최용순 씨와 마찬가지로 아주 인심이 후했던 배우였습니다. 「신세 좀 지자구요」는 코미디 영화로 코미디언이 많이 나왔어요. 구봉서, 김희갑, 양훈, 서영춘, 박시명, 백금녀 등 희극인이 대거 영화에 출연한다는 의미로 저도 참여했는데 저기 나온 분들이 세상을 많이 떠났네요. 저는 서영춘 씨가 참 독특했는데 1930년대 1세대 코미디언이었던 이종철 선생에게 야단을 많이 받았어요. (웃음) 남의 대사에 막 끼어들어서.

그래도 그때는 출세 한번 해보나 싶어 어깨 펴고 다닐 때였습니다. 인사도 많이 받고. 박시명 씨하고도 완전히 콤비로 굳어졌고. 구봉서 씨가 인상도 참 토실토실 좋지만 그분이야말로 식도락가입니다. 맛난 거 많이 알고 약주 좋아하고 친구 사랑하고 노는 것 즐기고. 저도 참 소문난 술꾼이라고 그러는데 서울에서부터 전주까지 술 마시러 다닌 사람들은 우리밖에 없을 겁니다. (웃음) 여기서 오후 2시쯤 출발하면 전주에 4시쯤 도착하지요. 그럼 이제 한잔씩 하고 그랬는데, 이제 다 돌아가셨어요. 구봉서, 양훈, 서영춘, 김희갑 그리고 백금녀가 멤버였습니다. 한창 우리 희극계를 완성할 때인데 한번 모이면 그냥 가족이었어요. 가족이니, 야, 오늘은 내가 점심, 아이고 오늘 저녁은 접니다, 아니다 오늘 술은 내가 낸다, 이러면서 아주 빵빵할 때였죠. 김희갑 씨와 서영춘 씨가 출연했던 코미디 영화 「오부자」에 이어서 좀처럼 이렇게 여러 코미디언이 출연하는 작품이 없었는데 구봉서 선배가 코미디언으로 상을 받고 영화도 성공하니 큰 영광이었지요. 게다가 영화가 지방에서 개봉하니 순서대로 소문이 막 날 때였죠. 당시 스탠드바와 맥주 바가 한창 인기를 끌 때였는데 김희갑 씨가 노래를 잘 불러서 「불효자는 웁니다」를 바에서 부르면, 원래 그 노래는 반야월 선생이 부른 건데 김희갑 선생이 부른 거로 착각하는 사람들이 많았습니다.

윤재호 그때 코미디언이라는 직업은 영화계에서 어떤 대우를 받으셨어요?

송해 풍토 영화, 농촌 영화, 애정 영화와 사극도 있었는데 코미디 영화는 뒤늦게 사랑을 받았습니다. 1969년 「오부자」를 시작으로 그 뒤로 이어졌지요. 아까도 말씀드렸지만, 구봉서 선배가 상을 타면서 관심이 커졌습니다. 게다가 후배들이 무대는 물론이고 영화와 텔레비전에 많이 나오게 되었어요. 프로그램도 많이 생기고 할 때니까. 정말 저 때는 작품 하나를 마치고 나면 참 뿌듯했어요.

희극이라는 게 정말 우스갯말만 하는 거로 알아듣던 시절이 있었는데 그래서 모르는 사람들은 쉽게 말하기도 해요. 아이고, 여기 코미디언들도 계시네, 거 여기 좀 웃겨 보셔! 그런 말이 하도 싫어서 유행어도 나왔지요. 〈웃겨 보시오 그러지 마시오〉라고. 〈웃기고 있네, 웃겨〉도 그렇죠. 가수 연정이 부른 노래도 있지요. 「웃기지 마라」라고. 노래가 참 재밌어요.

여하튼 당시 영화에서 조금만 재미난 게 나오면 다 유행이 되었으니까요. 서영춘 씨가 출연했던 1965년 영화 「출세해서 남 주나」는 이후에 〈뭐뭐 해서 남 주나〉 같은 말이 유행했고, 구봉서 씨와 배삼룡 씨가 1980년에 찍은 「형님 먼저 아우 먼저」도 그렇고. (웃음) 저희들이 한 번씩 던진 말을 유행시켜 준 분들이 진짜 희극인의 후원자들입니다. 정극, 비극, 희극 이게 다 분야별로 다른데, 정극이 있어서 〈극〉이라는 거를 알아야 하고, 다음에 슬픔을 알아야 합니다, 즉 비극이지요. 그리고 슬픔을 알아야 즐거움을 안다고 비극 다음에 희극이라고 이렇게들 얘기를 했지요.

윤재호 계속 영화에 출연하고 싶으셨어요?

송해 「신세 좀 지자구요」에 출연할 때는 정말 계속할 것처럼 열심히 했지만 그래도 안 되는 게 연기입니다. 지금 저 영화 장면을 보면 개개인의 성격을 아니까 이렇게 자꾸 웃음이 나오지만, 다시 영화를 보니 아이고, 참, 저하고 박시명 씨는 실수를 많이 했네요.

영화를 하려면 기본적으로 알아야 할 게 너무 많은데 그때는 영화까지 애쓰지 못했어요. 그래도 저 때 고생을 많이 했던 건 기억이 납니다.

1

2

1 1971년 파월 장병 위문 공연 때의 모습. 왼쪽부터 이미자와 송해 그리고 박시명.
2 1970년대 말 아들 창진의 초등학교 운동회 때 모습.

¹ 셋째가 태어나기 전의 가족사진.
² 2018년 먼저 세상을 떠난 아내 석옥이와 송해의 젊은 시절.

두 번째 인터뷰
2020년 1월 7일

방일수, 원일(희극인)×이기남(「송해 1927」PD)

이기남 안녕하세요, 자기소개를 부탁드립니다.

방일수 네, 안녕하세요, 방일수입니다!

원일 안녕하세요, 원일입니다.

이기남 두 분은 만담 콤비로 유명하죠.

방일수 네, 저희가 극장 쇼의 마지막 콤비 MC였죠. 〈살아 있는〉
극장 쇼 희극인으로는 송해 선배님에 이어 저희가 마지막이에요.
송해 선배님이 1번, 저희가 순번으로는 30번, 31번으로 내려왔는데
양석천, 양훈, 서영춘 선배님들이 모두 돌아가시고 이제 송해
다음에 방일수 2번, 원일 3번이 되었습니다. (웃음)

이기남 언제 데뷔했나요?

방일수 저는 1964년쯤었는데, 내무부에서 공무원으로 일하다가
적성에 맞지 않다고 느낄 때였습니다. 그때 을지로 입구에 내무부

대한민국방송코미디언협회 사무실에서 인터뷰 중인 방일수와 원일.

청사가 있었는데 근처에 〈스타의 거리〉가 있었어요. 거기를 걷다 보면 유명 배우도 만나게 되고, 아, 나도 저 사람들처럼 무대에 섰으면 좋겠다고 했는데 어느 날 무대에 서 있더라고요. (웃음) 우연히 거리 캐스팅이 되어 사회도 보고 코미디도 하게 되었습니다. 송해 선배님도 그때 만났지요. 코미디를 하면서 MC를 하는 법도 직접 무대에서 가르쳐 주었죠. 또 무대에서 선배님들이 하는 모습을 보고 따라 하면서 조금씩 잘하게 되었습니다.

원일　저는 이 친구보다 조금 늦었습니다. 연예인 중에서 공직 생활을 하다 나온 사람이 저희 둘밖에 없어요. 이쪽은 내무부, 저는 검찰청 소속이었지요. 서울고등검찰청 사건과에서 일했습니다. 저희 학창 시절인 1950년대는 〈홀쭉이와 뚱뚱이〉 양석천과 양훈 콤비가 최고로 인기가 있었어요. 1950년대 후반에 접어들면서 구봉서, 송해, 배삼룡, 서영춘 등이 인기가 높아졌지요.

방일수　박시명 씨도!

원일　박시명 씨와 백금려 씨 이런 분들이 주를 이뤘죠. 그래서 그분들이 극장 무대에서 한창 활동하던 시기에 저희가 들어갔으니 바로 눈앞에서 선배들의 연기를 보고 흉내도 많이 내고 배우면서 자랐습니다. 그러다 1969년에 문화방송이 TV 방송국을 개국했는데 코미디언들이 대거 여기로 간 거죠. 그래서 우리 둘이 무대를 차지하게 되어 살판이 났습니다. 일이 많고 바빠지고 그렇게 세월을 보내니 이때까지 왔지요.

방일수　그때는 극장 쇼가 버라이어티 쇼라고 해서 두 시간 정도로 길게 이어졌어요. 처음에 무용이 펼쳐지고 무용 쇼가 끝나면 밴드가 라이브로 연주를 했지요. 12인조나 13인조 오케스트라로.
그때 MC들이 무대에 올라서 인사말을 하고 가수를 소개하면서
사이사이 꼭 코미디를 했습니다. 밴드가 쉬는 시간을 마련해야
해서요. 그리고 마지막 무대에는 대스타가 오르죠. 당시 극장 쇼가
성황을 이룰 때였는데 저는 1965년부터 무대에 서서 한 3, 4년
자리를 잡은 후인 1969년쯤에는 서울 시내의 각 극장 쇼는 다 하고
다녔습니다. 그다음에는 〈서울 쇼〉라고 해서 서울에서 출발하여
45일간 전국 투어를 돌기도 했죠.

하루는 전국 투어를 마치고 올라왔는데 〈이주일〉이라는 웬
젊은 친구가 명보제과에 나타난 거예요. 지금은 명보아트홀이
되었는데 명보극장이 되기 전에는 명보제과였어요. 이곳이 당시
충무로의 대표적 약속 장소여서 늘 유명한 사람들로 북적거리고
극단 단장들이 여기서 배우들을 캐스팅했습니다. 그리고 출연
스케줄 같은 것도 여기에서 잡았는데, 하루는 단장님이 저 사람 뭐
하는 사람인지 좀 나가 보라는 거예요. 그 더운 여름날에 웬 사람이
턱시도 차림에 반바지를 입고 등산화를 신었어요. 뭐 하는
사람이냐고 물으니 군에 있다가 나왔다고 해요. 특이하게 입고
나오면 자신을 봐주지 않을까 해서 그랬다고 합니다. 그 사람이
바로 유랑 극단으로 데뷔한 이주일 씨입니다. 그런데 그때는
아무것도 하지 못 했어요. 연기도 잘 안 되고, 그저 우리끼리 있을
때는 참 많이 웃겼는데…….

아무튼 잘 풀리지 않으니 도중에 유랑 극단을 그만두고
캐비닛 공장에 취직해서 수금원 같은 일을 했었어요. 이주일
씨하고 저는 스카라극장에서 주로 호흡을 맞췄는데 1971년 가을에
우연히 을지로에서 다시 만나게 되어, 제가 〈파월 장병 위문

공연〉을 가는 데 같이 가자고 부추겼습니다. 이주일 씨는 이때
베트남 위문 공연을 통해 본격적으로 이름을 날리게 되었죠. 귀국
후에는 당시 연예인 대부 노릇을 했던 최봉호 씨를 통해 「잘했군
잘했어」로 최고 스타 대접을 받았던 가수 하춘화 씨의 지방 공연을
따라다니게 되었고 완전히 재기에 성공했지요.

원일　우리 친구였던 이주일은 1980년대를 휘어잡았는데, 너무나
빨리 떠나 버렸어요. 아무튼 그때 극장 무대에서는 잘 풀리지
않았는데……. 옛날에는 볼거리가 극장 쇼하고 영화밖에 없었어요.
1964년 12월에 동양방송이 동양텔레비전이라는 이름으로
개국했는데 당시 서울과 대구 그리고 부산에만 방송했습니다.
그러다 문화방송이 개국하면서 이제 상업 방송국이 서로 경쟁이
붙다 보니 스카우트도 치열해졌죠. 코미디언들을 모두 흡수해 간
겁니다. 남은 우리는 무대를 차지할 수 있었는데 이주일은
단장들이 쓰지 않았어요. 얼굴이 못생기고 말을 더듬어서 정확하게
대사가 들리지 않는다고. 그리고 무대 의상도 없었어요.

방일수　그래서?

원일　그렇게 여러 가지 맞지 않으니까 단장들이 안 쓴 거지.
그러다가 방일수가 먼저 베트남을 다녀오고 나도 갔다 온 후에
이주일을 그 구리시에 있던 캐비닛 공장에서 끄집어냈죠. 당시
명보극장 뒤로 캐비닛 가게들이 많았어요. 거기에 수금을 하러
왔을 때 만나기도 하고. 아무튼 하춘화 쇼의 단골 사회자가 되면서
슬슬 전국 무대에 이름이 알려지기 시작했어요.

방일수　제가 남진 쇼에서 김정남 씨와 콤비로 사회를 보게

되었는데 그때 베트남에 가게 되었어요. 그래서 김정남 씨 보조 MC로 이주일 씨를 추천했습니다. 그때 서울시민회관 지금은 세종문화회관에서 새벽 5시에 모두 모여 버스를 타고 지방으로 리사이틀 쇼를 하러 떠나는데, 하필이면 이주일 씨와 같이 사회를 볼 김정남 씨는 남진 씨 차를 타고 먼저 내려간 거예요. 그래서 이주일 씨 혼자 버스에 먼저 올라 사람들을 기다리고 있는데, 이주일 씨를 처음 본 김영호 단장이 〈뭐, 이런 게 있어? 우리 남진 쇼를 뭐로 보고 이런 얼굴이 왔어?〉 하면서 내쫓았대요. 그래서 지방에도 못 가고 근처 해장국 집에 가서 소주 반 병을 시켜 놓고 질질 짜는데 이번에는 가게 주인이 〈아침부터 재수 없다〉며 내쫓고 소금을 뿌렸대요. (웃음)

원일 〈못생겨서 죄송합니다〉로 유명해졌지만, 무명 시절에는 얼굴 때문에 한도 설움도 많았죠.

방일수 연예인들은 운에 따라 스타가 되는 편이에요. 제가 방송국을 오가며 〈남진 리사이틀 쇼〉, 〈이미자 쇼〉, 〈나훈아 쇼〉 등을 다니다 보니까 생활이 잘 안 되는 거예요. 지방에 자꾸 가다 보면 방송을 못 할 것 같고. 그때 동양방송에서 1976년부터 「고전유머극장」을 시작했는데 저는 1년 후에 그 방송에서 송해 선배님을 다시 만나게 되었습니다. 〈잘 왔다〉고 하셔서 이제 방송에 집중해야 하니 당시 하춘화 쇼를 함께하던 이주일만 혼자 지방에 내려 보냈죠. 그때가 1977년 11월입니다. 그리고 그달 11일에 전라북도 이리역[1]에서 열차 폭발 사건이 났어요. 역에서 가까운 삼남극장에서 하춘화 쇼가 막 시작할 때였는데 쾅 하고 극장

1　현재는 익산역.

지붕이 모두 날아가 버렸어요. 이주일 씨가 제일 먼저 하춘화 씨를 찾아서 들쳐 업고 밖으로 나온 거죠. 그때 단장이자 연예계 대부인 최봉호 씨가 자기 분신 같은 하춘화 씨를 살렸으니 이주일 씨를 방송으로 연결해 주고 하루아침에 스타로 만들었지요.

원일 어떻든 간에 우리는 선배들 덕분에 방송국에도 들어갈 수 있었죠. 그때 선배님들이 모두 방송 프로그램에 나오다 보니 우리가 그 아랫사람이나 아들 역할 같은 것들을 많이 했죠. 그렇게 선배들이 끌어 줘서 1970년대에는 저희 모두가 방송국에 들어갔어요.

방일수 좀 늦게 들어간 편이죠. 방송은 필요에 따라 사람을 쓰니까 한 번 나오면 다음에 한참을 나오지 못하고……. 그래서 아이들 먹여 살려야 하는데 돈이 없는 거죠. 그러다 1980년대 초반부터 각 방송국 자체에서 코미디언들을 뽑기 시작했습니다. 1981년 MBC 1기가 최양락, 엄영수,[2] 이경규, 김보화 등이고 1982년 KBS 1기가 심형래, 이경래 등이었어요. 1980년에 동양방송이 KBS 2TV로 흡수됐는데 이때 전유성이 〈개그맨〉이라는 신조어를 만들었죠.

원일 〈코미디언〉 선배들은 처음에 탐탁치 않아 했어요. 연기가 안 되는 애들이 〈개그맨〉이라는 말을 쓴다고…….

방일수 그래서 우리 세대가 어중간해졌습니다. 밑에서는 치고 올라오고 위에서는 안 밀리려고 그대로 버티고 있으니까요.

원일 우리 또래에서 그나마 빛을 좀 본 게 이주일하고

---

2 본명인 〈엄용수〉로 오래 활동했으나 새로운 변화를 주고자 2020년에 〈엄영수〉로 개명하였다.

백남봉이었죠.

방일수 그렇죠. 우리는 송해, 박시명, 서영춘, 구봉서 등 극장에서
스탠딩 코미디 쇼를 하는 선배들의 코미디를 이어받다가 이분들이
방송으로 들어가니까 또 방송으로 들어가고 그랬으니까요.

　　　당시 1970년대에 〈개그〉는 〈코미디〉의 하위 개념이었어요.
두 사람이 만담을 하면서 한 명이 웃기면 다른 한 명은 정색하는
말을 주로 하잖아요. 미국의 스탠드 업 코미디와 일본의 만담
스타일이 복합되었는데 한국인의 정서에 더 맞게 발달했어요.

　　　개그는 1970년대 텔레비전 방송을 위한 쇼의 한 부분으로
시작했고 1980년대에는 말재주처럼 톡톡 튀는 대사들로 인기를
얻었습니다. 앞서 말했듯이 위로는 선배님들 아래는 후배님들이
각각 장르를 구별하기 시작한 거죠. 코미디언 세대 그리고
개그맨과 개그우먼 세대로.

원일 사실은 같은 범주 안에 있는 건데⋯⋯. 저희는 희극인인데
그걸 영어로 코미디언이라고 하는 거잖아요. 그래서 코미디언으로
출발을 했는데 갑자기 중간부터 개그맨이라고 하니, 나이 든
사람들은 우리 보고 코미디언이라고 하고, 젊은 분들은
개그맨이라고 부르죠. 어디 공연을 가면 사회자가 저희들을 소개할
때 〈원로 개그맨 방일수, 원일 씨입니다〉라고 하는데, 저희는 그럴
때 바로잡지요. 우리는 코미디 안에 개그가 있다고 생각하니까요.
어쨌든 어느 날 개그맨이 되어 있더라고요. (웃음)

　　　저희가 그나마 선배님들의 코미디를 보고 따라 하고
단역부터 하나씩 해본 덕분에 그때 배운 코미디를 지금도 써먹을
때가 있어요. 현재 베이비부머 세대가 속속 고령층으로 들어서고

8 1   있는데 이 수가 7백만 명에 가까워요. 이분들 앞에서 우리가
코미디를 해야지 어디 대학 축제 가서 뭘 한다고 하면 잘
맞겠습니까?

방일수 하하하!

원일   저희가 매년 장충체육관에서 25개 구청을 통해 64세
이상의 노인들을 초대하여 〈어르신 한마음 축제〉 행사를 해요.
한국연예인한마음회가 주최인데 올해로 22회가 됩니다. 권성일
씨가 회장이고 김상일 씨가 이사장으로 있어요. 모두 51명이
자원봉사를 합니다

방일수 뜻있는 사람끼리 모이면 마음이 하나라고 해서 한마음
축제예요. 매년 한 번씩 6월 1일이면 장충체육관에서 쭉 하고
있습니다. 자기희생과 봉사 그리고 사랑을 실천하는 것, 우리가
관객들 덕분에 이름 세 글자를 얻었으니 그 사랑을 나누고
실천하자는 행사입니다.

원일   예전에 송해 씨가 박시명 씨하고 콤비를 했는데 두 분이
코미디 영화에 짧게 출연해서 감초 같은 역할을 많이 했어요. 그때
했던 연기들을 우리가 따라서 하기도 하고 그래요. 엉터리
이발사나 실수투성이 웨이터 같은 역할들. 그리고 그때 우리도
선배님들 영화에 단역으로 출연을 했거든요.

방일수 그땐 대본이 없었어요. 그냥 하는 거죠. 선배님들이 주로
입담으로 코미디를 선보였기 때문에 분장실에서 즉흥적으로
대화를 하다가 야, 네가 이거 해봐라, 하면 또 해보고 그랬어요.

원일   그래서 저희도 이제 팔순이니 나이 먹은 관객들과 더

올해로 50년이 되는데, 잊을 수 없지요.

우리의 대선배님이 해주신 일들은⋯⋯.

영원한 천재, 영원한 우리의 MC!

공감을 해야 하잖아요. 그래서 가끔 선배님들이 했던 거를 저희가 한두 마디 하면 반응이 아주 좋습니다. (웃음)

> **이기남** 그럼 두 분이 선배님들의 코미디를 도와주는 역할도 많이 했겠군요?

원일 이제 선배님들이 극장 쇼에서 벗어나 TV 방송을 할 때, 예를 들어 「고전유머극장」 할 때는 아이디어를 많이 드렸지요.

방일수 특별한 것보다는 콩쥐나 팥쥐, 흥부와 놀부 등 고전 캐릭터를 살려서 아이디어를 드리면 저희도 역할 하나를 맡게 되는 거죠. 예를 들어, 놀부가 박시명 씨이고 흥부가 송해 선배님이면 저희가 아이디어를 드렸으니 마당쇠를 하나 따로 만들어서 저를 주거나 하는 거죠. 당시는 책을 많이 봤어요. 그래서 책에서 캐릭터를 만들어 보기도 하고 연구하고 그랬습니다.

원일 1960~1970년대는 거의 작가가 쓴 대로 했어요.

방일수 그대로 했지요.

원일 애드리브는 거의 안 했어요. 우리가 애드리브를 하면 선배들이 시건방지다고 했으니까요. 오로지 대본대로만 했는데 1980년대 들어와서 이제 〈개그맨〉들로 시대가 바뀌고 이 개그맨들은 작가가 써준 거에 살을 붙이고 애드리브를 많이 넣었습니다. 게다가 촬영에 들어가면 완벽하게 해내니까 작품이 아주 완성도가 높았지요.

> **이기남** 당시에 시대적 풍자 개그는 별로 없었나요?

방일수 1980년대에 와서 김학래나 김형곤 같은 개그맨들이 풍자 개그를 했었지요. 1986년에 시작한 KBS 2TV의 「유머1번지」의 간판 코너였던 〈회장님, 회장님, 우리 회장님〉이라고, 가상의 재벌 그룹 이사급 회의실에서 벌어지는 중역 회의 장면을 선보였지요. 이 회의장에서 당시 일어나던 정치나 경제 그리고 사회 현안들을 풍자했습니다. 한국 최초의 시사 코미디라고 할 수 있는데, 김덕배 회장 역에 김형곤이고 그 아래 임원 역으로 김학래, 엄영수, 양종철 등 당대 스타 개그맨들이 연기를 했지요. 특히 김학래와 엄영수가 회장에게 아부하는 캐릭터로 나왔는데 매우 인기가 높아서 당시 시청자들이 흉내를 많이 냈지요. 〈저는 회장님의 영원한 종입니다, 딸랑딸랑!〉 같은 것이죠. 또 1987년에 KBS 2TV의 「쇼비디오자키」의 한 코너였던 〈네로 25시〉에서 최양락이 네로 황제를, 임미숙이 날라리아 왕비를 맡았고 그 아래 원로원 원로로 엄영수와 김학래가 나왔는데 이 프로그램도 당시 재벌이나 집권 세력을 빗대어 시사 문제를 비평하는 풍자 코미디였습니다.

원일 이제 세월이 흘러서 오래전 코미디언이라고 하면 배삼룡이나 서영춘은 많이 잊히고 김학래와 엄영수를 뽑기도 하더군요.

이기남 1960~1970년대 송해 선생님은 어떤 역할을 주로 하셨어요?

방일수 그때는 보통 대감이나 첨지 역할을 많이 했어요. 점잖은 어른 역이었죠. 송해 선배님과 박시명 씨는 영감 나리 역을 많이 했고 서영춘 씨는 까불까불 캐릭터로 하인이나 머슴 노릇을 주로 했어요. 저희는 사또 역할을 많이 했는데 송해 선배님은 고루고루 하셨어요. 연기파 스타였지요. 연기를 잘하셨어요.

그리고 코미디를 하면서 동양방송의 「가로수를 누비며」를 진행하며 라디오 MC로도 맹활약했죠. 차분하면서 발음이 정확하거든요. 라디오 방송을 하면서 송해 씨 이름이 더 많이 회자가 되었습니다. 나중에 문화방송의 「싱글벙글쇼」에서는 이순주 씨와 알콩달콩 콤비를 이뤄 또 많은 사랑을 받았죠. 여성과 남성 콤비 MC의 시조였어요. 아까도 운에 관한 얘기를 했지만 억지로 하려고 하면 안 되지요. 송해 씨는 운도 잘 맞았습니다.

이기남 송해 선생님도 파월 장병 위문 공연에 갔었나요?

방일수 그럼요, 제일 먼저 다녀오셨죠. 그때는 당시에 가장 인기 많은 스타 가수 한 명이 꼭 갔었는데 송해 선배님은 이미자 씨하고 다녀왔어요. 송해 씨와 박시명 씨가 콤비로 사회를 보고 이미자 쇼를 연출하는 거죠. 저도 김정남 씨하고 둘이 사회를 보고 김세레나 씨가 노래를 불렀습니다. 팝과 재즈 밴드 그리고 무용단도 함께 갔지요.

원일 무용단은 7~8명 정도가 갔어요. 군인들이 워낙 좋아했으니까요. 당시 인기 있는 연예인은 정부가 강제로 모두 베트남에 보냈죠.

방일수 두세 번씩도 갔고……. 목숨을 담보로 해서 갔지요.

원일 또 안 간다고 하면 불편해지는 거죠. 연예계 생활을 앞으로 계속하려면 다녀와야 하는 분위기였습니다. 당시는 중앙정보부 시절이니까요. 저도 늦게 가긴 했는데, 젊었으니 다녀 왔지 지금은 못 가지요. 목숨에 더 애착이 생기니까. (웃음) 근데 하춘화 씨는 너무 어려서 베트남 공연에 갔어요. 그때 1972년 5월에 열여덟 살

1975년 12월 27일, TBC의 「쇼쇼쇼」에 출연한 후라이보이 곽규석과 송해
그리고 이순주.

어린 나이로 갔습니다. 병사들이 가장 보고 싶어 하는 가수 1위였으니까요. 공연하는 도중에도 포탄 소리가 들렸죠.

이기남 굉장히 위험했겠네요.

방일수 아유, 전투 지역이니 위험하죠.

원일 위험하죠, 전쟁터였으니까요.

방일수 자고 일어나 눈뜨고 공연을 가려면 헬리콥터를 타고 움직여야 했어요. UH-1이라고 작은 헬리콥터를 타고 이동하고 멀리 갈 때는 전투 수송기로 움직였습니다. 왜냐하면 정글에 전부 베트콩이 있으니 육지로 다닐 수 없고 위로 다니는 거죠. 밤에 잘 때도 포탄이 막 떨어졌어요.

원일 공연을 하다가 무대 옆에 포탄이 떨어져서 〈공연 중단!〉 하면 무대 밑으로 숨고 그랬어요. 또 어떤 날은 공연하려고 병사들을 다 모았는데 다른 작전 지역에서 사격이 쏟아져서 병사들이 다 나가고 연예인만 무대에 덩그러니 남기도 했죠.

이기남 보통 베트남에 위문 공연을 가면 어느 정도 걸렸나요?

방일수 국방부가 주관한 〈국군특별위문단〉은 약 1개월 정도 머물렀어요. 특별위문단은 대대, 연대 그리고 사령부를 돌지요. 예를 들어 맹호부대를 가서 사령부 위문 공연을 하면 그 연대에서 공연을 하고 이제 각 대대까지 다녀오는 거지요. 군예대는 3개월을 머물렀어요. 대대, 중대, 소대까지 모두 가는 거죠. 말이 위문 공연이지 늘 위험에 노출된 전투 행위나 다를 바가 없었습니다.

원일   군예대는 석 달이나 걸리니 무명인이 많이 갔어요. 국군특별위문단은 한 달이나 가야 해서 유명한 가수들이 많이 힘들어했지요. 그래도 안 간 사람이 있어요.

방일수   요리 빼고 조리 빼고.

원일   요리 빼고 저리 빼고 또 빽이 있으면 안 가고.

　　　　이기남   그렇게 위험하니 가족들이 엄청 걱정하고 그러지 않았어요?

방일수   그럼요, 걱정 많이 했죠.

원일   그러니까 안 가려고 하죠.

방일수   그리고 다들 나이가 20대 후반이나 30대였으니 결혼한 사람도 있고 결혼을 앞둔 사람도 있었죠.

　　　　이기남   송해 선생님도 가족이 있는 상태에서 가지 않았나요?

원일   그럼요, 가족이 있었죠.

방일수   그런데 그때 가족들은 베트남에 왜 가는지 아무것도 몰랐어요.

원일   그럼요, 몰라요. 우리만 알지…….

방일수   우리만 알지……. 우린 보름이나 한 달간 연습을 해야 그곳에서 빈틈 없이 위문 공연을 할 수 있으니, 그때 연습하면서 거기 소식을 미리 듣죠.

이기남 송해 선생님 이야기로 돌아갈까요? 두 분과 가까운 사이이죠?

방일수 제일 가깝죠. 제일 아끼고 사랑하고 또 제일 존경하고 음…… 어떤 때 보면 잔정이 참 많아요. 송해 선배님이 특히 후배들을 이렇게 다독거리면서 꼭 옆에 두고 싶어 하셨죠. 1970년 4월 2일, 극장 쇼가 한창 전성 시대일 때 제가 결혼식 날을 잡은 거예요. 며칠간 고민하다가 송해 선배님에게 사회를 부탁드렸죠. 마음 놓고 얘기할 분이 선배님밖에 없으니까요. 〈내가 웬만하면 사회 안 본다〉 하시면서 승낙했는데 그럼 주례는 어떡하려고 하느냐고 물어보세요. 그때는 예식장에서 월급을 받으면서 주례를 서는 분이 많았거든요. 이미 거기까지 생각을 다 하셨더라고요. 그러면서 극작가이자 연출가인 박진 선생님이 있다면서 그분을 연결해 주셔서 박진 선생님을 주례로 모시고 송해 선배님이 사회를 봐주셨어요. 올해로 50년이 되는데, 잊을 수가 없지요. 우리의 대선배님이 해주신 일들은……. 영원한 천재, 영원한 우리의 MC! (웃음)

원일 1964년부터 시작한 「새나라쑈」라고 송해 씨와 박시명 씨 콤비가 사회를 맡고 당시 최고 인기 스타인 이미자와 은방울자매 등이 나오는 순회 공연이 있었습니다. 그때 송해 씨가 단역 배우와 주연 배우를 차별하는 것들을 에피소드로 만들기도 하고 엉터리 이발사가 등장하는 무대도 연출하고 그랬습니다. 그때 단역으로 몇몇 역에 참여했지요. 「새나라쑈」가 당시 서울에서는 이틀이나 3일에 한 번씩 할 정도로 인기가 많았고, 지방에서는 3일씩 연달아 하기도 했어요.

아직도 원로 연예인들 모시고 식사를 같이하고
꼭 밥값도 당신이 직접 내고 그러시죠.
사람들을 끔찍하게 생각하시는 분이에요.

방일수   저는 극장은 아무래도 일터였으니까 송해 선배님하고는
일이 끝나고 따로 만났어요. 둘 다 워낙 술을 좋아하기도 하고.
예전에는 스카라극장이 있던 을지로 쪽에서 마셨는데 지금은 송해
선배님의 사무실인 〈원로 연예인 상록회〉가 있는 종로 쪽에서
만나죠. 오후 5시쯤에 술 생각 나면 전화가 오죠. 〈일수, 너
어디냐?〉고. 근처에 있다고 하면 얼른 오라고 해서 둘이 대폿집에
갑니다. 한 병만 먹자 하다가 한 병이 딱 석 잔 반씩이거든요. 금세
없어지니 그래도 각 한 병씩 먹어야지 하고 또 한 병을 마셔요. 그럼
〈야, 사내 대장부가 13579로 가야지!〉 하세요. 그럼 한 병이 세 병이
되고 다섯 병이 되는 거지요.

  네 병쯤 마시다가 화장실 간다고 하고 도망을 가버려요.
그리고 지하철 타고 가면서 전화를 하면, 일수야, 너 지금 도망 가고
있지? 네, 가고 있습니다, 해요. 그래 도망가는 건 좋은데 등 뒤를
한번 봐라, 거기에 아마 낚싯바늘 꽂혔을걸! (웃음) 〈돌아와라!〉
하시면 다시 가서 마시고 그랬지요. 술을 같이 마시면 좋은 얘기 참
많이 해주시죠.

원일   아직도 원로 연예인들 모시고 식사를 같이하고 꼭 밥값도
당신이 직접 내고 그러시죠. 사람들을 끔찍하게 생각하시는
분이에요.

  이기남   후배들한테는 어떤 존재인가요?

방일수   아, 후배들을 굉장히 아끼고 사랑하시죠. 그런데 조금
까다로운 부분이 있어서, 우선 마음에 들어야 해요. 정과 정이
통해야 한다고. 우리 둘은 어떻게 송해 선배님과 정이 들어서
이렇게 끝까지 정을 이어 가고 있어요.

원일   자상한 분이에요.   92

방일수   네, 맞아요. 피는 안 섞여도 친형제처럼 자상해요.

     이기남   어떻게 정이 통한 것 같나요?

방일수   소소하게는 소주를 마시거나 같이 밥을 먹으며 정을
나누죠. 그리고 무슨 일이 있으면 제일 먼저 불러요. 그래서 아들
사고 났을 때도 제일 먼저, 일수야! 원일아! 오토바이 사고가 났다!
했어요. 그러면 제일 먼저 달려가죠. 첫째 따님 결혼식 때도 제가
가서 사회를 보고 사모님 팔순 때도 저희가 가서 사회 봤습니다.
집안일은 조용하게 아무도 안 부르고 꼭 필요로 할 때 필요한
사람을 부르죠. 그렇게 정확한 선을 지키세요.

원일   방금 얘기했지만 마음에 드는 후배들한테는 많은 것을
주세요. 연기까지 하나하나 가르쳐 주었어요. 언제 한 박자 쉬고
대사를 쳐야 할지 같은 것도요.

방일수   그리고 사람이 어려운 일을 겪을 때 누구 부모님이
돌아가시거나 가족이 상을 당하면 빼놓지 않고 가세요. 우선
화환부터 딱 보내 놓고 그다음에 장례식장을 찾아가시죠.

원일   가실 때는 이제 전화를 걸어서, 1번 일수야! 2번 원일아!
어디냐? 해서 같이 가자고 하세요. 꼭 같이 가요. 아마 빈소는 거의
다 같이 다녔던 것 같아요. 그래서 저희가 늘 존경합니다.

방일수   빈소에 가서 또 오래 계시고.

원일   오래 있어요.

방일수   술을 좋아하니 술 드시고.

9 3   **원일**   이 사람, 저 사람 인사하고.

방일수   그러다 제가 어느 날 술병이 났어요. 도저히 안 되겠다 싶어서 나중에 김정남을 불렀죠. 오늘 네가 대작을 좀 해라, 하고. 그런데 선배님이 제가 일부러 빼는 줄 알고 약간 삐친 거예요. 아, 제가 방송 때문에 술을 못 해서 그래요, 하니, 〈너 필요 없어, 너랑 술 안 먹는다고! 야, 인마! 방수현3 선수 하는 그 배드민턴이나 해라!〉 하는 거예요. (웃음) 그래서 선배님 동네에 배수남 씨하고 같이 가서 소맥으로 한잔 드리면 탁 마시고 기분이 풀어지세요. 〈역시, 너는 내 후배다! 배드민턴이 얼마나 어려운 거냐, 금메달 아무나 따는 거냐, 방수현은 세계적 스타다! 아무나 하는 거 아니다!〉 하십니다. (웃음) 이렇게 정과 정이 쌓이는 거죠.

　　　　이기남   그러면 송해 선생님 가족과도 다 잘 알겠어요?

방일수   다 잘 알죠. 아들 보내고 사모님 보내고 지금은 외로워하는 모습도 보이죠.

원일   저희가 이제는 송해 형님이라고 해요. 사람들은 어려서 선생님이라 하는데 저희는 그냥 형님이라고 하지요.

　　　　이기남   크게 혼이 나거나 한 적은 없었어요?

원일   없어요.

방일수   송해 선배님은 우리한테 야단치는 법이 없어요.

원일   그리고 저희도 절대 야단맞을 행동을 하지 않지요.

　　　3   배드민턴 선수인 방수현은 1996년 애틀랜타 올림픽 여자 단식 금메달리스트이자 방일수의 딸이기도 하다.

방일수   연기를 할 때 우리가 리딩을 하잖아요. 리허설 때 다른
사람은 몰라도 송해 선배님은 저희가 하는 거를 꼭 보세요. 그러고
감정은 이렇게 했으면 좋겠고 동작은 이게 낫겠다고 가르쳐 주셨죠.
〈사랑의 매〉라는 게 없었어요. 한번 맞아 봤으면 좋겠네!
지금이라도 한 대 맞아 볼까? (웃음)

원일   그리고 우리가 늘 솔선했지요. 처세도 바르게 하고. 그분이
뭐라 하기 전에 우리가 먼저 했으니까요. 우리도 후배들한테
존경받는 인물로 살자고 둘이 살아왔습니다. 그 많은 선배들
돌아가시고 살아 있을 때도 별별 일이 다 있었지만 우리는 그러지
말자고…….

방일수   남들 싸우고 갈라지면 저희는 주로 화해시켰죠. (웃음)

원일   응, 우린 뭐 그런 건 없어.

   이기남   그럼 송해 선생님께 하고 싶은 얘기가 있는지
   물어볼게요.

방일수   아, 네. 여태껏 최장수 프로그램을 이끌어 온 국민 MC이고
늘 우리 곁을 지켜 준 분! 저희 위에 한 분밖에 없는 영원한 우리
송해 오빠, 형님, 선생님 그리고 총재님! 현재 송해 선생님이
대한민국방송코미디언협회 총재입니다! 뭐니뭐니해도 건강이
제일이죠. 그래서 무조건 건강해야 합니다! 사랑합니다!

원일   연세가 있으니까 욕심을 조금 버렸으면 좋겠어요. 내가 그
마음을 너무 잘 알아서 욕심을 버리면 좋겠습니다. 지금도 조금
편찮은데 아마 누워 있으면서 「전국노래자랑」 생각을 할 겁니다.
그러니까 마음을 편안하게 하길 바라요. 일단 건강해야 뭘 다시 할

방일수 그럼 그럼.

원일 최근 선배님이 감기에 걸렸는데 사람들이 모두 다 그 얘기를 나한테 물어봐요. 송해 선배님 건강이 어떤지……. 감기니까 괜찮을 거라고 내가 사람들을 오히려 위로도 하고 그러는데, 일단 첫째도 건강! 둘째도 셋째도 건강! 건강만 지켜 주십시오.

　　　선배님이 오래 활동을 하셔야 우리가 또 행사 일이라도 하나 들어와요. (웃음) 우리가 이제 여든 살이 되니까 일이 좀 떨어지거든요. 가끔 그런 얘기도 들어요. 나이가 많은데 아직까지 일한다고……. 그러면 바로 얘기해요. 〈송해 선생님이 지금 몇이야? 연세가?〉 그럼 그 사람이 그다음 얘기를 안 하지요. (웃음)

방일수 할 말을 잃어버리는 거지.

원일 그러니까 우리의 기둥이에요. 송해 선배님이 오래 하셔야 또 우리도 하고, 오래오래 사셔야 해요. 지금 「전국노래자랑」 후임으로 이상용, 허참, 이상벽 이런 얘기가 나오지만 선배님이 그저 영원한 주인공이니 건강하셔서 계속 진행하시면 됩니다.

　　　그리고 송해 선배님은 악극단부터 극장 무대로 시작한 사람이라서 객석에 말 한마디 던져 보면 금방 분위기를 읽는 분입니다. 그런 게 바로 MC이지요. 저희가 그런 걸 모두 선배한테 배웠어요. 둘이 대사를 던져 봐서 반응이 아니다 싶으면 바로 사인을 하잖아요. 얼른 걷어치우자고! (웃음)

이기남 좋은 얘기를 들려주셔서 감사합니다. 마지막
한마디를 해주십시오.

방일수 송해 선배님, 사랑합니다!

원일 건강하세요! 오래오래 사세요!

세 번째 인터뷰
2020년 1월 7일

엄영수, 김학래(희극인)×이기남

    이기남 우선 자기소개를 부탁드립니다.

엄영수 안녕하십니까! 개그맨 엄영수입니다. 송해 선생님의
후배이기도 합니다.

김학래 네, 개그맨 김학래입니다.

    이기남 두 분은 언제 데뷔했나요?

엄영수 저는 1981년도에 데뷔했습니다. 그래서 송해 선생님께
인사를 드리러 갔어요. 〈이번에 제가 코미디언으로
들어왔습니다〉라고 했더니, 선생님께서 하하 웃으며 〈고생길로
접어들었구나, 그래 잘해 봐!〉 하시는데 제가 그 웃는 법을
배웠습니다. 아, 사람을 만나면 항상 웃어야 하겠구나, 코미디언은
남을 웃기는 것뿐 아니라 내가 많이 웃어야 하겠구나, 하고 한 수
배웠지요.

대한민국방송코미디언협회 사무실에서 인터뷰 중인 엄영수와 김학래.

김학래 저는 1977년 KBS 특채로 데뷔했어요. 당시 문화방송의
「웃으면 복이와요」라는 프로그램이 인기였는데 배삼룡 씨나
서영춘 씨가 주류였던 시절이었습니다. 뭐랄까 웃음의 농도가
지금과는 좀 달랐어요. 그때는 우리가 허기진 배를 움켜쥐고 집에
돌아오면 그 웃음으로만 배를 채울 수 있던 시절이었으니까요.
송해 씨는 「복권추첨」이라는 프로그램으로 인기를 얻었고,
「가로수를 누비며」로 전성기를 누릴 때였습니다.

   이기남 코미디언 이순주 씨하고도 라디오를 진행했지요?

김학래 네, 「싱글벙글쇼」에서 두 분이 명사회자였어요. 다들
최고라고 그랬는데 이순주 선배님이 미국으로 이민을 가서 그 후로
혼자 라디오를 진행하셨죠.

엄영수 송해와 이순주 콤비는 이후에 등장하는 더블 MC들의
시초였지요. 임성훈과 최미나의 TV MC부터 강석과 강혜영의
라디오 MC까지, 콤비만이 할 수 있는 진수를 보여 준 거죠. 처음
극단 활동 때부터 송해 선생님은 박시명 씨와 짝을 이뤘고, 또
이순주 씨하고도 라디오와 TV에서 만담 콤비로 활약했고, 후에는
이주일 씨하고도 같이 코미디를 선보였지요. 당시에 서영춘
선생님이 사회자로 대단하셨는데 두 분이 쌍벽을 이뤘습니다.

   이기남 데뷔했을 때 코미디계는 어땠나요?

엄영수 그때는 구봉서 선생님과 서영춘 선생님이 선두주자였고
배삼룡 선생님도 굉장히 인기 있을 때였어요. 송해 선생님은
「고전유머극장」으로 인기가 높았는데, 코미디보다 「복권추첨」의
사회로 한창 더 유명할 때였습니다. 그러다 1988년

「전국노래자랑」으로 그야말로 전국구 MC가 되셨고 지금은 세계적
스타가 된 거죠.

김학래 데뷔 때 기억나는 거 하나는, KBS 희극인실이 굉장히
넓었고 저쪽 한편에 소파가 있었는데 그때 송해 선배님부터
막내들까지 다 같이 출연하는 프로그램이 있었어요. 그때 박시명
선배님도 오셨는데 머리가 어지러웠는지 소파에 쓰러지듯
누우셨죠. 누군가에게 약 심부름을 시켜야 하는데 이렇게
둘러보니까 아는 사람이 하나도 없는 거예요. 그래서 박시명
선배님이 〈송해야, 너 나가서 우황청심환 하나 사서 와라〉 하는데,
우리가 얼마나 몰래 웃었는지 모릅니다. 우리가 볼 때는 하늘처럼
높은 선배에게 우황청심환 하나 사 오라고 심부름을 시키는데 그게
너무 웃겼습니다.

　　　　이기남 「전국노래자랑」이 시작한 때는 기억하세요?

엄영수 저는 「전국노래자랑」이 생기기 전에 데뷔했습니다. 그리고
송해 선생님이 맡고 난 후에 점점 유명해지는 것을 목격했지요.
송해 선생님이 프로그램을 맡을 당시, 아드님이 불의의 사고로
유명을 달리했기에 굉장히 실의에 빠졌고 두문불출하며 댁에만
계셨습니다. 식음을 전폐하다시피 하고 슬픔에 빠져 있었어요.
저희도 뭐라고 위로의 말씀을 드려야 할지 모를 때였는데,
전화위복이라고 선생님이 큰 축복을 받으신 것만 같았죠.

　　　　「전국노래자랑」이 그때만 해도 녹화를 다니기가 상당히
어려웠습니다. 지방 도로가 포장이 잘 안 되어 있고 지금처럼
교통망이 편리한 것도 아니고 무엇보다 이 프로그램에 전념하는
사람이어야만 MC를 맡길 수 있는 상황이었어요. 다른

코미디언들은, 이상해 선배님이나 배삼룡, 구봉서 선생님들처럼
유명한 코미디언들은 당시 서너 군데 프로그램을 하고 있어서
「전국노래자랑」 사회를 할 수가 없었습니다. 그래서 아무것도 할 수
없던 송해 선생님에게 오히려 전화위복이 된 거죠.

　　　　또 선생님께서 이제 몸도 추스르고 마음을 달랠 겸 그리고
아무래도 코미디언이니 다시 무대에 오르고 방송을 해야 하는데
「전국노래자랑」과 잘 맞은 거예요. 전국 방방곡곡을 다니면서
녹화를 하며 다양한 사람도 만나고 그들에게서 힘을 얻고 또 바깥
공기도 쐬고 괜찮았죠.

　　　　그런데 이 방송은 당시 유일하게 농사짓는 사람이나 공장
근로자들 그리고 한국에 있는 외국인들의 목소리를 전국에
전파했습니다. 서민만의 애환을 밖으로 표출하고 무대에서 드러낼
수 있는 유일한 프로그램이었어요. 당시에는 서민이 방송에 나가서
자기 하고 싶은 얘기나 추억을 말하는 건 꿈도 못 꿀 때입니다. 그때
가감 없이 서민의 살아가는 모습과 애환을 방송을 통해 전달하니까
많은 분이 환호한 거죠. 마치 자기네 동네에 온 것처럼 온 국민이
봐주고 환호를 보내는 바람에 선생님이 더 크게 유명해진 겁니다.

김학래　제가 그때 송해 선배님이 아들의 장례식장에서 하신
말씀이 기억나요. 〈안 돼, 안 돼, 이런 일이 있어서는 안 돼〉 하면서
통곡하던 모습도 떠오릅니다. 그러고 한참 후에 〈전구우욱~
노래자랑! 전국에 계신 노래자랑 가족 여러분, 안녕하셨습니까?〉
인사를 하는데 언제 슬픔이 있었냐는 듯이 활기로 가득했죠. 그
모습을 온 국민이 지켜보며 아, 저분이 그걸 극복하고 다시
태어났구나, 하며 더 많은 박수를 보냈습니다. 그래도 여전히 짠한

게 아들을 잃고 난 후부터 어두운 곳에 가면 〈아버지〉하고 부르는
거 같아서 뒤돌아보면, 환청이라는 거에요…….

이기남　두 분과 가깝게 지내셨죠? 축구단도 같이하고요?

엄영수　코미디언 축구단이 있었어요. 그때 축구를 TV에서 보여
주던 시절이 아니니까 운동장에 그렇게나 많이 모였습니다.
영화배우팀과 만화가팀이 있어서, 세 팀이 축구를 하면
서울운동장이 꽉 찼습니다. 송해 선생님이 나이가 드셔도 축구팀
유니폼을 입고 막 뛰어요. 우리가 한 골 넣어 드리게 하려고 일부러
선생님한테만 패스하고 그러면 〈아유, 왜 이렇게 나한테 자꾸 줘!
나, 이거 힘들다!〉하면서도 공을 안 보내면 섭섭해하더라고요.
연배가 꽤 높았는데도 운동장에 나가서 꼭 뛰고 연예인 축구단
같은 활동도 했었죠. 게다가 점점「전국노래자랑」으로
승승장구하면서 더욱 유명해지니 저희는 이런 선배를 둔 것이
너무나 큰 기쁨이었습니다.

김학래　선배님이 축구를 할 때 꼭 중앙 공격수로 나서는데, 경기를
하다가 한 5분도 안 뛰어요. (웃음) 7분 뛰다가 그냥 쓰러져요.
그러면 들것으로 옮기는데, 들것이 어린이용으로 요만한 작은 거를
들고 나르는 거죠. 근데 사람을 태우면 밑으로 쏙 빠지는 거예요.
그래서 빈 상태로 들것만 나가는 거죠. 축구장에서도 그런 콩트를
만들었습니다. (웃음)

이기남　두 분에게 선생님은 어떤 분인가요?

엄영수　제가 대한민국방송코미디언협회 회장을 지금 한 20년 하고
있어서 늘 최근 현안을 알려 드리고 의논하는데 항상 협회에

어려움이 있으면 말하라고 하세요. 그리고 행사에 참여하고 어려운 문제가 생기면 해결해 주시죠. 저희가 행사를 하게 되면 꼭 모십니다. 선생님이 없으면 그 의미도 없어요. 최고 연장자이지만 최고 선배이니까요. 또 해결사이자 방향을 제시하는 안내자이기도 하세요.

김학래 저희가 아무리 바빠도 매년 새해 인사를 드리러 가요. 세뱃돈을 쥐여 주신 지도 꽤 오래되었습니다.

엄영수 선생님께서 연초가 되면 〈애야, 애들이 보고 싶구나! 애들을 전부 모아라, 이 송해가 쏜다!〉라고 하세요. 그러면 후배들이 다들 모여 잔치를 즐기는 거죠. 그 후배들 식사비 모두 부담하고 또 집에 계시는 부모님들 선물도 따로 마련하세요.

한번은 선생님께 너무 부담을 지우는 것 같아서 이번에는 좀 약식으로 1백 명 정도만 모이겠다고 하니, 〈거, 인기 없고 돈 없는 사람들이 이런 데까지 빠지면 얼마나 서운하겠냐〉라고 하셔서 3백여 명 정도 모였습니다. 그러면 이제 비용이 많이 들잖아요? 그래서 저희가 갈비탕 집에서 좀 싸게 하겠다고 하니, 〈너희가 지금 얼마나 비싼 배우냐! 또 지금 저 후배들이 다음에 큰 배우가 될 귀한 몸들인데 그렇게 싸게 하면 안 되지, 체면이 서고 품위가 있는 곳에서 하자〉라고 해요. 그래서 저희가 일류 호텔까지는 아니더라도 좋은 곳에서 다 같이 모였습니다.

그런데 이렇게 모이면 아무래도 부담이 될 듯하여 이걸 또 걱정하면, 〈내가 하다가 못 해서 쓰러지면 네가 있잖니!〉 하며 저를 은근히 치켜세우시죠. 매년 〈송해가 쏜다!〉 이러면 전부 그 비용을 선생님이 부담하세요. 후배들, 특히 어린 사람들을 사랑하고

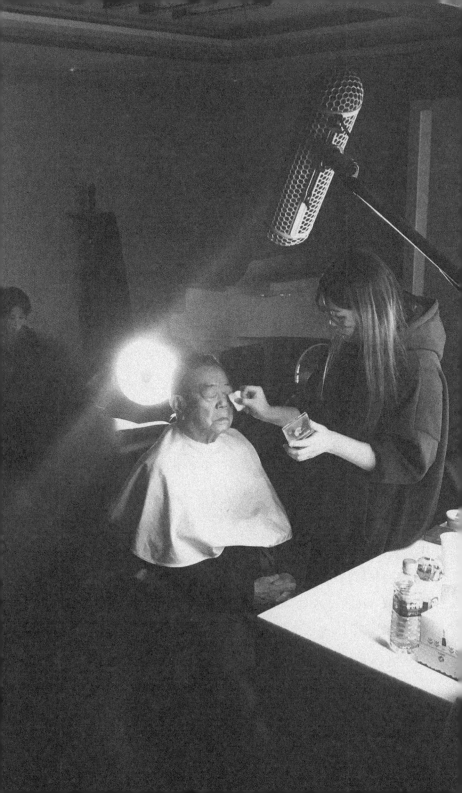

배려하는 모습을 보면 너무나 대단하시죠. 우리는 생각조차 못
하는 것인데…….

　　　또 송해 선생님이 구봉서 선생님과 나이가 1년 차이입니다.
한 살 차이인데도 구봉서 선생님을 형님처럼, 어르신처럼 그리고
부모님처럼 극진하게 대하고 존경하며 지내셨어요. 구봉서
선생님이 삼년상을 치렀는데 그 삼년상을 모두 챙기셨지요.
한여름에 돌아가셔서 늘 폭염이 기승을 부렸는데도 아랑곳하지
않으셨습니다. 아무리 바빠도 참석했죠. 마지막 3년째는
사할린에서 「전국노래자랑」 녹화가 있었는데 거기서 동포들
위문하고 온 종일 방송하느라 힘들었을 텐데, 그다음 날 아침
비행기를 타고 삼년상 치르는 묘지에 딱 맞게 도착하셨어요. 그때
저희가 너무나 감동했습니다. 그때가 막 아흔이셨는데도 그렇게
제시간에 맞춰 오시는 거예요.

　　　제 인생에서 선생님께 지금도 배워야 할 것이 무엇이냐면,
바로 시간 약속이 정확한 거예요. 늦은 적이 한 번도 없어요.
그렇다고 누가 늦게 왔다고 해도 책망하지 않으세요. 그래, 요새
차가 많이 막히지, 오느라고 고생했다, 네가 안 왔으면 오늘 모임을
하지 못 할 뻔했다, 이렇게 말씀하세요. 선생님은 후배들에 대한
배려가 아주 지극하십니다.

　　　구봉서 선생님 얘기를 하다 보니, 예전에 두 분이 장난치던
게 떠오릅니다. 구봉서 선생님이 갑자기 〈야, 송해야! 네가 그렇게
잘나가냐? 요즘 어떻게 얼굴을 볼 수가 없네. 야! 왕년에 너만큼 안
나가는 사람 어디 있냐? 너 일로 좀 와봐!〉 이러면 송해 선생님이
〈아이고, 아야얏!〉 이러면서 안 맞으려고 피하는 시늉을 하는
거예요. 두 분이 즉흥 코미디를 선보이는 거죠. 저희가 그 모습을

보면서 저렇게 오랜 세월 동안 다정하고 유머러스하게 지낼 수 있을까, 우리는 나이가 들어서 동료와 저런 놀이를 할 수 있을까 생각합니다.

　　송해 선생님도 저희에게 늘 말씀하셨죠. 〈이분은 마지막 남은 나의 형님이다, 코미디계의 마지막 어른이시다!〉 그러고 저희가 세배하러 가면 첫 번째 인사가, 〈너희 봉서 형님댁에 다녀왔니? 거기 들렀다 오는 거니?〉 하고 물어보셨어요. 꼭 자신보다 구봉서 선생님을 먼저 뵙고 오라고 은연중에 가르쳐 주셨습니다. 그런 어르신입니다.

김학래　저희가 세뱃돈을 꽤 받았는데 혼자 갈 때는 한 10만 원 받고요. 열 명 우르르 가면 5만 원씩 받았습니다. 그러다 30명 넘게 세배하러 가면 세뱃돈을 나눠 주다가 끊길 때가 생기잖아요. 선생님이 늘 장지갑을 갖고 다녀서 돈을 장지갑 안에 가득 넣어 두는데 딱 끊기는 거죠. 그러면 〈외상이야! 내년에 와!〉 하신 적도 있습니다. 저희가 간다고 하면, 항상 준비해 두세요. 후배 사랑이 지극한 분이에요.

엄영수　제가 선생님께 지금까지 29년간 세배를 다녔어요. 하지만 제 후배들은 제게 문안을 올리거나 하지 않습니다. 저 역시 이렇게 29년째 인사를 다니는 분이 안 계세요. 제게도 역시 5만 원도 주시고 10만 원도 주시고. 물론 저 혼자 갈 때도 있지만 제가 협회장을 하니 저희 임원이나 다른 코미디언들 2~30명씩 몰려서 갈 때가 있습니다. 저희 딴에 건강 챙기시라고 이것저것 가져가서는 〈선생님, 기운 크게 차리십시오!〉 하는데, 아니 저희가 갈 때마다 선생님 목소리가 쩌렁쩌렁해요. 다들 왔느냐고 다과도 내주고 세뱃돈도 쥐여 주는데, 이러다 내가 어르신보다 먼저 쓰러지면 어떡하지 겁이 나는 거예요. 하지만, 네! 제가 먼저 쓰러지는 한이 있어도 선생님이 1백 년, 2백 년 계속 장수하시고 코미디를 계속해 주셨으면 합니다.

이기남 술자리에서 배운 점도 있었겠어요?

엄영수 술을 드셔도 한 곳에서 안 마시고 강남에서 먹다가 강북으로 왔다가 다시 용인으로 갔다가 하세요. 그리고 술을 시작하는 곳은 꼭 음식점입니다. 해장국집이나 빈대떡집, 설렁탕집, 곰탕집 그리고 백반집들. 아주 서민적인 식당에서 시작해요. 그 좋아하시는 소주가 도수가 높아요. 왜 빨간 딱지 붙은 소주, 도수가 20도를 넘는데 그 아래 되는 소주는 싱겁다고 안 마셔요.

그리고 오늘 누구랑 술 마시겠다는 게 아니고 술을 마시다가 생각나는 사람들을 다 부르고, 지나가는 사람들 다 부르고 그러다 보면 나중에는 막 20명, 30명이 되지요. 그런데 누구라도 다들 그 자리에 끼고 싶어 해요. 선생님이 지나온 추억과 역사를 차근차근 다 들려주시니까요. 그리고 한 번도 자세가 헝클어진 법이 없어요. 술을 시작하면 끝날 때까지 곧은 자세로 마시죠. 또 오래전에는 원일 선생님이나 남보원 선생님하고 그렇게 대작했다고 해요.

게다가 누가 술잔을 몰래 내려놓는지, 누가 화장실을 네 번이나 다녀왔는지 다 알아요. 촉이 살아 있어요. 그리고 남들이 주는 잔은 한 잔도 버리지 않고 모두 마셔요. 선생님의 지론은, 〈술이란 마실 때 시차를 두고 대화와 풍류를 즐기고 노래를 하면서 마시는 것이다, 빨리빨리 마시다 보면 취하고 망가진다〉라는

위는 1970년대 문화방송 「웃으면 복이와요」에 출연한 구봉서와 배삼룡,
아래는 배삼룡과 서영춘의 모습.

것입니다. 그래서 10분에 한 잔이면, 딱 그 시간을 지키면서 드세요. 이렇게 저희가 술자리를 같이하면 배울 점이 너무나 많습니다.

그리고 선생님 일설에 의하면, 전국에서 수많은 분이 아, 송해가 저렇게 소주를 많이 마셔도 건강하니 소주는 위험한 술이 아니구나, 우리 서민들도 마음껏 마셔도 괜찮구나, 하면서 안심하고 술을 마신다는 애기도 전합니다. (웃음)

김학래 그런데 선배가 됐건 후배가 됐건 송해 선배님 앞에 앉으면 이제 술을 대작해야 해요. 한 잔 주시고 알아서 마시라는 게 아닙니다. 한번은 제가 술을 딱 받아서 테이블 밑에 살짝 두었어요. 그러면 말씀하죠. 〈그래, 너는 그 술을 언제 마시려고 거기다 놔두니? 그거 쉰다. 내가 싫나?〉 그러니 잔을 받으면 마시고 다시 드려야 합니다. 그러면 또 따라 주고 또 받고 또 따라 주고 이게 밤새 이어지죠. 그리고 연예계 돌아가는 애기나 좋은 말씀을 해주시는데, 아, 정말 그런 거 보면 지금도 젊은 친구들이 못 당할 거예요. 그렇다고 비싼 안주 드시는 것도 아니거든요.

엄영수 빈대떡에…….

김학래 빈대떡 아니면 도토리묵! (웃음) 감자탕처럼 여러 명이 먹어도 5만 원 정도 나오는 걸 시켜 놓고 소주 드세요.

엄영수 참 검소하시죠.

김학래 네, 검소하세요. 쉽게 말하면, 필요 없는 곳에는 돈을 안 써요. (웃음) 알뜰살뜰해서 그냥 있는 거 쓰시고 그래요. 너무나 인간적인 분입니다.

이기남 아무래도 고향에 관한 이야기도 나오겠어요?

김학래 누구든 사람이라면 고향을 그리워하지만, 선배님은 특히나 고향이 가슴에 묻혀 있죠. 한번은 다 함께 파주를 간 적도 있어요. 거기 오두산 통일전망대에 같이 가자고 해서 철책선도 바라보고 그쪽을 향해 절도 하고 그랬습니다. 그때도 말없이 그저 하늘만 빤히 쳐다보시죠. 저희 바람이 선배님이 고향에 다녀오시는 건데…….

엄영수 그럼요. 저희뿐만 아니라 전 국민의 바람일 거예요.

   이기남 처음 인사할 때 〈개그맨〉이라고 소개하셨는데 예전에는 희극인을 코미디언으로 불렀고 또 요즘은 개그맨이라고 부르는데, 어떤 차이가 있을까요?

김학래 우리 선배님들은 〈코미디언〉을 〈개그맨〉으로 부르는 거에 관해서는 아주 질색했습니다. 〈전 세계적으로 코미디언이라고 하지 무슨 개그맨이라고 하냐?〉 물론 우리도 인정합니다. 네, 없지요! 그런데 이 단어를 누가 만들었냐면 예전에 〈꿀단지〉 클럽이라는 게 있었습니다. 임성훈, 송영길, 고영수, 최미나 등 대학생들이 만든 개그 동아리였는데 여기에 전유성 선배도 참여했어요. 이때 전유성 선배가 〈개그〉를 브랜드화하고 싶었던 것 같아요.

   옛날부터 〈코미디를 한다〉고 하면 사람들이 가볍게 취급하며 업신여겼습니다. 그리고 코미디언들은 악극단에 들어가 유랑 생활을 하고 스탠딩 코미디를 선보이며 만담을 주로 하던 이미지가 강했어요. 그래서 이제 좀 분류해야 한다고 후배 세대가 생각했고, 결국 〈개그맨〉이라는 단어를 만들어 그때부터 사용했지요. 그래서 대학 동아리에서부터 적극 이 단어를 쓰기 시작했고, 결국 1980년쯤에 〈개그맨을 뽑는다〉는 표현이 나왔습니다. 또 개그맨을 뽑을 때 전문 대학교 이상의 자격으로 응시하게 했는데, 선배들은 그게 탐탁지 않은 거예요. 코미디언이 다 똑같은 코미디언이지, 개그맨이 코미디언이지, 하고요. 지금은 송해 선생님도 자신을 개그맨이라고 소개하기도 해요. 그분은 워낙 다 좋게 보니까요.

엄영수 1970~1980년대에 정부에서 코미디를 규제한 적이 있습니다. 전국적으로 유행이 되고 문화적 현상이 생기니까요. 특히 어린이들이 코미디언 흉내를 내고 당시 유행했던 게 바보 캐릭터가 많다 보니 더 경시한 것도 있습니다. 또 코미디 쇼에서 웃기려고 물을 뒤집어쓰거나 뭔가를 부수거나 고함을 서로 치거나 이렇게 싸우는 모습이 악영향을 준다고 규제하기 시작했죠. 어떤 때는 프로그램을 없애고 또 어떤 때는 특정 코미디언을 제재했습니다. 1970년대는 사회와 대중문화를 정화한다는 핑계로 규제와 징계를 남발했어요. 그래서 기성 코미디와 다른 뭔가가 필요했고, 또 코미디 역시 자발적으로 발전해 나가야 한다는 의식이 있었습니다. 그렇게 〈개그〉와 〈개그맨〉이라는 시대적 표현이 나온 것이죠. 그러나 개그나 코미디나 다 같은 장르이며 지금은 코미디언협회로 통합하기도 했습니다.

      그렇다고 선배들이 개그라는 단어에 대해 부정적인 생각은 하지 않아요. 원로 코미디언도 모두 개그맨을 인정해 주고 또 개그맨은 과거의 코미디를 인정하고. 다만 개그의 특징이 뭐냐면, 〈언어적〉이라는 것이죠. 예전 코미디 쇼처럼 소품이나 무대를 딴따라라는 게 뭐냐?
대중을 웃기기도 하고 울리기도 하고
대중을 위해 일하는 사람이니 얼마나
귀한 것이냐?
딴따라는 우리를 낮춰 부르는 말이
아니라 우리 같이 희귀하고 귀한 사람에
대한 애칭이다.

중요시하는 것보다 말로 대화로 풀어가는 것입니다. 코미디를
선보일 때마다 무대를 만들고 무대 의상이 필요하다고 하면 소재의
폭이 좁아지기 마련이니 개그는 개그 나름대로 상당히 필요한
것이었습니다. 현재 3대 방송사들이 코미디 프로그램을 폐지하고
개그맨 공채 제도를 폐기하면서 개그맨 육성 시스템에 소용돌이가
휘몰아쳤어요. 개그 무대에 오르고 싶었던 수많은 지망생이
좌절하고 있습니다. 다들 다시 개그가 무엇인지 보여 주고 싶어
하는데 점점 기회가 없어져요.

이기남 예전에는 연예인에게 〈딴따라〉라고도 불렀잖아요?
이 단어는 어떻게 생각하세요?

김학래 아, 다소 경박한 느낌이 있지요. 격을 낮춘 뉘앙스도
있고요. 시대가 바뀌면서 재능이 뛰어나고 끼가 많은 사람으로
생각하게 되었지만, 초기에는 〈딴따라〉 하면 방송에서도 쓸 수 없는
너무 경박한 단어로 받아들여졌습니다.

엄영수 〈딴따라〉는 예전 악극단 시절 유랑 생활을 하던 배우나
가수들을 낮춰 부르는 말이었습니다. 시대가 변하면서 이분들이
자신들의 딴따라 기질을 더욱 높이고 또 열심히 활동한 덕분에
송해 선생님처럼 〈나는 영원한 딴따라가 되고 싶다〉, 〈다시
태어나도 딴따라가 되겠다〉 같은 멋진 말들이 나오게 된 것이죠.
저희에게 늘 말씀하세요. 〈이 딴따라라는 게 뭐냐? 대중을 웃기기도
하고 울리기도 하고 대중을 위해 일하는 사람이니 얼마나 귀한
것이냐? 그러니까 딴따라는 우리를 낮춰 부르는 말이 아니라 우리
같이 희귀하고 귀한 사람에 대한 별칭이나 애칭일 수 있다.〉 또
지금 젊은 세대는 이 단어를 스스럼없이 받아들이기도 하고요.

이기남 본인도 딴따라라고 생각하나요?

엄영수 네, 저도 딴따라, 딴따라쟁이입니다.

김학래 저 역시 마찬가지죠.

이기남 그럼 딴따라로서 바라는 점이 있을까요?

엄영수 저는 젊은 시절 스타가 되면 남의 주목을 받고 돈도 많이 벌고 인기가 높아질 거라는 꿈으로 가득했습니다. 하지만 자신의 한계를 알게 되면서 내가 할 수 있는 길을 찾았어요. 나는 선후배를 위해 봉사하고 그들이 더 잘 뜰 수 있도록 도와주는 역할을 맡겠다고. 내가 코미디 스타가 되기보다 코미디 스타와 코미디언 단체를 위해 옆에서 서브하는 게 내 몫이라고. 그렇게 욕심을 내려놓으니까 제 갈 길도 보이고 역할도 찾았습니다. 그래서 지금 제가 하는 일이 참 좋아요. 물론 혹시 기회가 된다면 코미디로 다시 한번 반짝거리고 싶어요. 언제 그 영광이 올지 모르니 열심히 일하려고 합니다.

김학래 사람들에게 웃음을 줄 수 있다는 것은 정말로 값진 일입니다. 그래서 선배님들을 참 존경해요. 예전에 구봉서 선배님이나 서영춘 선배님들이 TV에 나오기만 하면 저는 그저 웃기 바빴어요. 거의 텔레비전에 매달려 있었지요. 코미디언들이 있어 우리는 웃을 수 있었습니다. 물론 지금도 그렇지요. 언젠가 전유성 선배가 그러더군요. 〈야, 사실은 한강 둔치 이런 곳에 구봉서 선생님이나 배삼룡 선생님들 동상 하나씩은 만들어 줘야 하는 거 아니냐?〉

엄영수 제가 대한민국방송코미디언협회를 만들었어요. 그 전에도 이런 단체가 있었지만 선후배들의 친목 모임이나 계 모임 같은 거였고, 국가에서 공인하는 사단 법인으로는 이 협회가 처음이었습니다. 20년 전에는 임시 운영처럼 시작했고 10년 전에 이렇게 비영리 법인 단체로 인정을 받았어요. 이제는 공익사업이나 코미디 연구와 세미나 그리고 후진 양성을 위한 교육 사업 등 새로운 실적을 쌓고 있고, 또 어르신 경로잔치 같은 축제와 코미디 기념행사 등도 개최하고 있습니다. 이런 모든 것이 딴따라로서 보람이 있지요.

이기남 송해 선생님과 함께한 프로그램 중에 기억나는 게 있을까요?

김학래 송해 선배님이 1955년 창공악극단에서 데뷔한 지 56년째인 2011년에 자신의 이름을 내건 첫 단독 콘서트를 열었습니다. 「나팔꽃 인생 60년 송해 빅쇼」로 장충체육관에서 첫 무대를 펼쳤고 3년간 전국 순회도 했었죠. 이때 저희가 찬조 출연하면서 〈송 씨 4형제〉를 선보였습니다. 송씨 집안 4형제인데 첫째가 이용식, 둘째가 김학래, 셋째가 엄영수, 막내인 넷째가 송해였죠. 첫째부터 셋째가 모여서 이런저런 얘기를 하다가, 야, 근데 막내는 어디 갔니? 하면 무대로 막내가 들어오는 거죠. 그럼 이제 형들이 막내를 데리고 놀리는 거예요. 〈아이고, 막내야! 우리는 다 외지 나가서 도시 생활하는데 너는 고향 지킨다고 이 맑은 공기 쐬며 농사짓는 애가 도대체 얼굴이 왜 그 모양이니?〉

엄영수 그러면 제가 〈그래, 너 얼굴이 너무 갔다, 얘!〉 하고 받아쳐요. 옆에서 송해 선배님이 웃음을 못 참고 있는 걸 보면 첫째가 막내를 막 꼬집으면서, 〈너 왜 웃으려고 하니?〉 하고. (웃음)

김학래 그러면 또 제가 〈인마, 너 웃으면 안 돼!〉해야 하는데 이
〈인마〉가 쉽게 안 나오는 거예요. 야, 인마! 이 말이……. 진짜
형처럼 팍 나와야 하는데 이 말이 안 나오는 거예요. 나이 차이가
워낙 많이 나니까. 그런데 엄영수는 우리보다 더 그 말을 못 해서
안절부절못하고. 그러면 오히려 엄영수에게 〈야, 인마! 너 그러면
안 된다!〉하고. (웃음)

엄영수 하하하!

김학래 말이 안 나오는 거예요, 정말! (웃음) 그런데 이게 현장에서
너무 웃기는 상황인 거죠.

엄영수 너무 웃기죠!

김학래 그런데 선배님은 역시 선배님이야! 우리를 부르더니
너희가 무대에서 나를 더 갖고 놀아야 한다, 괜찮다, 관중은 그걸
원한다, 나를 더 놀려도 된다고 하더라고요. 아무튼 전국을
다니면서 저희가 막내를 놀렸는데 나중엔 야! 막내야! 부르기만
해도 관객석이 자지러지게 웃었습니다. 여하튼 송해 선배님은
관객을 재미있게 하기 위해서는 물불을 안 가리고 자기를 죽여도
된다는 자세였어요.

엄영수 오랜 연륜에서 우러나오는 게 달랐지요. 라이브로 관객
앞에서 코미디를 해본 사람이라 어떻게 어떤 순간에 웃겨야 하는지
언제 치고 올라가야 할지를 너무 잘 아는 거예요. 게다가 후배들이
무대에 모였으니 어떻게든 받쳐 준 거죠.

김학래 또 하나 기억나는 건 제가 KBS 「아침마당」의
〈화요초대석〉에 패널로 참여했는데 송해 선배님이 출연만 하면

시청률이 제일 높습니다. 일단 출연하시면 제일 높아요! 그때 제가 즉흥적으로 툭 대사를 던졌거든요. 〈선배님, 선배님은 군대에 다녀오셨나요? 그 작은 키에 어떻게 군대를 다녀왔나요?〉 그럼 1초도 안 걸리고 바로 받아쳐요. 〈여보시오, 저 M1 카빈총 개머리판에 도르래를 달아서 끌고 다닌 건 내가 최초요!〉

엄영수 도르래? 하하하!

김학래 너무 웃기잖아요! 어떻게 그런 애드리브를!

엄영수 지난 2019년 추석에 MBN에서 방송한 「송해야 고향 가자」라는 특집 프로그램이 있었습니다. 말 그대로 93세 희극인 송해를 고향인 재령에 보내 주자는 〈고향 땅 밟기 프로젝트〉였어요. 선생님의 꿈을 이루기 위해 후배 연예인들이 모여 고향 보내기 팀도 결성하고 몇 달간 기획에 참여했습니다. 그래서 북한에 고구마 농사를 심어 주는 단체와 나무 심기 운동 단체 등 민간단체와 협력하여 그분들이 북한 쪽에 얘기하거나 저희는 저희 나름대로 남쪽 기업과 연계하여 북한에 도움이 될 수 있는 일들을 알아보고 또 개성 공단과 접촉하여 여러 가지를 협상했어요. 송해 선생님을 고향에 다녀올 수 있게만 해달라고……

　　꽤 오랫동안 다방면으로 사회 각층의 사람들을 만나 도움을 얻고 인터뷰도 하고 그랬습니다. 저도 개성공업지구 지원재단과 대한적십자사의 담당자들을 만나 여러 방법을 모색했고요. 그런데 마침 그때 2월에 2차 북미정상회담이 결렬되고 남북 관계가 얼어붙은 거예요. 남북정상회담도 불투명해지고 북한 쪽에서 단절하겠다고 통보를 해서 그동안 촬영한 필름을 다 버리게 된 거죠. 무엇보다 선생님이 얼마나 허탈하겠어요?

코미디언 중에 어느 날 갑자기
혜성처럼 나타나 대중을 사로잡거나
하는 분들이 있었는데 송해
선생님은 꾸준히 한 계단 한 계단
올라가면서 점점 더 두각을
드러내고 또 노익장을 과시하고
이제는 국민적 영웅이 되었습니다.

후배들이 모여서 프로젝트를 진행하고 또 방송국이 여기에 합류했으니 이미 북한과 어떤 협상을 마쳐서 고향에 가게끔 만들지 않았을까? 하고 기대하게 되잖아요. 설마 방송국에서 무책임하게 이런 프로그램을 만들다가 〈아, 못 가게 되었습니다〉 이러지는 않을 거로 생각했을 거예요. 게다가 주위 사람들에게도 이번에 고향 간다고 말도 다 했으니 그 실망이 얼마나 컸겠습니까? 그저 선생님께 죄스럽고 면목이 없었습니다.

그런데 선생님이 그러시는 거예요. 〈괜찮아, 괜찮아! 거, 문제는 나한테 있는 거야. 내가 2~30년 더 살면 그때 안 가겠니? 응? 그러니 너희들이 나 2~30년 더 살라고 일부러 이거 가려다 만 거지! 그래, 그래! 우리 20년, 아니 30년 뒤에 가자!〉 만약에 선생님이 눈물이라도 보였다면 저희가 뭘 어떻게 하겠어요? 그러니 이분이 천상 코미디언인 거죠. 늘 웃음을 주고 자신은 괜찮다며 걱정하지 말라고 희망도 주시고. 참, 너무너무 감사드립니다.

이기남 후배들에게 송해 선생님은 어떤 존재인가요?

엄영수 아버지 같아요. 늘 송해 오빠나 송해 형이라 편하게 부르게 하고 먼저 후배에게 다정다감하게 다가오는 분입니다. 한번은 제가 코미디언협회 주관으로 어떤 행사를 하는데 저보다 선배지만 송해 선생님보다는 후배인 분이 큰 실례를 했습니다. 그래서 선생님이 그날 마음이 좀 상해서 먼저 자리를 떠나셨어요. 그다음 날 제가 사과를 드리러 갔더니, 〈영수야, 어저께는 사람이 참 많이 왔더라, 어떻게 그 많은 사람을 모았니? 돈이 많이 들었지?〉 하고 오히려 저를 위로하는데 새삼 대단한 분이라고 느꼈습니다. 그러면서 어제 일은 다 잊었으니 더 얘기를 꺼내지 말라고 하셨죠.

이기남 항상 보듬어 주기만 하시나요? 화내는 모습을 본
적은 없으세요?

엄영수 저는 선생님이 화를 내거나 누구를 나무라거나 선배라고
후배를 앉혀 놓고 막 일장 연설하거나 하는 모습을 한 번도 본 적이
없어요. 화가 조금 날 상황이나 겪지 않아도 될 일이 생겼다고 하면
그저 으흠, 에헴, 한 번 하고 그 순간 다 잊어버리세요. 아, 선생님이
최고로 화났을 때는 〈에잇, 몹쓸 녀석들! 에헴〉 하는 게 다입니다.
저는 그 점이 크게 배울 점이라고 생각해요. 기억하고 싶지 않은
일이나 나쁜 일을 어떻게 고개 한 번 흔들고 에헴 한 번 하고 다
잊어버릴 수 있는지요. 늘 그렇게 연습하니까 습관이 되신 거죠.
     그리고 늘 오뚝이처럼 일어나세요. 오래전에 아드님을
잃고 실의에 빠진 적도 있고 또 어떤 프로그램을 하다가 도중
하차하여 쉰 적도 있었는데 시간이 조금 흐르면 언제 그랬냐는
듯이 다시 활기찬 모습을 보이세요. 예전 코미디언 선배님 중에는
어느 날 갑자기 폭발적인 인기를 얻거나 혜성처럼 나타나 대중을
사로잡거나 하는 분들이 있었는데 송해 선생님은 꾸준히 한 계단
한 계단 올라가면서 점점 더 두각을 드러내고 또 노익장을
과시하고 이제는 국민적 영웅이 되었습니다.
     같은 연예계에서 이렇게 자기 관리를 잘하는 분은
드물어요. 절대로 빨리 가지 않고 천천히 걷죠. 지금도 지하철로,
버스로 이동하고 운동화 신고 걸으면서 촬영장에 갑니다.
비서는커녕 매니저도 없어요. 하나하나 차근차근 혼자서 하세요.
송해 선생님은 우리가 걸어가야 할 모범적인 길을 보여 준
사람입니다.

김학래 하늘이 내린 어른이라는 생각을 많이 하지요. 어떤 때는 일에 위기가 오고 또 어떤 때는 건강이 위험하기도 했는데 결국은 다 극복하세요. 저희 코미디언 선배님들을 보면, 남을 많이 웃기고 좋은 프로그램도 많이 했지만 정작 자신은 슬픈 일을 겪고 또 비운에 처해 일찍 떠난 분이 많습니다. 그래서 저희 곁에 이렇게 함께 있어 주는 송해 선배님이 너무나 소중하고 또 우리가 받은 복이라고 생각하지요.

이기남 송해 선생님께 한마디씩 하실까요?

엄영수 네, 선생님은 제가 찾아뵙고 인사하러 간다고 하면 그날 아침부터 설레면서 기다리세요. 늘 그렇게 선생님을 설레게 하고 기다리게 하도록 찾아뵙겠습니다. 선생님, 건강하십시오!

김학래 우리가 한번 생각을 해보면, 아흔 살 넘게 이토록 건강하게 장수하는 분은 드물어요. 누구나 그토록 오래 건강하고 싶어 하지만 어려운 일이지요. 게다가 여전히 일하시고 돈을 벌어 집에 주시고 밥도 거의 나가서 드시니 대한민국 아내분들이 바라는 최고 남편상 아닙니까? (웃음)

그러니 송해 선배님! 건강하시고 오래오래 방송해야 합니다. 또 요즘 「전국노래자랑」을 엄영수다 뭐다 노리는 사람이 몇 명 있는 것 같은데 다 필요 없고 송해 선배님이 해야 그 맛이 삽니다. 그 어느 누가 해도 그 맛이 안 나오죠.

선배님이 워낙 검소하고 알뜰하게 사셔서 한번은 제가 여쭤 봤거든요. 그거 다 모은 거 어디다 쓸 거냐고. 그랬더니 나중에 공연장 하나 짓는 게 꿈이라고 하셨습니다. 그래서 그거 언제 짓는지, 설계는 어떻게 하고 있는지 궁금하네요. 오래오래

건강하셔서 얼른 보여 주십시오. 송해 선배님이 짓는 공연장은
어떤 모습일지 무척 궁금합니다.

네 번째 인터뷰
2020년 5월 25일

송해 × 윤재호

윤재호 여기 동네가 참 조용해서 좋네요.

송해 네, 아주 조용해요.

윤재호 가끔씩 산책하고 그러세요?

송해 그럼요. 여기서 저기로 건너가면 양재천이에요. 거기가 벚꽃 때면 아주 장관이죠. 양재천도 물이 얼마나 맑아졌는지 송사리 떼가 보여요. 그리고 우리 집 앞쪽으로 상가가 있어서 참 편해요. 사는 곳이 아파트지만 엘리베이터에서 누군가 타면 제가 늘 묻죠. 몇 층 가느냐고? 그 층도 눌러 주고, 먼저 인사도 건네고.

윤재호 선생님은 주위 분들과 잘 지내는 편이죠? 지난번에 뵈었을 때 경비원분들과 얘기하고 있던데요.

송해 네, 경비원분들과 친하지요. 아무래도 유랑 극단을 하면서 단체 생활을 오래 했고 스태프들과도 친하게 지냈어요. 극장이라는

곳이 관중으로 꽉 들어찼을 때는 무척 화려하고 온 세상이 내 것
같지만 공연이 끝나고 객석에도 불이 꺼지기 시작하면 처량한
마음이거든요. 그래도 남는 건 사람들이지요. 무대 장치팀이랑
악단들. 그래서 스태프 친구들하고 많이 놀았어요.

　　윤재호　주로 뭐 하고 놀았어요?

송해　아, 그때야 끝나고 한잔 마시는 거지, 뭐. 객지 생활이라는 게
말 그대로 유랑 아니에요? 회포도 풀지만 아무래도 외로움을
내려놓으려고 했던 것 같아요. 직업이 다르고 성격이 다르고 사는
곳도 다 다른 사람들이 모였으니, 자기 얘기가 많았죠.

　　윤재호　그렇게 한잔하고 들어오면 집에서는 어땠는지요?

송해　뭐 좋아할 리가 없지요. 가족이 다 같이 있는 시간이 많아야
되는데 우리는 정말 가족한테 할 말이 없어요, 할 말이……. 게다가
연기하는 사람들이 평소에 말이 없어, 집에 들어와도 말이 없다고.
밖에서는 우리가 집에 들어가면 참 재밌겠다고 하는데 무슨 재미가
있어? 들어오면 말이 없어요, 다 그래요, 선배들도 다 그렇게
무뚝뚝해. 말도 에너지가 필요한지 집에 들어가면 할 말도
없고…….

　　사람이 타인들과 어울려서 이렇게 가족같이 지낸다는 게
쉬운 일이 아니에요. 그렇기에 그 시절 우리가 참 어렸죠. 세상 물정
모르고 세월 가는 줄 모르고 살았어요. 한번 단체로 출발을 하면
2~3개월씩 나가 있다 들어오고 그랬으니, 극단 안에서 뜻이 맞아
결혼하는 사람도 많았어요. 당시에 1부는 쇼를 하고 2부는 악극을
했는데 무용수와 가수가 많아서 젊은이들이 서로 어울렸죠.

윤재호 자주 다투셨다고 그러던데?

송해 응?

윤재호 사모님과 많이 다투셨다고요?

송해 허허, 근데 그 다툰다는 게 근본적으로 마음먹고 충돌하는 싸움이 아니고 그때그때 사람들이 자기 기분으로 하는 게 아니에요? 이해하지 못해서가 아니라 힘들 때 한 번 튀어나오고 그러죠. 지금 생각하면 그때는 참 그랬구나, 하는 거지요.

윤재호 아무래도 극단 생활에 더 전념해서 그런 건가요?

송해 악극단이 이동할 때는 보따리 한 대가 여섯 개나 되었어요. 목에 걸고 팔에 끼고 선배들 보따리 날라 주고, 또 지방에 가면 숙소가 적산 가옥이었어요. 마루와 복도가 모두 나무 널빤지이니 행여 소리가 날까 뒤꿈치를 들고 살살 지나다녔죠. 그렇게 엄한 시절이었어요. 후배한테 엄한 것보다 엄한 질서가 있었죠. 후배가 선배를 모시면 선배는 후배를 극진하게 끌어안고 사랑해 주는 정이 있었어요. 물론 이제 시대가 변했지만, 요새는 그런 정이 없지요. 선의의 경쟁을 해야 하니까. 요즘은 인기 있는 사람이 선배이지요.

예를 들면 지금 트로트가 하늘을 찌르고 있는데 〈진성〉이라는 가수가 무명 때 고생을 많이 했어요. 인기가 조금 오른다 싶으면 몸이 아프고……. 그런데 지금은 제일 바빠요. 정신력이죠, 정신력이 필요해요. 사람이 세상에 한 번 왔다가 세상을 떠날 때까지 세 번의 기회가 온다고 하잖아요. 거의 맞는 말이에요. 진성은 선배를 모시는 마음이 참 깊어요. 무명 생활이 길어서 고생을 많이 했대요. 그래서 요새 트로트 하는 사람들이 더 잘되는 대화할 사람이 없다는 건 고독한 거예요.
내가 궁금했던 것을 누군가와 대화를 해야지만
정답이 나옵니다. 대화하지 않으면 정답이 나올 수가 없지요.
그냥 막혀 버리죠.

것 같아요.

최근에 「불후의 명곡」에 참여했는데 거기서 만난 트로트 가수 대부분이 전부 노래자랑 출신이에요. 왜 그런가 했더니, 노래를 부를 곳이 없다는 거예요. 노래할 프로그램들도 없어지고, 한때 「주부가요열창」에는 당시 노래 배우던 사람들이 다 나왔다고 해요. 거기 나가려고 3개월 레슨받고 나오고, 결혼해서 아이 있는 사람들도 나오고 그랬대요. 이 노래 한 곡의 힘이라는 게, 이토록 상상하지 못할 만큼 힘이 있어요.

윤재호 아침에 일어나면 주로 무엇을 하세요?

송해 제가 하는 일이 고정된 건 아니지만 사실 출장 준비를 많이 하죠. 다음에 어느 지역으로 간다고 하면, 저는 그 지방 관련한 책을 읽었어요. 국내 여행가들이 맛깔스럽게 쓴 책이 많았는데 요즘은 스마트폰에 검색만 해도 나오니 그런 기록들이 점점 옛날이야기가 되죠. 책을 보고 찾아가면 없어진 곳이 많고, 빌딩이 새로 올라가 있고 그렇더군요. 여하튼 출장을 많이 다니니 아침은 주로 지방에서 맞게 되고 그 지역 소식을 검토하고 그렇게 보냈어요. 춘하추동 그렇게 세상을 살았지요.

그런데 세상 사는 얘기를 하다 보니 이젠 내가 제일 위야. 내 위에 한 살 위인 구봉서 선배가 있었는데 돌아가신 지 벌써 4년이 넘었어요. 그러다 보니 내가 맨 위가 되어서 우리 쪽에 무슨 일이 생기면 가슴이 덜컹해요, 의논할 데가 없어서……. 게다가 후배들은 이제 갈라지고 나뉘어서 연결 고리도 잘 안 되고. 그래도 불인지 물인지 하나도 모르고 우르르 다닐 때가 재미있었어요. 정말 재미있었어.

임권택 감독의 1969년 영화 「신세 좀 지자구요」에 웨이터로 출연한 송해.

윤재호 어때요? 예전에 일을 마치고 집으로 들어왔을 때와 지금 일을 끝내고 집에 들어올 때 어떤 기분인가요?

송해 요새는 열쇠로 잠갔다가 풀었다 하는 기분이에요. 워낙 주변이 확확 달라지고 분위기와 유행에 민감해지고 그런 걸 이겨 내면서 살아온 듯해요. 유랑 극단 생활을 할 때는 지방 공연을 가면 수익이 나지 않아서 뒤처리를 못 할 때가 있었어요. 돈을 받지 못하니 숙박비나 식대를 제대로 치르지 못하기도 하고. 그런 걸 어떻게 참았는지, 어떻게 그 생활을 참고 자신을 잃지 않고 인내력을 길렀는지 지금 생각하면 못한 것도 많지만 참 잘했다, 하지요. 그리고 그런 걸 당한 사람이 다 친구이니 서로 마음을 위로해 주고 오래도록 사귀었어요. 요즘은 그렇게 하기 힘든 듯해요. 그래서 저도 자꾸만 젊은 사람들과 어울리려고 하는 게 그렇지 않으면 세상을 몰라요. 우리 손주들이 얘기하는 거를 못 알아듣는 게 많아요. 그래서 사람이 제 가치가 있으려면 〈알아야 한다〉고 말합니다.

윤재호 일을 끝내고 집으로 돌아오면 쓸쓸하지 않나요?

송해 그게 참, 부부라는 건 옆에만 있어도 든든하지 않아요? 대화할 사람이 없다는 건 고독한 거예요. 그래서 나는 사진 보고 얘기할 때가 많아요. 나 다녀올게, 나 갔다 왔네, 하고. 부부는 평생 같이 산다는 의미만 있는 게 아니라 내 인생에 동행하고 나를 도와주는 관계이지요. 우리가 마음을 나누고 결혼을 하고 앞으로도 의논할 게 많은데, 같이 얘기를 나누고 싶어도 그러지 못하니 이게 고독이구나 싶어요. 흔히 사람을 만물의 영장이라고 하는데 이 영장이 누군가 대화하는 사람이 있어야지만 영장이지요. 사람이

살아가는 데 무언가 자꾸 생각할 게 있어야 하고, 그렇게 내가
궁금했던 것을 누군가와 대화를 해야지만 정답이 나옵니다.
대화하지 않으면 정답이 나올 수가 없어요. 그냥 막혀 버리죠.

윤재호 그립지 않으세요?

송해 순간순간 모두 그리울 때가 있고 그저 보고 싶을 때가 있고 또
내가 뭐 하나 물어보고 싶을 때도 있고…… . 그럴 때 답답하지요.
그래서 정다운 사람들을 보면 내가 부러워할 게 뭐 있는가, 내가
못한 게 미안할 뿐이지. 요즘은 헤어지는 사람도 많긴 하지만 역시
만났다는 것 자체가 천생연분이지요. 그 인연을 서로 지켜주며
사는 게 부부 아니겠어요? 사람들이 사정이 왜 없겠어요? 살다가
어렵기도 하고 이상이 맞지 않아 틀어지기도 하고 다른 사람이
나타나기도 하고. 하지만 지나고 생각하면 그게 아니지…… .

　　그런데 같이 살다가 한쪽이 떠나면 아픔이 있기 마련인데
내가 볼 때는 남자가 먼저 떠나야 해. 친구 중에도 아내를 먼저
앞세운 걸 보기도 하고 나 역시 그렇지만 하루하루가 초라해
보여요. 남편을 먼저 보낸 분들은 문상을 하러 가도 뭔가 든든한 게
남아 있거든요. 자식들이 따르는 걸 봐도 그렇고. 그래서 내 생각에
그저 열심히 살다가 세상 떠날 때는 바깥양반이 먼저 가는 게 좀
알뜰하게 살다 가는 것 같아요.

　　물론 밖에서 먼저 떠난 다음에 남은 아내의 고충도 있지만
남편이 겪는 고충만은 안 할 거다 싶어요. 또 남자들이
아이들한테도 무뚝뚝하잖아요. 할머니가 있었으면 손주들이
나보다는 더 가깝게 참 살갑고 아기자기하게 사랑받을 텐데
저놈들도 좀 외로울 때가 있겠다, 하지요. 자기 엄마가 다해 줄 수는

없으니까. 물론 손주들이 점점 커가고 힘도 나고 든든하게
느껴지지만 자꾸만 생각이 그렇게 빠져요, 아내에게로.

그러니까 저는 그렇습니다. 하필 내가 왜 이 직업을 택해서
이렇게 사나 싶기도 한데, 누가 시킨 것도 아니고 집안 어른들한테
야단맞으면서 이걸 했고 전문 학교 끝내는 것도 어머니 때문에
끝냈지, 우리 아버지는 나를 돌아도 안 봤으니까요. 그때는 이런
생활한다고 하면 막 내쫓았어요. 그런데도 하고자 하는 걸 할 수
있는 나는 참 행복한 사람이다, 남들이 알아주거나 그런 게 아니라
나 자신이 소임을 다하는구나, 하고 인정을 받았을 때 이 뿌듯함은
이루 말할 수가 없습니다. 그래서 이런 기분에 또 힘을 얻어서
하루를 사는 거지요.

윤재호 집에 있을 때는 어떻게 시간을 보내세요? 즐겨 보는
TV 프로그램도 있는지요?

송해 저는 KBS 1TV를 주로 봐요. 오후 5시가 넘으면 「동물의
왕국」이 나오니까 그거 보고. 무료하면 텔레비전을 보게 되죠. 저
「동물의 왕국」을 보면, 사람이 배울 게 너무 많아요. 잡아먹고
잡아먹히고……. 우리는 앉아서 막 참견하지만 가만 보면 말은 못
해도 다들 제 생각이 다 있는 것 같아요. 백로나 갈매기도 보통이
아니에요. 그리고 밖에서 힘든 것도 TV를 보다 보면 풀어지고
위로가 되고 그래요. 「동물의 왕국」 세계나 인간 세계나 다
비슷하죠. 동작이나 표현이나 생각은 똑같거든요. 이게 참
오묘하죠. 돌고래들 노는 것만 보아도 교육받은 사람들 같아요.
그리고 「동물의 왕국」이 끝나면 뉴스가 나오니까 오늘 내일 일들도
알게 되죠.

송해 어제도 인삼 진액을 선물로 받았는데 아직은 안 먹어요. 왜냐하면 내가 쭉 먹는 게 있으니까 그거 다 먹은 다음에 먹어야지, 한꺼번에 엉키면 좋지 않다고. 몇 년간 계속해서 나를 잘 아는 사람이 보내 주는 게 있어요. 상황으로 만든 건데, 그거 먹으면 피로가 풀리고 어딘가 좀 불편했던 게 한두 시간 후에는 풀리는 것 같아요. 여름철에 식욕이 없을 때도 그거 한 봉 먹으면 다시 입맛이 돌아오기도 해요. 사람이 입맛이 떨어지면 제일 급한 거예요. 아무리 맛있고 좋은 거라고 해도 먹히지 않으니까. 음식이란 남이 보기에도 탐스럽게 먹어야 하는데, 입맛이 떨어지면 아무래도 그렇지 못하죠. 참, 아까 내가 계단 올라가는 것들 보셨나 몰라, 허허. 그거 굉장히 계단 하나하나가 높아요. 어떤 때는 난간을 잡고 올라오지만 어떤 때는 뒷짐도 지고 올라오고 여러 가지 해보고 있어요.

윤재호 건강은 괜찮으세요?

송해 우리가 왜 몸이 찌뿌드드하고 자꾸 늘어지면 지압을 받고 그러잖아요. 그런데 그것도 지나치면 화근이 일어나서 근육통이 생기고 몸을 흔들어요. 그래서 어디 가서 좀 시원하지 않다, 세게 하라 그러는 것도 삼가야 해요. 너무 세게 급소를 누르면 조화로운 기관들이 갑자기 혼동이 생겨 몸을 흔든다고 해요. 아무래도 젊었을 때와 다르니 그저 조심해야지요. 내가 하는 일이 평생 지방을 다니는 거라 가방을 둘러메고 돌아다니고 아주 동적으로 생활하다가 최근 한 5개월 동안은 택시를 타고 지하철을 잘 이용하지 않았어요. 그랬더니 리듬이 깨져서 보통 하던 것들이 잘 안 될 때가 있습니다. 몸동작도 그렇고 평소 잘하던 운동도 안 되고. 사람은, 어찌 되었든 움직여야 한다! 그래서 다시 지하철을 타고 한 2주 지나니까 먼저 상태로 돌아오는 것 같아요. 건강은 그저 언제든 내가 늘 돌봐야지 아무도 돌봐 줄 사람이 없습니다.

윤재호 오래전에 「복권추첨」이라는 생방송 프로그램을 진행했다고 들었습니다.

송해 아, 네, 복권 추첨 방송을 내가 제일 먼저 했습니다. 〈자, 준비하시고 쏘세요!〉 그때 문화방송에서 첫 문을 열었지요. 그리고 1973년 10월에 시작한 「싱글벙글쇼」도 제가 맨 먼저 했습니다. 얼마 전에 30년 이상을 한 강석과 강혜영이 하차를 했지요. 이번에 20년 이상 이어 온 프로그램이 아홉 개인가 여덟 개가 내려갔어요. 이 방송국들이 정통성이 없어요. 달면 삼키고 쓰면 뱉는 게 방송이죠. 정말 비정한 동네입니다.

윤재호 경쟁이 워낙 치열하지요?

송해 그도 그럴 것이 자꾸 물갈이하니까요.

윤재호 「복권추첨」은 언제 시작해서 얼마나 했나요?

송해 아마 1970년대 초반일 거예요. 제가 한 4년 정도 했지요.

윤재호 그때 「복권추첨」을 생방송으로 진행하시다가 북한 관련 얘기를 하셔서 문제가 생겼다는 소문을 들었습니다.

송해 아, 그게 뭐냐 하면, 당시 그 문화방송 상무가 5분짜리 프로그램을 진행하는 데 너무나 간섭이 심한 거예요. 짧은 방송이니 역할을 바꾸거나 변주를 줄 수도 있잖아요. 쭉 참다가

결심을 하고 생방송 중에 〈다음 주부터는 다른 사람이
진행합니다!〉하고 멘트를 해버렸지요. 그래서 난리가 났어요.

    윤재호 생방송에서요?

송해 네, 생방송에서……. 나중에 MBC(문화방송) 사장을 한
최창봉 씨가 그때 방송계 원로라서 그가 직접 관리를 할 때인데 저
좀 보자고 해요. 차 한잔을 하면서 〈이 사람아, 그거 생방송인데
그러는 게 어디 있나?〉 하더군요.

    윤재호 그때 정확히 어떤 멘트를 했나요?

송해 뭐, 개인적인 사정에 의해 다음 주부터는 제가 못합니다,
했지요. 그래서 한국방송협회 윤리 위원회에서 난리가 났어요.
최창봉 씨가 어디 가까운 절이라도 3개월 가 있다가 나오라고 해요.
그런데 호랑이 담배 피우던 시절이니 옆에서 도와주고 말도 해주고
그래서 1개월간 출연 정지 처분만 받았지요.

    윤재호 그럼 북한에 관련한 얘기를 해서가 아니네요.

송해 북한? 아니야, 북한 얘기 아니에요.

    윤재호 1970년대는 어땠어요? 그때 방송하기가?

송해 그때는 춘하추동 방송 개편이 있잖아요. 1년에 네 번을
개편하지요. 봄 개편 때 무사하면 여름 개편 때 불안하고 그걸 또
넘기면 가을까지 가고, 겨울 개편 때 넘어가면 1년은 넘는구나, 뭐
이런 생활이었지요. 연출도 그렇고 작가도 그렇고. 그리고
방송에서 작가가 제일 중요한 거 아니에요? 지금 코미디
프로그램이 흔들리는 것도 작가가 없어서 그래요. 물론 짧은

시간에 재미를 내야 하니까 쓰기가 힘들어요. 게다가 대우가 엉망이라 작가들이 코미디 프로그램을 안 쓰려고 하지요.

윤재호 선생님이 출연한 옛날 작품들을 보니까 1970년대에 이순주 선생님과 함께 사회를 맡은 프로그램이 있더군요. 산업체를 순회하면서 노래도 하고 코미디도 보여 주고 근로자들이 특기를 자랑도 하고요.

송해 아, TBC 라디오에서 했던 「백만인의 무대」였어요. 그거 참 오래 했어요. 그 프로그램이 우리 산업 발전에 많은 기여를 했지요. 주로 산업 전선을 다녔으니까요. 특히 구로 공단에 가면 난리가 났죠. 그때 인기 있던 가수가 「이정표 없는 거리」의 김상진, 「안개」의 정훈희, 「공항의 이별」을 부른 문주란 등 노래 잘하는 가수들이었지요. 공단이나 산업체 등 직장을 다니면서 근로자들에게 사기를 고취한 프로그램이었습니다. 나중에 프로그램 공로자 시상을 할 때 거기에도 적혀 있더라고요. 〈산업 발전에 이바지한 공이 크므로…….〉 그 근로자분들이 이제 다 할머니와 할아버지가 되었네요. 어디 공장에 「백만인의 무대」가 간다고 하면 그냥 공장이 올 스톱이었지요.

아, 이런 적도 있어요. 삼학소주라고 목포에서 세운 소주 회사가 있어요. 목포의 삼학도에서 딴 이름인데 진로소주와 붙으려고 서울까지 올라왔어요. 시장 점유율이 70퍼센트에 이를 정도로 승승장구했는데 1971년 김대중 후보의 정치 자금 조달 등 정치 공작에 휘말려서 비운을 맞았지요. 그때 구로공단에서 근로자들 모아 놓고 위문 공연을 하는데 삼학소주에 검찰이 들이닥쳤어요. 소주 배합에 문제가 있다면서 그걸 현장에서 딱 방송국들이 정통성이 없어요.
달면 삼키고 쓰면 뱉는 게 방송이죠.
정말 비정한 동네입니다.

잡아서 난리가 났지요. 삼학소주 사장이 목포 사람이고 이름이 김상두인데, 김상두가 두 명이라 내가 잊어버리지 않거든, 한 명은 저기 전라도 장수군 군수로 국회의원까지 지냈어요. 아주 박식한 인물이죠.

윤재호 그때 활동을 같이했던 이순주 선생님은 어떤 분이었나요?

송해 이순주는 지금도 서울에 있어요.[1] 일흔을 훨씬 넘었는데 요전에 가보니 몸이 아주 안 좋더라고요. 우리 코미디계에서 그렇게 알뜰한 얼굴이 없었어요. 눈이 초롱초롱하고 참 예쁘게 생겼지요. 표준어를 쓰고 똑똑하고 그래서 여러 일을 많이 했어요.

윤재호 어떻게 인연이 된 건가요?

송해 TBC의 전속 아닌 전속이 되어서 개국하면서부터 같이했지요. 라디오 프로그램 「웃음의 파노라마」도 하고 「싱글벙글쇼」도 같이하고 둘이 콤비였어요. 방송 그만두고 미국에 가서 사업하다가 신학대학교를 거쳐 전도사로 살고 다시 돌아왔어요. 지금도 가끔 전화하고 그러지.

윤재호 앨범도 같이 내셨더라고요?

송해 「노래와 코메디」라고 9집까지 냈는데, 콩트 넣고 그 사이에 가수들 노래를 넣고 또 코미디 하다가 노래 넣고 한 열두 곡 정도 들어갔죠. 콩트에서 다룬 주제가 다음 노래와 이어지고.

윤재호 앨범을 보니까 오아시스 레코드에서 녹음했더라고요.

1 코미디언 이순주는 이 인터뷰의 1년 후인 2021년 4월 6일 76세로 별세했다.

송해와 이순주의 「노래와 코메디」의 1집과 2집의 음반 커버.

송해 아, 오아시스 레코드의 손진석 사장. 당시 오아시스라면 유명 가수들이 다 녹음하는 곳이라 잘나갔지요. 지구 레코드 다음에 오아시스였으니까요. 지구는 워낙 자본을 많이 가지고 시작했고, 이 지구 레코드 사장이 이북 사람인데 연예계 대표하여 국회의원도 한번 하려고 했었어요. 저 벽제에 지구 레코드 회사를 크게 만들었던 사람인데…… 죽었어요. 오아시스의 손진석도 죽었고 또 저 아세아 레코드를 하던 최치수 씨도 죽고, 다 죽었어.

> **윤재호** 예전 자료를 찾다 보니 이순주 선생님과 친구로 나왔다가 부부로 나왔다가 부녀로 나와서 서로 토닥거리면서 만담을 주고받고 여러 콩트를 하더군요.

송해 그때 아주 이순주가 입담이 참 좋았어요.

> **윤재호** 대본이 있던 건가요?

송해 대본이 있지만 즉흥 코미디가 들어가지 않으면 안 되죠. 시나리오가 암만 좋아도 거기에는 즉흥적 재담이 있어야 해요. 참 똑똑했어요. 우리나라 여자 희극이라는 게 1세대로 김영심 씨라고 독백 형식의 만담을 선보였어요. 그다음에 백금녀와 오천평, 두 사람은 덩치가 좋아서 뚱뚱보 캐릭터로 인기를 얻었지요. 그런 참에 이순주가 등장했어요. 박식하고 귀엽게 코미디를 펼친 사람이 없었거든요. 참 잘했어요.

> **윤재호** 코로나19 여파로 「전국노래자랑」은 잠시 멈추었지요?

송해 지난해 3월부터 스페셜 방송으로 대체하고 있어요. 이번 6월에 다시 해볼 계획이 있었는데 지금 또 분위기가 이래서 안

이게 우리나라 얘기고 우리 국민의 얘기고 각 분야
그리고 전체에 해당하는 얘기라고 생각합니다.
프로그램 하나가 이렇게 발전하고 있다는 것.
그러니 여러분이 하는 일에서 도태되지 말아요.
권태를 느끼지 마세요.

되겠지요. 이건 자의적으로 할 수 없고 사람이 모이는 거는 지방
자치 단체에서 진행해야 하거든요. 또 국가 시책에도 동참해야
하고요. 지금은 무관중으로 스튜디오에서 할 계획도 있어요. 이
스페셜 방송도 처음에 3회 정도만 하려고 했는데 하다 보니 지금
12회가 나갔어요. 그때 스페셜 방송을 녹화하면서 우리가 5회
정도만 버티면 되지 않겠는가 했는데…….

그런데 「전국노래자랑」이 40주년이니 이 40년에서 뽑아 놓은
스페셜이 또 아주 별것이더군요. 파라과이도 내가 갔었는데 거기서
전통 의상을 입고 춤도 막 췄어요. 그걸 요새 다시 보니까 와, 저런
때가 다 있었나, 싶어요. 그때 출연했던 사람들은 저보다 더
감동하는 거예요. 그때는 녹화를 할 수가 없었는데 별안간 자기가
텔레비전에 나오니까 난리가 나는 거죠.

또 육해공군이 나온 방송도 뭉클했어요. 당시 여군이
나온다는 건 상상을 하지 못할 때고 지금은 음악이 나오면 몸을
흔들고 그러지만 그때는 열 사람이 나오면 아홉 사람은 꼿꼿하게
서서 노래할 때거든요. 그런데 무대에 나와서 막 춤췄던 여군 출신
시청자가 아주 많이 감동을 했다고 해요. 오랜 시간이 지난 지금도
감동을 준다고요.

윤재호 「전국노래자랑」을 관두고 싶다는 생각을 해본 적이
있으세요?

송해 앞서 말했지만 한 번 6개월 정도 그만둔 적이 있어요. 그때
새로운 PD가 왔는데 재주가 있었지요. 그런데 이 PD가 딴 데로
자꾸 새는 거예요. 예를 들어 저기 농촌에 가면 논둑에 소가 질통에
꼴을 싣고 가는 게 보이잖아요. 그러면 저 소 한번 울라고 해! 그런

사람인데 소가 〈울어!〉 하면 우나요? 자기만의 엉뚱한 아이디어를
막 내놓으니 모두 피곤해하지요. 작가도 피곤하고. 저 사람 비위를
맞추기가 쉽지 않다고 얘기들이 나왔는데 내가 먼저 선수를 쳤지요.

윤재호 「전국노래자랑」이 아니었으면 무엇을 하고
있었을까요?

송해 어쨌든 이 계통에 있지 않을까요? 내가 다닌 예술 학교는
남북을 통해서 유일하게 해주에 있었어요. 학교 이름도
해주음악전문학교였죠. 아버지한테 쫓겨나고 매 맞으면서도
엄마를 졸라 돈을 타서 거기를 다녔어요. 그러니 어떻게든 연예계
쪽에 있지 않을까요?

윤재호 1970년대에 예술인으로 어려움을 겪지는 않았나요?

송해 어휴, 어려움은 뭐 많이 겪은 정도가 아니지요. 우리는 생활이
안 될 정도였으니까……. 벌써 50년 세월이 흘렀지만, 을지로에
메디컬 센터가 하나 있을 때였어요. 지금은 국립중앙의료원이지요.
거기에 입원했는데 뼈다귀만 남았을 정도로 말랐어요. 그때가 서른
즈음이었는데 악극단에 데뷔한 지 5년도 안 되었고 아직 큰딸이
아장아장 걸을 때였습니다. 언제 일감이 들어올지 모르는 시간에
어디 몸도 성한 구석이 없었고 유랑 극단 생활로 가정도 제대로
돌보지 못할 때였어요. 당시 집에서 남산이 가까워 여기로 산책을
하러 자주 갔는데, 거기 올라가서는 극단적인 생각을 참 많이
했습니다. 지금은 평평하게 메웠지만 그때는 남산도 폭포 같은 게
있었어요. 어느 날 거기 절벽 위의 허공으로 날아올랐지요. 그런데
사람이 천운이라고 할까, 운명이라고 할까 그런 게 있어요. 그렇게

절벽 아래로 내려가다 소나무 가지 위에 떨어졌지요. 그때 생명은 겨우 건졌으나 건강이 점점 악화되어서 입원하고 말았어요. 그래서 그런지 남산을 잘 안 가게 되더라고요.

윤재호 그때 남산은 지금과 또 분위기가 달랐지요?

송해 남산이라고 하면, 당시 중앙정보부도 있었고…….

윤재호 그쪽에서 뭐 연락 오거나 하지는 않았어요?

송해 한 번 갔지.

윤재호 언제 한 번 가셨어요?

송해 KBS가 남산에 있을 때 1970년에 일일 홈 드라마 「10분쇼」라는 걸 방영했어요. 「여로」를 연출한 이남섭 PD가 극본과 연출을 도맡아 했는데 시트콤의 원조 격이라 할 수 있지요. 그때 저와 이순주 그리고 무명이었던 장욱제가 출연했는데 그는 나중에 「여로」의 남자 주인공으로 엄청난 인기를 얻었어요. 이 「10분쇼」는 박정희 정권에서 대통령 선거를 코앞에 두고 국정 홍보용으로 만든 거였는데, 그때는 스튜디오가 하나여서 딴 사람 프로그램이 끝날 때까지 기다렸다가 찍고 그래서 참 밤샘을 많이 했습니다. 그래서 그때 장욱제 씨와 술을 마시고 시대 한탄 같은 걸 했는데 방송 끝날 즈음에 까만색 지프가 오더니 잠깐 좀 가자고 해요. 어딜 가느냐 했더니 뭐 좀 물어볼 게 있다면서 데리고 가요. 뭣도 모르고 차에 타서 가보니, 우리 동네 맞은편에 안기부가 있었거든, 이문동에, 거기로 가는 거예요. 참, 내가 별것 다 했네. 건물에 천장이고 벽이고 불을 빨갛게 켜놓고 벽을 보고 서라고 하데요. 그래서 마냥 서 있었지요, 허허.

윤재호 그러고 나서는?

송해 그러고 나서…… 뭐 무혐의죠. 술을 걸친 김에 신세를 좀 한탄했나, 보다 이러고 넘어갔지요. 그때만 해도 사실 고향 생각을 할 때였으니, 아, 내가 왜 여기에 내 발로 와서 이런 고생을 하나, 했어요.

윤재호 그 사람들 무시무시했을 텐데요?

송해 아, 무시무시했지. 벽 보고 서 있으라 해놓고 한참을 아무 기척이 없는데, 참 미칠 것 같더라고.

윤재호 질문만 하던가요? 다른 해코지는 안 했어요?

송해 네, 난 고문 같은 거는 안 받아 봤어요. 그냥 세워 뒀지. 그런데 그것도 하나의 방법이거나 술수였을 거야.

윤재호 다행이네요.

송해 어, 그럼요, 지금 생각하면 다행이지요. 사람이 아픔을 겪으면 앙심을 안 먹을 수 없어요. 만약 그랬으면 또 무슨 짓을 했을지 모르지. 그때는 한창 악에 받쳤을 때니까요. 시대는 1970년대에 말 한마디 잘못하면 그냥 갈 때니까요. 게다가 내 신분이 그렇잖아요. 고향은 이북이고 혈혈단신에 예술 학교 출신이니까요. 그때 그 예술 학교가 공부보다는 선전대 활동을 더 많이 다녔으니 저 사람은 선전대원 출신이라고 뭐라 할 수도 있고. 조선 민주주의 인민 공화국은 무엇보다 선전이 우선인 데다가 학교 다닐 때 내가 민청(청년동맹)까지 했으니까요. 그때 조직이나 당사 구조 같은 것도 배웠지. 거기 당사는 말단 조직이 세 명이거든요. 셋이 한

조야. 위원장과 부위원장 그리고 평위원으로 되어 있는데 세
사람에 하나씩 위원장이 있는 조직인 거죠. 시장에 가서, 여보게
위원장! 하고 부르면 안 돌아보는 놈이 없다는 우스갯소리가
있었어요. 아무튼 고문은 안 당했습니다.

윤재호 그 이후에 활동하는 데 문제가 없었나요?

송해 네, 그런 건 없었어요.

윤재호 그때 충격이 꽤 컸을 것 같아요.

송해 내가 그런 거를 당하고 나니까 주변이라는 게 내 마음 같지는
않구나. 그리고 사람이 과음하면 실언을 하게 되는구나, 하고
자중할 수밖에 없지요. 돌아보면 아슬아슬한 세상을 살아왔어요.
누군가 나를 시기하고 악연이 되지 않으리란 법이 어딨어요?
그때는 억울한 누명을 쓰는 일도 많았어요. 일반 사람들이라면
작은 것에 넘어가 주는데 연예인은 용서가 안 되거든, 그러니까
아주 조심스럽게 행동해야 해요.

윤재호 가족 애기를 해도 될까요? 따님들은?

송해 아이들은 응석 한번 제대로 못 부려 보고, 다른 집 애들은 뭘
했고 어떤데 나는 뭐야? 이런 소리 한 번도 못 하고 저 나이가
되었지요.

윤재호 둘째 따님이 굉장히 성실해 보여요.

송해 개는 집밖에 몰라요. 사회 물정도 잘 모르고. 큰애는
이화여자대학교 교육학과를 보냈거든요. 그때 큰 생각으로
보냈는데, 글쎄 교육학과 나왔다는 애가 분필 하나 안 들어 봤어요.

(웃음) 다른 한 놈은 한남대교에서 잃어버렸고요.

윤재호 네, 막내인가요, 아드님이?

송해 둘째이지요.

윤재호 장남이었군요.

송해 네, 그렇죠. 우리 막내는 아이 둘 잘 키우면 된다는 것밖에 없어요.

윤재호 손주들이 어릴 때는 어땠어요?

송해 걔들도 뭐 있는지 없는지 모르게 컸어요. 큰놈이 손자, 이제 고등학생 1학년이고 손녀는 초등학교 6학년이 되어요. 큰놈은 점점 어른스럽고 아래는 아직도 제 고집이지요, 뭐. 걔네 엄마가 그거 둘 보고 사는 거지.

윤재호 사모님도 일하셨나요?

송해 아니, 그냥 평범한 주부였어요. 그 사람이야말로 집안도 좋고 그런데 나 때문에 고생만 했지. 집사람은 대구가 고향인데, 지금 그 고향에 누워 있어요. 옥포읍에 옥연지라는 아주 괜찮은 못이 있는 동네예요. 얼마나 촌인지 해방된 지도 모르고 살았다고 해요.

윤재호 아들은 어떤 성격이었어요?

송해 착한 애였어요. 자기 하고 싶은 거를 하게 해야 했는데⋯⋯. 서울예전 연극과를 들어갔어요. 리라 초등학교를 나왔는데, 그 옆에 서울예전이 있고 해서 견학도 가보고 하니 마음에 들었나 봐요. 그런데 아이가 음악을 하고 싶은 거를 못 하게 했으니, 그런

게 맺히죠, 마음에. 〈내가 했으니 너는 절대로 안 된다.〉 그게
탈이었어, 그건 뭐 되돌릴 수 없는 잘못이지요. 이 세계를 너무 잘
아니까…… 내가 못 하게 했죠. 그게 참 오래도록 마음에 걸리네요.

윤재호 손자분이 음악을 한다고 들었어요. 기타도 치고.

송해 아, 우리 정우.

윤재호 손자분이 하는 음악은 들어 보셨어요?

송해 허허허, 아직 뭐 그렇게 듣고 수준이 어떻다고 할 만큼은 아닌
것 같아요. 그리고 지금 그때가 갈팡질팡할 때이니 이것도 해보고
싶고 저것도 해보고 싶어 하죠. 어떨 때는 외국어를 배우고 싶다고
해서 일어 학원에 다니고 또 어떨 때는 영어 학원에도 가고. 친구
따라 강남 간다는 얘기도 있지만 가만 보면 걔들도 서로
대화하면서 동요하는 기색이 있더군요. 그래서 아직은 어떤
수준이라고 어떻게 평가하기는 어려운 것 같고, 이제 천천히
방향을 잡아 가겠지요. 우리 제일 큰 손녀는 벌써 직장에 다니고
해서 걱정할 게 없는데 지금 이 고등학교 들어간 녀석하고 막내
손녀가 신경이 쓰이죠. 게다가 지금 코로나19로 선생님 얼굴도
제대로 못 보고 우리가 한 번도 경험하지 못한 세상을 살아야 하니
걱정이 됩니다. 세상이 변하는 대로 따라가야 하겠지만 따라가는
게 그리 쉽지 않은 것 같습니다.

〈나 왔다. 오늘 날씨가 좋네. 너희 집에서 보는 게 경치가 더
좋아. 아주 달걀프라이를 예쁘게 했네, 그거 누룽지는 좀 남아
있나? 아침에 누룽지 먹는 게 그렇게 편해. 오늘 김치찌개
아니었어? 아, 했어. 햄은 시장 가면 널리 있니? 정우도
좋아하고? 입맛 돌리는 데 이게 최고야. 요건 정하가 잘 먹지,
김치찌개는. 겉절이가 아주 먹기 좋게 익었구나. 이모랑
전화하니까 이모부 좀 괜찮대? 먼저 기력이 빠져서…… . 음,
더 안 줘도 돼. 아침에는 달걀프라이 하나하고 누룽지면 돼.
응, 아주 편안해. 겉절이가 아주 잘 익었다. 친척 집에도
너희들이 알아서 안부를 남기고 그래야 해. 얼마 많지도 않은
친척들인데 잊지 말고 찾아뵈어야 그게 사람 사는 도리지.
그런데 너희 언니가 그렇게 안 다녀. 참외는 좀 먹어 봤어?
아유, 아주 달더라, 그거 아주 달아. 성주가 오히려 수박의
고장이었지. 수박은 수확해서 시장에 내다 팔 때까지
다루기가 힘들어. 그리고 수박은 1년에 한 번밖에 못 하는데
참외는 사람만 부지런하면 4모작을 한다네. 오늘은
사무실에서 무관중으로 공연을 하는 프로그램을 봤는데
그것도 잘하니까 재밌더라. 왜 인형도 세워 놓고 그러잖아,
허허. 아침에 누룽지로 끓이는 숭늉이 참 좋아. 너희 집
공기가 우리 집보다 훨씬 좋네. 여기 산이 뒤에 있고 우리
집보다 더 높잖아. 아무튼 이모에게 전화 좀 자주 하고, 가서
인사도 드리고. 문안 왔다고 하니까 이모 마음이 좋은
모양이더라. 늘 건강해서 자주 만나고 그랬는데…… . 이모는
너희 언니하고 연락을 자주 하는 것 같더라. 생각날 때마다
전화하고 그래라. 오늘 안개가 많이 꼈네, 나는 갈게. 정하는

살펴 먹여라. 가끔 환기도 좀 하고. 나는 문 좀 열어 놨다가
새벽에 불을 좀 땠다, 썰렁해서. 그럼 나는 갔다 올게. 저녁에
내가 집에서 전화할게.〉

2020년 5월 25일, 둘째 딸과의 아침 식사 중에서

다섯 번째 인터뷰
2020년 6월 11일

송숙연(송해의 둘째 딸)×윤재호

윤재호 인터뷰를 시작할게요. 본인 소개를 부탁합니다.

송숙연 저는 방송인 송해의 둘째 딸 송숙연이고, 아이 둘을 둔 주부입니다.

윤재호 아버님은 어떤 분이었나요?

송숙연 아버지는 항상 바빠서 여행을 같이 가거나 하는 가족이 함께하는 시간은 별로 없었지만 소소하게 사람을 챙기는 분이었어요. 어렸을 때를 떠올려 보면 늘 바쁘면서도 집에 들어올 때는 빈손으로 오지 않았어요. 과자나 빵 같은 주로 먹는 걸 들고 오셨죠. 저는 그게 참 많이 기억에 남아 있습니다.

윤재호 어떤 걸 주로 사 왔어요?

송숙연 당시 유명했던 제과점에서 빵을 많이 사 왔어요. 크림빵이나 옛날식 야채빵을 많이 사다 주신 거 같아요. 그런데

자택에서 인터뷰 중인 송해의 둘째 딸 송숙연.

지금도 저희 집에 올 때면 항상 아이들 과자를 꼭 챙겨서 오세요.

윤재호 어렸을 적에 잊히지 않는 기억이 있을까요?

송숙연 글쎄요, 어릴 적에 마당이 있는 집에서 살았는데, 마당에 수영장을 만들어 놓고 여름에 물을 채워 주시던 그런 일상적 모습이 오래도록 남아요.

윤재호 아버님은 집 안에서 어떻게 지냈는지요?

송숙연 아버지는 동물을 좋아하지만 꽃이나 나무를 가꾸는 일도 좋아했어요. 항상 꽃을 심고 다듬고 그랬죠. 제가 강아지를 좋아하니까 강아지랑 노는 모습을 지켜보고 그랬어요.

윤재호 어머님은 어떤 분이었어요?

송숙연 저희 엄마는 성격이 털털하고 소박하고 당신보다는 남편과 자녀들을 먼저 챙기면서 살았습니다.

윤재호 두 분에 관한 특별한 추억이 있을까요?

송숙연 부모님이 결혼 63주년 리마인드 웨딩을 올린 적이 있습니다. 실은 첫 결혼식이나 마찬가지예요. 처음 두 분이 만났을 때 상황이 여의치 않아 결혼식을 올리지 않았다고 해요. 그래서 엄마도 처음 웨딩드레스를 입고 결혼식을 치렀습니다. 우리 가족에게 무척이나 뜻깊은 일이었어요.

윤재호 그때가 언제였나요?

송숙연 지난 2015년이었는데, 엄마가 82세였고 아버지가 90세 생신을 앞두고 있었을 때였어요.

윤재호 두 분이 다투기도 했다고 들었습니다.

송숙연 음……. 아버지가 술을 좀 많이 마신 날에는 두 분이 다투곤
했죠. 아무래도 결혼 생활을 하다 보면 자녀들 문제나 또 경제적인
문제로 다툰 것 같아요.

윤재호 어느 분이 더 중심에 있었나요?

송숙연 예전에는 아버지가 중심에 있었는데 점점 엄마 쪽으로
기울었어요.

윤재호 가족끼리 모이면 주로 어떤 얘기를 하세요?

송숙연 그냥 일 얘기를 하거나 저와 저희 언니도 건강한 편이
아니고 아버지도 연세가 많고 하니까 주로 건강에 관한 대화를
해요. 뭐를 먹으면 건강하다더라, 어떻게 하면 건강을 유지할 수
있다더라 같은 얘기를 나누죠. 또 저희 아이들이 어리니까 아이들
공부 얘기 위주로 대화가 흘러가는 듯합니다.

윤재호 결혼은 언제 하셨어요?

송숙연 제가 서른세 살 되던 2002년에 했습니다.

윤재호 남편분은 어떤 일을 하나요?

송숙연 작은 회사에 다니고 있어요.

윤재호 처음에 결혼하겠다고 말했을 때 아버지는 어떤
반응이었어요?

송숙연 처음에 아버지는 반대했어요. 남편과 저랑 나이 차이가
아홉 살이라서……. 남편 나이가 너무 많다고 생각해서 아버지는

반대했는데 엄마는 오히려 당시 제가 좀 늦은 결혼이라 생각했는지 처음 알렸을 때 좋아하셨어요.

윤재호 어떻게 아버님을 설득했나요?

송숙연 설득보다는 아버지가 져준 것 같아요. 자식 이기는 부모 없다고 아버지가 져주었죠.

윤재호 지금은 남편분과 함께 다 같이 만나면 어떤 얘기를 나누세요?

송숙연 저희는 아이들 얘기나 교육 얘기를 많이 하거든요. 큰애가 이제 고등학교 1학년, 작은애가 초등학교 6학년이라서 아무래도 진학 문제에 대한 이야기를 많이 합니다. 큰애가 음악 쪽으로 생각을 하고 있는데 아버지는 예능보다는 공부를 했으면 하시죠.

윤재호 할아버지께서 예능 쪽으로 오라는 얘기를 손자에게 하지 않나요?

송숙연 네, 별로 안 좋아하는 것 같아요.

윤재호 자녀분들은 자신의 할아버지가 유명한 사람이라는 걸 알고 있어요?

송숙연 네, 알고 있어요.

윤재호 어느 정도까지 알고 있을까요?

송숙연 「전국노래자랑」의 MC로 알고 있고 그냥 〈훌륭한 분〉이라고 생각하는 듯해요.

윤재호 아버님이 손녀와 손자 만날 때는 어떤 얘기를 나누세요?

송숙연 친구들과 잘 사귀고 밥 잘 먹고 또 자신의 실력을 갖추어야 한다는 말씀을 하세요.

윤재호 아버님께서 일주일에 몇 번 정도 아침을 드시러 오나요?

송숙연 촬영이 없으면 매일 올라와서 식사하고 가세요.

윤재호 주로 어떤 음식을 차리세요?

송숙연 아버지는 아침에 누룽지를 드시면 속이 편하다 하세요. 그래서 누룽지를 끓이고 나물 무침이나 달걀말이 같은 밑반찬을 만들고 또 된장찌개나 김치찌개를 올리면 잘 드세요.

윤재호 언제부터 아침을 같이했나요?

송숙연 엄마가 2018년에 갑자기 폐렴으로 돌아가셨어요. 이제 2년 정도 되었습니다.

윤재호 아침 식사는 누가 먼저 제안을 한 건가요?

송숙연 서로 마음이 같았어요. 아버지는 아이들을 보러 오실 겸 저는 아버지 얼굴을 매일 볼 수 있어서 그 마음이 같았습니다.

윤재호 아버님과 이렇게 가까이 지내게 된 시기가 언제부터였나요?

송숙연 제가 결혼하면서 이 아파트에 살았는데 몇 년 후에 두 분이 저희 앞 동으로 이사를 오면서 서로 왔다 갔다 하면서 지냈습니다.

윤재호 어머님이 먼저 떠나시고 난 후 아버님께 어떤 변화가 있었나요?

송숙연 아버지는 워낙 자기 관리를 잘하는 분이고 무엇보다 굉장히 강한 사람이에요. 그래서 흐트러진 모습을 보여 주지 않으세요. 엄마가 먼저 가고 나서도 그 자리를 지키면서 마치 버팀목처럼 든든하게 계시죠.

윤재호 어머님 얘기는 안 하세요?

송숙연 음……. 엄마 얘기는 잘 안 하시고 또 아무런 내색을 하지 않으세요.

윤재호 두 분이 어떻게 만났는지는 알고 있어요?

송숙연 아, 아버지가 대구에 있던 육군 본부에 통신병으로 배치되었을 때 그 부대에서 선임이었던 큰 외삼촌의 소개로 두 분이 만났다고 들었어요. 엄마의 큰 오빠 소개로요.

윤재호 두 분에 관한 행복했던 기억은요?

송숙연 제가 두 분을 보기에 가장 행복했던 순간은……. 제가 결혼을 늦게 해서 애들이 어리잖아요. 어린 손주들 학교에 데려다주고 차 타는 데까지 꼭 바래다주고 인사하던 그때가 두 분 모두에게 행복했던 시간이 아닌가 싶어요.

윤재호 어렸을 때는 언제 가장 행복했던 것 같아요?

송숙연 저는 엄마가 옆에 있었을 때는 엄마의 간섭이나 잔소리를 힘들어했는데…… 지금은 그게 너무나 그리워요. 엄마의 빈자리가 너무나 느껴져서 이제는 엄마의 잔소리가 그리워요.

윤재호 오토바이 사고로 먼저 떠난 오빠에 관한 이야기를 꺼내도 될까요?

송숙연 네. 저희 오빠가 당시 스물 한 살이었고, 아버지는 한창 「가로수를 누비며」를 진행할 때였는데, 오토바이 사고가 나서 먼저 하늘나라에 갔죠. 큰언니가 있고 그다음 둘째가 오빠였어요. 아버지가 원래 오토바이를 부순 적도 있어서 사실 오빠가 아버지 몰래 탔던 것 같아요. 엄마를 졸라서 오토바이를 다시 탔던 모양이에요.

윤재호 오빠는 어떤 사람인가요?

송숙연 오빠는 노래를 잘 부르고 기타를 잘 쳤어요. 대중음악을 본격적으로 하려고 했는데 아버지는 반대했었죠.

윤재호 혹시 반대하는 이유가 있었나요?

송숙연 그 길이 힘들다고 생각하세요. 예능 쪽보다는 다른 길을 가는 게 어떤가 하셨죠. 아버지가 그 세계를 겪고 어떤 길인지 너무 잘 알아서 반대했던 것 같아요.

윤재호 언니는 어떤 분인가요?

송숙연 언니는 저보다 열일곱 살이 많아요. 그리고 늘 열심히 살고 또 조카를 잘 키우고 있고 아주 예쁜 액세서리 가게를 운영하고 있습니다. 언니 가게에 오는 손님분들은 언니가 누구의 딸인지 모르세요. 언니도 그런 걸 드러내는 사람이 아니고요. 그래서 이번에 저만 인터뷰를 하게 된 거예요.

윤재호 어렸을 때 세 남매는 어떻게 지냈나요?

오빠를 굉장히 좋아했어요.

제가 좋아하는 노래를 오빠가 하나하나 녹음해서

선물해 주고 그랬어요. 그토록 따듯한 사람이었으니

오빠가 죽었다고 했을 때 저 역시 공황 상태였어요.

죽음이라는 것도 공포스러웠는데

내가 사랑하는 사람이 그렇게 되었다고 하니

뭐라 말할 수 없이 괴로웠습니다.

송숙연 저는 언니와 오빠하고 나이 차이가 좀 나서 같이 막 어울려
놀지는 못했어요. 크리스마스 때는 제가 제일 어리니까 오빠가
가르쳐 준 연극을 가족 앞에서 선보이면 다들 손뼉 쳐주고 그랬던
기억이 나요.

　　　윤재호 지금도 언니랑 자주 만나세요?

송숙연 네. 안부 전화는 늘 하고 엄마가 떠나고 더 자주 연락하게
되었어요. 언니와 저는 그저 아버지 건강하고 우리 가족 모두
건강하게 사는 게 가장 큰 바람입니다.

　　　윤재호 혹시 아버님과 부딪친 적이 있나요?

송숙연 아, 감정적으로 대립했던 때는 저의 결혼을 반대했을
때였는데 시간이 흐르고 보니까 아버지 마음이 다 이해가
되더라고요. 제가 자식을 낳고 살아 보니 어느 순간 아버지 마음을
이해하게 되었습니다. 지금은 서로 의견이 반대되더라도 오히려
대화를 더 많이 하고 아버지 마음을 더 이해하려고 노력하고
있어요. 아버지와 부딪친 적은 그때뿐이었어요.

　　　윤재호 이제 점점 자식들이 성장하는 걸 지켜보고 있는데
아이들에게 바라는 점이 있으세요?

송숙연 네, 저는 몸이 약해서 많이 아팠어요. 그래서 제가 가장
우선으로 생각하는 건 아이들 건강입니다. 그리고 자신에게 맞는
길을 스스로 찾아갔으면 좋겠어요. 공부가 맞으면 공부를 하고,
음악이 맞으면 음악을 하고.

윤재호 첫째인 정우가 앞으로 음악을 하겠다고 했지요? 64

송숙연 네.

윤재호 반대하세요?

송숙연 아니오. 전 반대하지 않아요. 아이가 하고 싶어 하니까요.

윤재호 첫째는 어떻게 음악을 하게 되었어요?

송숙연 어느 날인가 문득 기타를 치고 싶다고 하더라고요. 그때는 단지 취미로 하겠거니 생각했는데 지금은 그걸로 완전히 진로를 결정하고 자신의 꿈을 계획하고 있어요. 그래서 아이의 결정에 제가 뭐라고 하기보다는 최대한 지지해 주고 잘하고 있다고 응원하고 포기하지 않도록 도와주고 싶습니다.

윤재호 둘째 정하는 어떤가요?

송숙연 둘째는 한때 춤을 췄어요. 아이돌이 되고 싶다고. (웃음) 그런데 지금은 잠시 쉬고 있어요. 아무래도 자기 스스로 한계를 느낀 듯해요.

윤재호 어떻게 보면 할아버지의 영향력이 있는 것 같습니다.

송숙연 네, 그런 영향이 있는 거 같아요.

윤재호 어릴 때부터 할아버지의 방송을 보면서 자랐나요?

송숙연 네, TV로 할아버지가 사회를 보거나 노래하고 공연하는 모습을 보고 자랐어요. 그리고 방송국 시상식에도 항상 같이 다녔거든요.

윤재호 아이들이 자랑도 할까요?

송숙연 본인들이 자랑은 하지 않는 거 같고, 친구들이 TV로 보고 얘기하고 그런 거 같아요.

윤재호 언젠가는 정우와 정하도 할아버지처럼 유명해질 수 있잖아요. 만약 그렇게 된다면 엄마로서 생각하는 것들이 있을까요?

송숙연 음……. 무엇보다 자기 관리를 잘해야 한다고 생각해요. 자기가 선택한 것은 스스로 책임을 질 수 있어야 한다고. 그래서 자신의 인생이나 일에 책임을 질 수 있다면 제가 걱정할 거는 없다고 생각합니다.

윤재호 다시 과거로 돌아가서 오빠 이야기를 해도 될까요? 그때 오빠가 사고를 당했을 때 상황이나 기억이 떠오르는지요?

송숙연 저는 그때 고등학교 1학년이었는데, 그 사고 소식에 관한 전화를 제가 받았어요. 아버지가 퇴근하고 돌아왔을 때 오빠가 사고로 병원에 있다고 전하자, 그때 아버지가 어떤 느낌이 이상했는지 얘기를 듣고 깊이 한숨을 쉬었던 것이 기억이 나요. 그리고 곧장 아버지만 먼저 병원으로 달려갔어요. 이틀 후에 오빠가 떠났다는 이야기를 듣고 저도 병원에 갔습니다. 제가 갔을 때는 이미 빈소가 차려져 있었고 연예인분들도 오고 그랬던 게 기억이 납니다.

윤재호 당시 어머님은…….

송숙연의 중학교 졸업식 사진. 오빠인 창진과 조카 해림(송해의 큰손녀)도
축하하러 왔다.

송숙연 엄마는 말도 못 할 정도였지요. 오빠를 너무나 사랑한 사람이라 정말 미친 사람처럼 산으로 돌아다니고 울부짖고 그랬어요. 오빠가 떠난 후에도 오빠 방에 들어가서 눈물을 쏟고 그랬습니다.

> **윤재호** 오빠가 떠났을 때 감정이 어땠어요?

송숙연 저도 오빠를 굉장히 좋아했어요. 제가 사춘기 때부터 한창 이런저런 음악을 들을 때니까 제가 좋아하는 노래를 오빠가 하나하나 카세트테이프에 녹음해서 선물해 주고 그랬어요. 그토록 따듯한 사람이었으니 오빠가 죽었다고 했을 때 저 역시 공황 상태였어요. 죽음이라는 것도 공포스러웠는데 내가 사랑하는 사람이 그렇게 되었다고 하니 뭐라 말할 수 없이 괴로웠습니다.

> **윤재호** 오빠가 카세트테이프에 담아 줬던 곡 중에 기억나는 게 있나요?

송숙연 아, 제가 그 카세트테이프를 봐야지 알 거 같은데 옛날 곡들이에요. 다 거의 제가 중학교 때 좋아하던 영화 음악이 많았어요. 이제는 제목조차 기억이 나지 않네요.

> **윤재호** 아직도 그 카세트테이프를 갖고 있어요?

송숙연 네! 아직 갖고 있어요. 지금 한번 꺼내 볼까요?

> **윤재호** 우와! 카세트테이프리코더도 아직 갖고 있네요.
> 여기 이 카세트테이프들이 오빠가 녹음해 준 것들인가요?

송숙연 네, 제가 좋아한다고 녹음해 준 노래들이에요.

> **윤재호** 가장 좋아했던 곡이 어떤 건가요?

2
INDEX 1. 인생의 유산
2. 마음약해서 3. 빗물 4. 나의 노래 5. 친애하는 누구에게
6. 이별의 건널목 7. 가을의 노래 8. 가슴 앓이.

PRECISION CASSETTE MECHANISM

Compact Cassette

DOLBY NR ON OFF

SMAT® SH C-60

502-Y

1
INDEX 1. Moon light flower
2. Dust in the wind 3. Ben 4. Billie Jean 5. Beat it
6. You're only lonely 7. Love 8. Graduation tears 9.

SUPER DYNAMIC / WIDE RANGE

Compact Cassette

DOLBY NR ON OFF

SMAT® SD C-60

TAPE   NORMAL   BIAS : NORMAL

SideA   SideB
1. 슬픈 초대   1. Yesterday
2. Sailing   2. Holidays

송숙연 여기 보이는 수전 잭슨의 「에버그린」과 ELO의 「티켓 투 더 문」이었어요. 사춘기 소녀 때 좋아하던 곡이라 영화 음악이면 그 음악이 나왔던 영화 장면을 다시 한번 생각하거나 했던 것 같아요. 오빠도 한창 영화 음악을 좋아하던 시기였어요.

윤재호 오빠가 이렇게 하나씩 녹음해서 준 거죠?

송숙연 네, 제가 중학교 1학년 때부터 고등학교 1학년 때까지 선물했습니다.

윤재호 지금 보이는 카세트테이프가 전부인가요?

송숙연 아니에요. 더 있는데 제가 짐을 정리하면서 가장 기억에 남는 거만 두었어요.

윤재호 여기 〈자작곡〉이라고 쓰여 있는 건 오빠가 직접 만든 곳인가요?

송숙연 아, 맞아요. 오빠가 직접 곡을 만들고 가사를 쓴 노래예요. 한번 들어 볼까요?

윤재호 네! 여기 적힌 「삼청동」이라는 곡도 직접 만든 건가요? 와, 노래가 좋네요! 「벌써 아침인가 봐」라는 곡도 있네요.

송숙연 여기에만 자작곡 카세트테이프가 네 개가 있어요.

윤재호 노랫말이 서정적이고 기타 리듬이 무척 좋아요. 저희가 정우가 연주하는 걸 들어 본 적이 있는데 장르가 비슷한 듯해요. 우연치고는 굉장히 묘한 인연이네요. 「벌써 아침인가 봐」는 정우가 좀 더 편곡을 해서 기타를 쳐도 될

거 같아요. 곡이 너무 좋네요! 이때가 언제인가요? 이
자작곡을 받았을 때?

송숙연 중학교 때부터였어요. 오빠가 만날 방에서 기타 치고
방음한다고 방에 종이 달걀판 같은 거 있잖아요. 그런 거 붙여
두었던 게 기억이 나요. 방 안에서 혼자 기타 치는 모습이 저희 큰
애랑 똑같아요. 기타 치면서 혼자 노래하고……. 이
카세트테이프도 어느 날 통기타로 기타를 치며 노래를 만들더니
〈이건 너를 위해 만든 곡〉이라고 하면서 자작곡을 들려주고
그랬어요. 그때는 오빠가 만든 곡이라고 해도 제가 어리고 철이
없으니까 〈어, 그래〉 이러고 말았습니다. 녹음한 거로는 오랜만에
듣네요…….

　　　윤재호 「송해 1927」의 삽입곡으로 써도 좋을 것 같아요.
　　　저희가 디지털로 음원을 복원해서 MP3 파일로 만들어서
　　　드릴게요. 그리고 새삼 정우가 숙연 씨의 오빠와 비슷한
　　　성향이 느껴지기도 해요.

송숙연 네, 저도 그렇게 생각하고 있어요.

　　　윤재호 어때요? 정우가 그렇게 기타 치고 노래 부르고
　　　있으면?

송숙연 오빠 생각도 나고 할아버지의 예능적인 끼도 좀 있는가
싶기도 하고……. 저는 참 좋아요.

　　　윤재호 혹시 이 카세트테이프를 아이들한테 들려준 적이
　　　있으세요?

송숙연 아직 없어요. 큰애가 좀 더 음악적으로 성장하고 그러면 알려 주고 싶어요.

윤재호 여기 편지도 있네요. 오빠가 동생한테 쓴 건가요?

송숙연 네, 제게 편지를 써서 주곤 했어요.

윤재호 혹시 읽어 줄 수 있을까요?

송숙연 네, 이건 장난이 많이 들어간 편지인데 한번 읽어 볼게요. 〈송 양! 생일 선물이라고 주는 것이 너무 초라해서 미안하다. 그렇지만 이건 그래도 내가 아끼고 아끼면서 보물 상자 깊숙이 꼭꼭 숨겨 놨던 거다. 내가 이거를 선물하는 이유는, 네가 이 파스텔처럼 바래지 않는 무지갯빛의 송 양이 됐으면 해서야! 사실 너의 생일 선물로 내가 그동안 네게 빚진(꾼) 돈을 갚을까도 생각했었는데 내가 워낙 돈이 없어서 말이야. 좌우지간 생일 축하해! 오늘은 얼굴이 좀 하얗게 보이더라. 1984년 10월, 너의 잘생긴 오빠가.〉 그리고 이게 선물로 준 파스텔이에요.

윤재호 하하하, 너무 재치 있는 편지네요. 이렇게 오래도록 고이 보관한 것도 감동스럽습니다. 모나미 파스텔도 쓰지 않고 계속 넣어 두었군요.

송숙연 네, 그런데 예전에는 오빠가 그렇게 되고 나서 막 펑펑 울면서 읽었는데 지금은 괜찮네요. (웃음)

윤재호 동생을 〈송 양〉이라고 했나 봐요?

송숙연 네, 저한테 송 양이라고…….

윤재호 그럼 오빠는 뭐라고 불렀어요?

송 양!

생일 선물이라고 주는것이

너무 초라해서 미안하다

그렇지만 이건 그래도 내가 아끼고

아끼면서 보물상자 깊숙이

곡곡 숨겨놨던 거다!

내가 요걸 선물하는 이유는

네가 이 PASTEL 처럼

바래지않는 무지개 빛의

송 양이 됐으면 해서야!

사실X 네생일 선물로 내가 그동안

네게 빌린돈을 갚을까도 생각 했었는데
(꿈)

내가 뭐냥 돈이 없게 말이야~

좌우지간

생일 축하해!

오늘은 은근이좀 할일이 보이더라

1984년 10월.
너의 칼. ~생긴 오빠가.

송숙연 저는 그냥 오빠라고 부르고…….

윤재호 오빠가 얼마나 빚진 건가요?

송숙연 아, 용돈을 모아 놓으면 그거 다 빌려 갔어요. 지금 정우와 정하랑 비슷해요. 정우가 정하의 용돈 통장을 보더니 자기가 가졌으면 좋겠다고 해요. 참 비슷하죠.

윤재호 오빠는 그 돈 가져가서 뭐 했는지 혹시 아세요?

송숙연 글쎄요, 오빠도 친구 만나서 쓰고 그랬겠죠? 오빠가 친구들이 많아서 집에 자주 데리고 왔는데 그러면 아버지가 그 친구들 모두 데리고 나가서 맛있는 거 사주고 그랬어요. 다들 대학생 때라 엄청 잘 먹어서 아버지를 만나면 다들 좋아했지요. 오빠는 그 친구들과 같이 노래 부르고 기타 치고 영화도 함께 보고 그랬었죠.

윤재호 아버님도 이 카세트테이프를 알고 있을까요?

송숙연 아뇨, 모를 거예요. 저만 그냥 추억으로 갖고 있거든요.

윤재호 오빠에 대한 좋은 기억을 전해 주어서 고맙습니다. 굉장히 따뜻한 추억이에요. 그리고 이렇게 간직하고 있다는 것도 너무나 감동을 줍니다.

송숙연 아, 네, 감사합니다.

윤재호 혹시 오빠에 대한 또 다른 기억이 있나요?

송숙연 제가 중학교 때 언젠가 오토바이를 타고 저를 데리러 학교 앞에 온 적이 있어요. 오빠가 저를 오토바이 뒤에 태워서

경양식집으로 데려갔는데 돈가스인가 그걸 사줘서 제가 맛있게
먹은 기억이 납니다. 그리고 고등학교 1학년 때 제가 소피 마르소를
좋아했는데 그 배우에 관한 사진집이랑 조그만 가방을 하나 사서
줬어요. 그러고는 한 달인가 얼마 지나지 않아서 그렇게
되었어요…….

윤재호 오빠가 타고 다닌 오토바이도 기억하세요?

송숙연 노란색 야마하였어요. 아주 크지도 아주 작지도 않고
적당한 크기였어요.

윤재호 그 오토바이를 어머님이 사준 건가요?

송숙연 이제는 정확하게 기억이 나지 않아요. 아마 엄마가 사준 것
같아요.

윤재호 오빠보다 이제 나이가 훨씬 더 많아졌는데 만약
오빠가 살아 있었다면 어땠을까 생각한 적이 있어요?

송숙연 네, 제가 어려울 때나 마음이 약해질 때 저를 보호해 주고
위로해 주지 않았을까 생각해요. 그리고 집에서도 든든한 존재가
되었을 거라고.

윤재호 예전에는 어머님이 가족을 이끌어 가는
중심이라고 하셨잖아요?

송숙연 네, 가족뿐 아니라 친척과 친구분들 사이에서도 모두
엄마가 주축이었어요.

윤재호 아버님 집에 아직 어머님이 쓰던 방이 그대로 있고
어머님의 젊은 시절 사진도 있더군요. 그 시절을 아버님이

애기하는 편인가요?

송숙연 젊었을 때 그냥 엄마가 고생 많이 했다고만 말하세요.

윤재호 어렸을 때 그런 고생이 기억나세요?

송숙연 저는 그때 아주 어려서 두 분의 고생이나 엄마의 당시 형편은 전혀 기억이 없고 두 분이 좀 편해진 시절만 떠오르죠. 언니한테 언니가 어릴 때는 조그만 단칸방에서 살았다는 얘기를 들었어요. 그때 어린 나이인데도 엄마 아빠 춥지 말라고 이불을 발끝까지 덮어 줬다고 하더라고요. (웃음)

윤재호 당시 어머님이 따로 일을 하셨나요?

송숙연 엄마는 그냥 주부였고 아버지가 일하셨죠. 언니 말에 따르면, 그때도 엄마가 많이 약해서 몸이 아팠다고 해요. 우리가 엄마 닮아서 몸이 약한 것 같다고도 하고…….

윤재호 최근에 아버님께서 병원에 입원한 적이 있잖아요?

송숙연 네, 저번에 한 번 있었습니다. 처음에는 감기인 줄 알았는데 기침이 심해서 응급실에 갔다가 입원하게 되었어요. 그때 좀 힘들어하셨죠.

윤재호 많이 걱정했겠어요?

송숙연 네, 혹시라도 엄마하고 똑같은 상황이 반복될까 봐 걱정했죠. 그때 엄마도 감기 증상과 같아서 저희도 보통 감기인 줄 알았는데, 병원에 갔더니 이미 폐까지 물이 차서 병원 들어간 지 이틀 만에 중환자실로 옮기고 그리고 일주일 만에 그렇게 갑자기 아무 준비 없이 돌아가셨어요.

2018년 1월 22일, 송해의 아내 석옥이의 발인식에서 손자인 정우가 영정 사진을 들고 있다.

윤재호 그때 아버님은요?

송숙연 아버지도 그때 폐렴으로 같이 병원에 입원한 상태였어요. 다행히 아버지는 항생제가 잘 들었고 또 워낙 강한 분이라 회복이 되었지만 엄마는…… 워낙 면역이 많이 떨어진 상태에서 그렇게 되었어요.

윤재호 그럼 어머니가 마지막 인사 같은 거를…….

송숙연 네, 못 했어요. 저희가 그 마지막을 준비할 시간이 없었어요. 그렇지만 평소에 늘 화목하게 살라고 당부하며 가족과 친척들과 모두 잘 지내라고 계속 말씀을 했어요.

윤재호 아버님도 미리 당부하거나 얘기한 것들이 있나요?

송숙연 아직은 미리 하신 말씀은 없어요. 특별히 나중을 위해 말씀한 거는 없고 그저 건강하고 잘 먹으라고 하세요. 아버지는 강한 분이에요. 항상 아버지의 자리를 지켜 주고 있어요.

윤재호 아버지에게 바라는 점이 있으세요?

송숙연 저는 어떤 큰 바람보다는 아버지가 연세가 많으니 편안하고 건강하게 사시는 거 하나만 바랍니다.

윤재호 혹시 아버님께서 당신의 어머니에 관해 얘기한 적이 있나요?

송숙연 아버지가 인삼이나 산삼 같은 선물을 받으면 제게 꼭 갖다주세요. 제가 몸이 약하니까. 인삼을 주면서 예전에 할머니가 아버지 어릴 때 인삼이나 수삼을 꿀에 찍어 먹이거나 꿀에 재운 후에 팔팔 끓여서 그 물을 먹였다고 말하세요. 그리고 그때 그걸 아버지는 굉장히 강한 사람이에요.
그래서 흐트러진 모습을 보여 주지 않으세요.
엄마가 먼저 가고 나서도 그 자리를 지키면서
마치 버팀목처럼 든든하게 계시죠.

먹고 자란 힘으로 지금껏 버티는 것 같으니 저도 꼭 그렇게 먹으라고 당부하시죠.

윤재호 어렸을 때 할머니 얘기는 들었나요?

송숙연 아뇨, 못 들은 거 같아요.

윤재호 고향이 북쪽이라는 건 알고 있었나요?

송숙연 네, 그런데 제가 아주 어릴 때 들은 내용이라 그냥 그런가 보다 했어요. 그러다 이제 나이가 들고 다시 아버지께 얘기를 들으면서 자세히 알게 되었습니다. 한번은 이산가족을 다룬 방송을 보다가, 아직 살아 계실까요? 하고 물어본 적이 있는데, 다 돌아가셨겠지 살아 있겠니, 하시더라고요.

윤재호 아버님이 부쩍 연세가 들었다는 걸 느끼세요?

송숙연 아무래도 이제 연로하셔서 그런지 가끔 화장실 불을 켜놓고 나갈 때가 있어요. 예전에는 그런 적이 한 번도 없었거든요. 물건도 꼭 제자리에 두고 좀 삐뚤어지면 다시 반듯하게 두고 나가는 성격인데……

윤재호 저는 지금도 그러는데요. (웃음)

송숙연 아, 그런가요?

윤재호 저희가 나중에 정우가 기타를 연주하는 장면 같은 걸 찍고 싶은데 괜찮을까요?

송숙연 한번 물어볼게요. 자기 주관이 뚜렷한 아이라서 물어봐야 해요.

윤재호 궁금하네요, 어떤 재능을 가지고 있을지……. 정우는 통기타를 치나요? 아니면 전기 기타를 연주하나요?

송숙연 네, 일렉트릭 기타를 쳐요.

윤재호 어떤 장르를 주로 하나요?

송숙연 록 발라드를 주로 해요.

윤재호 지금 기타 레슨을 받고 있지요?

송숙연 네, 홍대 쪽에서 교습을 받고 있습니다. 기타도 직접 고르고 사서 왔어요.

윤재호 처음 기타를 들고 왔을 때는 기분이 어땠어요?

송숙연 처음에는 그냥 취미라고 했으니까 괜찮았는데 이제 본인이 열심히 하고 이 분야로 나갈 생각까지 하고 있으니 걱정도 되고 그랬어요. 하지만 자신의 의지가 강하니까 지금은 걱정하지 않아요.

윤재호 오빠도 일렉트릭 기타를 쳤나요?

송숙연 네, 일렉트릭 기타도 친 것 같아요. 기타 연주만 따로 모은 카세트테이프도 있는데 오빠도 록 발라드를 많이 연주했죠. (웃음)

윤재호 와, 기타로 이어지는 것도 신기한데 장르도 겹치네요. 저희가 정우에게 얼마 전에 물어본 적이 있어요. 외삼촌을 알고 있는지. 그런데 사진을 보거나 음악을 들은 적은 없다고 하더라고요.

송숙연 네, 얘기는 했는데 사진을 보여 주거나 음악을 들려준 적은 없어요. 혹여 부모님이 마음 아플까 하는 마음도 있었고 언젠가

정우가 궁금해하면 그때 더 알려 줘야겠다고 생각했어요. 그리고 이때껏 오빠의 카세트테이프와 편지는 저와 오빠만의 추억이라고 생각했는데, 이제 정우에게 오빠의 음악을 들려줘도 좋을 듯해요.

윤재호 오늘 저희가 개인적인 질문을 많이 해서 마음이 무거웠는데 솔직하게 답변해 주셔서 너무나 감사드립니다. 말씀을 잘하셔서 깜짝 놀랐어요. (웃음)

송숙연 아니에요, 제가 미리 인터뷰에 대해 대비를 하고 나름 준비도 했는데 기억을 제대로 하지 못한 것만 같아 머릿속이 하얘졌어요.

윤재호 처음 인터뷰를 하면서 이 정도로 얘기해 주는 건 아버지의 재능이 이어진 것일 수도 있어요.

송숙연 아이고, 감사합니다.

¹ 송해가 아들 창진에게 동화책을 읽어 주는 모습. 옆에는 큰딸 숙경.
² 숙경과 상진의 학창 시절 모습.

여섯 번째 인터뷰
2020년 7월 7일

양정우(송해의 손자)×윤재호

윤재호 자기소개를 부탁합니다.

양정우 안녕하세요, 제 이름은 양정우입니다. 저는 기타를 치는 고등학교 1학년이에요. 음악을 좋아합니다.

윤재호 정우의 할아버지는 어떤 분인가요?

양정우 우리 할아버지는 한번 뭔가를 하면 꼭 열심히 하시고 늘 친절하시고 언제나 활발하시며 웃음이 많은 분이에요. 그리고 저를 사랑하세요.

윤재호 언제부터 할아버지가 유명한 분이라는 것을 알았나요?

양정우 초등학교 1학년쯤에 「전국노래자랑」을 보면서 그때부터 할아버지가 유명하다는 걸 알게 됐어요.

자신의 기타를 들고 있는 송해의 손자 양정우.

윤재호 그때 친구들한테 자랑했어요?

양정우 네, 자랑하고 다녔어요. 그때 할아버지가 만날 초등학교에 데려다주셔서 친구들이 할아버지를 바로 알아보기도 했어요. 할아버지한테 다 같이 우르르 달려가기도 하고요.

윤재호 어떤가요? 유명한 할아버지와 함께 지내는 기분은?

양정우 신기하기도 하고 앞으로 나도 잘해야겠다는 생각과 열심히 살아야겠다는 생각도 같이해요.

윤재호 부모님은 어떤 분들인가요?

양정우 엄마는 제게 늘 다정하게 말을 건네고 항상 잘 웃는 분이에요. 아빠도 웃음이 많고 저를 따뜻하게 대해 주세요. 두 분 모두 저한테 심한 말을 하거나 한 적이 없어서 저도 말 잘 들으려고 노력하고 있습니다. (웃음)

윤재호 동생은 어떤가요?

양정우 여동생이 워낙 활발해서 가끔 싸우긴 하지만 착하고 말도 잘 듣는 편이에요. 춤을 배우고 있고 또 열심히 추고 있는데 잘하는 듯 보이지만 다소 어수선한 면도 있어요. (웃음)

윤재호 두 사람 모두 예능 쪽에 재능이 있는데 어떤가요? 한 사람은 음악을 하고 한 사람은 춤을 추고.

양정우 서로 응원하고 잘하고 싶은 마음이에요. 다만 둘 다 말을 좀 잘했으면 좋겠어요. 낯을 많이 가려서 처음 만나는 사람 앞에서 얼어붙고 마는데 좀 더 어색하지 않게 이런저런 말을 건네고 들을 수 있도록 노력하고 있습니다.

윤재호 할아버지와는 어떤 얘기를 나누나요?

양정우 제가 요즘 관심을 갖고 있는 음악이나 학교 생활에 관해 얘기해요. 친구랑 잘 지내고 있는지도 물어보시고. 제가 평소에 잘한 게 있으면 칭찬도 듬뿍 해주세요.

윤재호 음악을 한다고 했는데 어떤 음악을 좋아해요?

양정우 록 발라드를 가장 좋아하고, 제일 많이 하는 편이에요.

윤재호 혹시 외삼촌에 관해 들은 게 있어요?

양정우 어렸을 적에 엄마에게 들었는데 저처럼 음악을 좋아하고 많이 활발했다고 해요. 제가 태어나기 전에 돌아가셨다고 했는데 잘생기고 착한 분이라는 얘기도 많이 들었어요.

윤재호 외삼촌의 사진을 본 적 있어요?

양정우 아니요, 없어요.

윤재호 한 번도 본 적이 없어요?

양정우 네.

윤재호 엄마가 외삼촌이 정우와 닮았다는 얘기는 안 해요?

양정우 성격이 많이 닮았다고 들었어요. 제가 말을 많이 하거나 활발할 때 그런 말을 자주 했어요.

윤재호 엄마가 처음 외삼촌에 대해서 얘기했을 때가 언제쯤인가요?

양정우 중학교에 올라갈 때쯤이었어요.

윤재호 그때 기분이 어땠나요?

양정우 신기했어요. 그리고 외삼촌이 지금 옆에 있다면 어떤
느낌일까…… 그런 기분이었어요.

   윤재호 정우가 음악을 하는 이유가 있다면요?

양정우 음악을 하는 이유는, 음악으로 많은 사람에게 제 소리를
들려주고 싶고 또 음악을 하면 제가 행복하다는 것을 이유로 들 수
있어요.

   윤재호 꿈은 뭔가요?

양정우 행복하게 음악을 하면서 그 음악으로 다른 사람들에게
저의 감정을 전달하고 서로 함께 느끼는 게 제 꿈입니다.

   윤재호 어떤 감정일까요?

양정우 어떨 때는 신나고 또 어떨 때는 감동적인 그런 감정이 담긴
소리를 만들고 싶어요.

   윤재호 할아버지께 자신의 음악을 들려준 적이 있어요?

양정우 아직은 없어요.

   윤재호 엄마에게는?

양정우 들려준 적이 있는데 연주가 좋다고 해주셨어요.

   윤재호 할아버지의 음악에 관해 어떻게 생각하는지요?

양정우 굉장히 좋아요. 무엇보다 다양한 장르로 넓혀 가는 모습이
정말 대단하다고 느껴요.

윤재호 작곡도 한다고 했는데 어떤 곡을 만드나요?

양정우 밴드 형식의 드럼이나 베이스 그리고 기타 리듬이 강조되는 음악을 만들어요.

윤재호 작곡한 곡을 가족에게 들려준 적이 있어요?

양정우 아니요, 아직 없어요.

윤재호 할아버지께도?

양정우 네, 아직…….

윤재호 몇 분짜리 곡인가요?

양정우 1분에서 2분 정도로 아직은 짧은 곡이에요.

윤재호 엄마가 들으면 어떨 것 같아요?

양정우 좋아할 것 같아요. 어느 정도 더 잘하게 되면 들려주고 싶어요.

윤재호 어렸을 때 기억을 되새겨 본다면 동생과는 주로 뭐 하면서 놀았어요?

양정우 레고를 같이 조립하거나 술래잡기를 하거나. 아, 배드민턴도 자주 치고 받으면서 놀았어요.

윤재호 할아버지와 함께 보낸 시간 중에 기억나는 장면이 있나요?

양정우 제가 초등학생 때 할아버지의 시상식에 따라간 적이 있는데 그때 새삼 우리 할아버지가 이렇게 대단하고 멋진 사람이구나 하고 느꼈어요.

> **윤재호** 혹시 그때 경험 때문에 음악이 하고 싶었던
> 거예요?

양정우 아, 음악은 중학교 2학년 중반 무렵부터 갑자기 하고
싶어졌어요.

> **윤재호** 그 계기가 따로 있나요?

양정우 우연히 기타 소리를 듣고 나도 한번 해보고 싶다는 생각에
빠져서 시작했습니다. 처음 기타를 쳤을 때부터 즐겁고 재밌었어요.

> **윤재호** 어디서 기타를 배우고 있어요?

양정우 홍대입구역에 있는 음악 학원을 다니면서 배우고
있습니다.

> **윤재호** 할아버지처럼 노래도 부르고 싶나요?

양정우 네, 노래도 생각하고 있어요. 노래 부르는 걸 좋아해서
기타를 치면서 불러 볼까 생각 중입니다.

> **윤재호** 혹시 작사도 하고 있어요?

양정우 아니요, 아직 작사는 한 적이 없어요.

> **윤재호** 그러면 주로 어떤 노래를 불러요?

양정우 발라드나 록 발라드 장르를 불러요. 좋아하는 노래는 폴
킴의 「너를 만나」라는 곡이고 요즘 이 곡을 열심히 연습하고
있어요.

윤재호 엄마하고 보낸 시간 중에 특별한 기억이 있다면?

양정우 아주 어렸을 때 온 가족이 놀이동산에서 신나게 놀았던 게 가장 기억에 남아요.

윤재호 엄마가 슬퍼하거나 특별한 감정에 휩싸였던 모습을 본 적이 있어요?

양정우 할머니가 돌아가셨을 때 엄마가 자주 우는 걸 봤어요. 한동안 할머니 얘기만 하면 눈물을 흘렸어요.

윤재호 할머니에 대한 기억은 어때요?

양정우 아직도 많이 기억에 남아 있어요. 할머니께서 아직도 계신다면 지금쯤 같이 뭐 하면서 지내고 있을까 하고 요즘 들어 생각해요. 할머니와 어떤 축제에서 저는 엄청 신나게 놀았는데 할머니가 많이 지쳐서 힘들어한 적이 있어요. 제가 그저 놀고 싶은 생각에 할머니를 배려하지 못하고 혼자 신나게 놀았던 것 같아서 지금도 미안해요.

윤재호 할머니는 어떤 분이었어요?

양정우 제 말을 가장 많이 들어준 분 그리고 항상 행복해한 분.

윤재호 할머니와 할아버지 두 분이 같이 있었을 때의 특별한 기억이 있나요?

양정우 할머니와 할아버지 그리고 제가 같이 산책을 자주 했는데 그때가 그리워요. 그리고 할아버지나 할머니 생신 때 가족이 모두 외식을 가곤 했는데, 두 분이 그때 같이 춤추는 모습을 봤을 때도 너무나 행복해 보여서 저도 덩달아 즐거웠어요.

윤재호 어떤 춤을요?

양정우 트로트나 블루스 곡이 나오면 음악에 맞춰 사교댄스를
추셨어요. 이렇게 할머니가 할아버지 팔에 손을 올리고 박자를
맞추면서 나비처럼 춤을 췄어요.

윤재호 그때가 몇 살이었어요?

양정우 제가 중학생 때까지 두 분이 계속 함께 춤을 추셨어요.

윤재호 정우도 같이 춤췄어요?

양정우 아니요, 저는 부끄러워서…….

윤재호 할머니 돌아가셨을 때는 어떤 기분이었어요?

양정우 처음에는 너무 당황해서 아무 생각이 없었어요. 그러다
죄송한 마음이 자꾸 들었고 자꾸 울컥하는 일이 잦아졌어요.
동생은 돌아가셨다는 소리를 듣자마자 울었어요. 그때 제가 중학교
2학년이었고 동생이 4학년이었는데, 동생은 할머니가
돌아가셨다는 걸 믿을 수 없다고 거의 반복하듯이 매일 말했어요.

윤재호 그때 엄마의 모습도 기억나요?

양정우 기도하면서 많이 울었던 것 같아요. 아빠도 힘들어하고 좀
복잡한 감정이 있어 보였어요.

윤재호 할아버지는요?

양정우 할아버지도 많이 우셨어요. 할머니 생각만 하면 자주
눈물을 흘리셨어요.

윤재호 할아버지의 노래 중에 좋아하는 노래가 있어요?

양정우 네, 「딴따라」라는 노래를 처음에 들었을 때 참 재밌었어요. 이 노래를 부를 때 할아버지가 즐겁고 행복해 보여서 음원으로 나왔을 때 다시 찬찬히 들었는데 그 음원 속에서도 할아버지가 행복하고 즐거워한다는 걸 느꼈어요. 할아버지가 발표했을 때 바로 찾아 듣지는 않았고 어느 날 할아버지가 부른 노래가 어떤 곡이 있는지 궁금하여 찾아서 들어 봤어요.

윤재호 학교에서도 정우의 할아버지로 알고 있나요?

양정우 네, 〈쟤가 송해 할아버지의 외손자다〉라는 말을 가장 많이 들었어요. 좀 친해지면 할아버지 얘기를 해달라고 하거나 만나 보고 싶다는 친구도 꽤 있었죠. 중학교 때 소문이 많이 퍼져서 다들 알게 되었어요.

윤재호 친구들은 할아버지에 관해 뭐라고 얘기해요?

양정우 엄청 대단하시다는 말을 많이 하고 어떤 분인지 궁금하다는 말도 많았어요.

윤재호 가족들을 생각하며 작곡한 곡도 있어요?

양정우 제가 좋아하는 노래 중에 가족에게 들려주고 싶은 노래가 하나 있어요. 기타 반주만 나오는 발라드 곡입니다.

윤재호 언제쯤 완성되나요?

양정우 열심히 해서 올해는 꼭 들려주고 싶어요. 아직 그 노래를 보여 주기에는 연주 실력이 부족해요. 열심히 연습해서 잘하게 되면 보여 주고 싶어요.

엄마에게 학원을 다녀 보고 싶다고 말했고
제가 꾸준히 배우는 모습을 보더니
외삼촌도 음악을 했다는 얘기를 해줬어요.
…… 기타를 열심히 연습해서 할아버지 생신 때
제가 가장 좋아하는 노래를
들려 드리고 싶어요.

윤재호 혹시 엄마가 자주 들었던 노래는 기억해요?

양정우 제목은 기억이 안 나는데 딥 퍼플의 록 발라드였어요.

윤재호 엄마가 좋아하는 곡으로 연주한 적도 있나요?

양정우 그냥 제가 연주하는 모습을 영상으로 찍어서 보여 줬는데 그걸 보면서 굉장히 좋아했어요. 그냥 휴대폰 카메라로 찍은 영상인데…….

윤재호 한번 봐도 될까요? 오, 기타가 예쁘네요. 민트 색상이 참 예뻐요. 기타도 멋있게 치네요! 언제 처음 엄마가 기타를 사줬어요?

양정우 기타 입시를 시작하면서부터니까 올해 초쯤이었어요.

윤재호 할아버지가 준 선물 중에서 기억에 남는 게 있어요?

양정우 제가 일본에 한 번도 가본 적이 없는데 할아버지가 일본을 다녀오면서 옷이랑 모자를 사다 주셨어요. 너무 좋아해서 매일 입었더니 지금은 많이 해져서 소매가 너덜너덜해서 집에서만 입어요. (웃음)

윤재호 이기남 PD와 처음 홍대 앞에서 만났을 때 음악을 좋아해서 기타를 하고 싶다고 엄마에게 말했더니 그 즈음에 엄마가 외삼촌에 대해 얘기해 줬다고 들었어요. 그때 그 말이 참 기억에 남아요. 자연스럽게 음악 그리고 외삼촌과 이어지던 얘기가……. 다시 한번 얘기해 줄래요?

양정우 네, 제가 원래 음악을 듣는 걸 좋아했는데 음악을 제대로

하고 싶다는 생각은 중학교 2학년 때 기타 노래를 들으면서
결심하게 되었어요. 그때 엄마에게 학원을 다녀 보고 싶다고
말했고 제가 꾸준히 배우는 모습을 보더니 외삼촌도 음악을 했다는
얘기를 해줬어요. 그 얘기를 들었을 때 외삼촌이 옆에 있다면
얼마나 좋았을까 하는 생각도 하고 나도 열심히 음악을 해야겠다고
생각했습니다.

윤재호 혹시 외삼촌이 어떻게 돌아가셨는지 알고 있어요?

양정우 네.

윤재호 정우는 어때요? 오토바이 좋아해요?

양정우 아니오. 무서워 보여서 좋아하지 않아요. 원래부터
오토바이를 보면 위험하다고 생각했는데 그 얘기를 듣고
오토바이는 절대 타면 안 되겠다고 생각했어요.

윤재호 할아버지의 연세가 많은데 혹시 걱정하고 있나요?

양정우 미리 걱정하기보다는 그저 할아버지가 오래 사셨으면
좋겠다고 생각해요. 제 옆에 오래 있어 주신다면 더 바랄 게 없어요.

윤재호 최근 할아버지께서 감기 증세로 입원했을 때는
어땠어요?

양정우 마음이 너무 급해졌어요. 빨리 병문안을 가고 싶은데 현재
코로나19 상황 때문에 병원에 갈 수도 없고, 고열이 있다고 하니
마음이 불안해지고 그랬어요. 어떻게 되실까 봐 두렵고 무섭고
한편으론 너무 죄송하고 그랬습니다. 제가 할아버지를 지키지 못한
것만 같고……. 평소에 신경을 쓰지 못해서 너무 죄송했어요.

그래서 기타를 열심히 연습해서 할아버지 생신 때 제가 가장
좋아하는 노래를 들려 드리고 싶어요.

윤재호 어떤 곡인가요?

양정우 아티스트 AZ의 기타 연주곡으로 「마이 디어」라는
곡입니다. 처음부터 끝까지 기타로 이어진 곡인데 리듬이 가슴에
오래 남아요.

윤재호 알겠습니다. 꼭 연주하기를 바라요.

양정우 네, 수고하셨습니다!

윤재호 고생했어요, 인터뷰하느라 정우가 고생했어! 근데
기타가 정말 디자인이 되게 예쁘다!

양정우 네, 기타 예쁘죠!

윤재호 응! 역시 미제야! (웃음)

〈나이 들어서 우리 또래 되는 사람들은 지병이 한두 가지 있잖아요. 우리 같은 사람은 특히 호흡기 질환을 조심해야 해요. 조금 이상하다 싶으면 빨리 진찰을 받고 그래야지, 조금만 수치가 올라가면 의사들 얘기로도 못 잡는 수가 있대요. 또 운동도 그래요. 운동도 내가 편한 입장에서 힘이 닿도록 해야지 좋은데 무리를 하면 몸이 힘들어요. 제 경험으로는 운동하더라도 가볍게 하는 게 좋더군요. 제가 평생 살아오면서 꾸준한 게 하는 것이 바로 걷는 겁니다. 걷는 것만 해도 몸의 균형을 잡아 줘요. 그런데 걷다가 운동 기구 같은 게 보여서 매달렸다가 또 힘이 들어 무겁게 내려오기도 하는데 그럴 때 몸이 충격을 받는 듯해요. 최근에 병원에도 다녀오고 했는데 몸이 아프면 내가 못다 한 것들이 생각이 나고 그래요. 특히나 고향은 한 번 갔다 와야 하겠다 하는 욕심이 있으니 건강해야 할 텐데……. 또 철없이 한창 그저 놀고 공부하는 데 애쓰는 손주들 생각도 많이 났어요. 그런데 잠깐 병원에 있었던 얘기가 밖으로 소문이 나고 다시 들려오는 얘기를 내가 들었을 때, 내가 그저 마음을 단단하게 먹고 이겨 내야겠구나 싶었습니다. 병원이라는 곳이 어딘가 이상이 있어서 가는 거니까 고민도 많이 하게 되고, 또 혼자 이런저런 생각에 잠길 시간이 많아서 가족이 떠오르고 평소에는 잊고 있던 사람들도 갑자기 떠오르고 그래요. 저와 같은 처지에 계신 분은 공감하겠지만 사람 옆에는 사람이 있어야 하고, 서로 얘기를 나눌 수 있는 동반자가 꼭 필요하지 않나 싶어요. 옆에 있어야 할 사람이 없으면 더 공허하고 허전한 길로 빠지기 쉽지요. 하지만 인생이 내 마음대로 되는 건 아니고 내 운명이고 내 팔자이니 내가 나를 위로해야 해요.
그래도 역시 고독합니다. 병실에서 조용히 잠을 청하면서
생각에 빠질 때는 이 세상이 다 끝난 것 같고, 아니다, 이대로
끝나면 안 된다고 다시 희망도 가져 보고, 엎치락뒤치락하다
보면 깜빡해서 졸게 되고, 눈을 뜨면 다른 생각을 하게 되고.
사람이 태어나 사는 동안에 누구나 병석에 눕게 되는데 그런
때는 다 아쉽고 후회가 되고 그렇지요.〉

2020년 7월 7일, 윤재호 감독과의 대화 중에서

일곱 번째 인터뷰
2020년 8월 18일

송해 × 윤재호, 이기남

윤재호 오늘은 선생님이 운영하는 〈원로 연예인 상록회〉에 대해 먼저 물어볼게요. 상록회는 어떤 곳인가요?

송해 네, 상록회는 35년 전에 종로구 낙원동에 문을 연 곳입니다. 오래도록 함께 일하고 있는 조은희 실장이 관리하는데 말 그대로 은퇴한 사람들이 모여 마작을 두거나 수다를 떨거나 편하게 드나드는 사랑방이죠. 인근 낙원동 사람들과도 오래도록 친하게 지내고 있습니다. 근처에 늘 가는 사우나가 있는데 그곳에서 머리도 다듬고 그래요. 근처에 싸고 맛있는 집도 많죠. 녹화가 없는 날은 상록회 사무실로 출근해서 다른 사람들과 함께 점심을 먹고 오후에는 마작을 합니다. 그리고 두세 시간 정도 마작을 하고 사우나를 하러 가는데, 저녁 6시가 되면 무조건 사무실 문을 닫아요. 이 시간을 넘기면서까지 마작을 하면 다들 몸이 상할 수가 있어요. 그래서 꼭 시간을 지키지요.

윤재호 선생님에게 마작은 어떤 의미인가요?

송해 사람들 나름대로 자기 취미가 있기 마련인데 마작은 세계 공통적인 사교의 하나라고 할 수 있습니다. 제가 마작을 즐기는 이유는, 저희 생활이 바쁘다면 바쁘고 정신없이 살게 되는데 평소 잡생각을 잊어버리고 정신 통일을 할 수 있기 때문이에요. 마작을 즐기는 분들은 이런 점에 공감을 하나 봐요. 어깨가 쑤시고 몸이 피곤하다가도 마작판에 둘러앉으면 정신이 번쩍 나고 짝을 맞추는 것에 집중하다 보니 마작을 하는 그 시간 동안 굉장히 몰입하게 되죠. 또 은퇴하고 나서 예전 얘기도 하게 되고 서로 추억도 되새깁니다. 사실 마작을 끝내고 대폿술도 한잔 마셔야 하니까 대포 값도 필요하고 그래서 서로 주고받고 하는 정도로 즐기고 있습니다.

윤재호 선생님은 이 낯선 땅에 홀로 와서 무명으로 일을 시작하셨죠?

송해 네, 그렇지요.

윤재호 무명이었다가 단역이었다가 조연이었다가 그리고 주연까지 올라왔는데, 그 한 단계 한 단계 넘어설 때마다 느꼈던 감정에 관해 얘기해 줄 수 있을까요?

송해 음, 많은 분 앞에 서는 처지라서 우선 그분들이 무엇을 바라는지를 읽어야 해요. 맨 처음 일을 시작할 때는 조무래기 말단이다 보니 평등한 위치에 있지 못했습니다. 점점 작품을 하나씩 하게 되고 제가 연기한 것에 대해 평을 받고 조언을 듣고 사람들한테 소문이 나서 유행이 되고 하니, 만인 앞에 서는

사람들은 말 한마디나 행동 하나 그리고 자기 역할을 제대로
소화하는 과정이 상당히 중요하다는 걸 깨우쳤습니다.

　　제가 악극단 연구생 때는 선후배 관계가 몹시 엄격한
시절이었습니다. 당시 연구생은 악극단의 온갖 궂은일을 도맡아
하며 무대에 오를 날을 기다리던 사람들이었지요. 군대 생활이나
마찬가지로 규율이 엄해서 선배님이 죽으라면 죽는시늉을 다 해야
할 정도로 선배님에 대한 공경심이 대단했습니다. 그렇게 따르고
존경심을 갖다 보니까 선배님들이 저한테 관심을 두게 되고,
그러다 보니 저한테도 역할이 돌아오게 되었어요. 역을 맡게 되면
아무래도 선배들 조언을 받아야 하니 다시 선배들과 많은 이야기를
나누고 해서 저한테 큰 소득이 되었습니다. 아시다시피 제가
체구가 작으니 선배들도 귀여워해 주고 아우처럼 다정하게 돌봐
주시니 즐겁고 행복했지요. 어려운 과정도 잘 넘겼던 것 같아요.
어떤 역을 맡더라도 하나하나가 참 소중하니 뜻깊게
받아들였습니다.

　　그리고 유랑 극단 시절부터 단체 생활을 했기 때문에
책임감이 굉장히 중요했어요. 그 당시 선배와 주변 동료들에게
사랑을 받았던 것이 제게는 큰 복이었어요. 지금도 그렇지요. 음,
그때 그 마음이 제대로 표현이 잘 안 되는데, 사실 제가 삶을 크게
원망한 적도 있고 힘들어한 적도 있지만 선배와 동료들과 함께
마음을 나누고 경력을 쌓고 이 생활에 익숙해지면서 거기에서 얻은
힘이 상당하지요. 아, 그때 우리 선배들은 정말 자기 소임을 다해서
후배 하나라도 훌륭히 키우기 위해 모든 책임을 다했구나……
저를 아껴 주셨던 선배님들은 지금도 아련하게 얼굴이 생각납니다.

　　제가 악극을 많이 했는데, 어느 정도 단체에서 인정을 받으면

악극의 마무리 부분을 제가 맡을 때가 있었어요. 중요한 역할도 맡게 되고. 악극은 작품 특성상 마무리가 참 중요한데 그런 부분을 제가 해볼 수 있었다는 게 참 고맙고 보람이 있었죠. 처음 무명으로 시작해 선배들의 연기와 가르침을 배우고 조금씩 내가 극에 참여하고 작품도 만들어 보고, 이런 과정을 겪으면서 점점 용기가 났던 것 같습니다. 악극단에서 배우란 연기, 노래, 사회를 모두 보는 사람입니다. 이 경험을 하고 나니 라디오에서 막간 코미디 쇼를 펼칠 수가 있었어요. 그리고 이때 관객들을 즐겁고 흥이 나게 해야 하니 온몸으로 즉흥적인 재치를 선보이게 되었고, 그런 경험이 쌓여 다양한 모습을 보여 주는 희극인으로 살 수 있었죠. 그런데 이 직업을 천직으로 아는 사람은 같은 무대에 1백 번 나오면 1백 번을 긴장하게 됩니다. 관객이 단 한 명이 있어도 1만 명이 있다는 자세로 대해야 해요. 매번 관객은 다르거든요. 그날 그 관객의 분위기를 파악하고 무대에 올라야 합니다. 지금도 무대에 오르기 전에는 긴장하게 되어요.

윤재호 기억나는 선배들이 있는지요?

송해 네, 이제 다 고인이 되고 많이 잊어버렸지만, 그때 창공악극단의 채랑 감독은 잊지 못하지요. 당시 악극단의 무대 감독을 맡았던 분인데 단장 다음으로 권한이 있는 자리입니다. 채랑 감독은 영화 「돌아오지 않는 해병」에 출연했던 배우였고 악극단 시절에도 여러 악극에서 주연을 맡았던 분이에요. 보통 연구생들은 요샛말로 하면 오디션을 거쳐 선발되었는데 앞에서 말했듯이 저는 겁도 없이 무작정 채랑 감독을 찾아갔던 겁니다. 그분 덕에 제가 극단 생활을 하게 되었는데 저를 친형처럼 돌보아

창문 밖에서 빛나는 불빛은 이미 떠나버린 나의 모습.
어둠 속에서 빛나는 불빛은 이 밤 지새우는 나의 눈물.
스쳐 지나가는 그 세월 속에 불빛은 바래고
홀로 불빛을 지키는 나는, 나는 쓴웃음 짓는다.

주었어요. 늘 쓰다듬어 주고 제가 적적한 생활을 할 때니 당신의 집에 자주 데려가서 챙겨 주고 용기도 주고……. 그때 그런 말씀을 하셨어요. 〈사람이 살면서 어려움도 겪고 알아야 하지만 정이라는 걸 느끼며 살아야 하지 않겠니〉라고. 지금도 그 얼굴이 역력히 떠오릅니다.

윤재호 다른 분도 떠오르세요?

송해 악극은 음악이 가미된 하나의 정통 연극이라 음악으로도 극을 이어가고 연기로도 극을 풀어내는 장르입니다. 그때 악극단에서 활동하시면서 관객 한 명 한 명을 의식하고 열심히 연기하셨던 분이 있는데, 여러분도 너무나 잘 아는 우리 김정구 선생님이에요. 형님인 김용환 씨와 태평양악극단도 만들었고 나중에 백조가극단에서도 활동하셨는데, 그분이 저를 봐주신 적이 있어요. 김정구 선생님도 고향이 저 북녘으로, 당시 악극단에서 저를 살피시면서 노래 지도를 해주시고 또 따로 혼자만 가르쳐 주시기도 했어요. 제가 그분께 한 번 놀란 적이 있습니다. 김정구 선생님이 피난 시절 부산에 오래 계셨는데 어느 날 공연하는 중에 부산에서 어머님이 돌아가셨다는 비보를 들었어요. 그런데 공연은 관객과의 약속이고, 이건 우리의 생명이라며 나중에야 빈소를 찾았습니다. 그때 그분의 열의와 정신력이 대단하다고 느꼈고, 어려울 때마다 그분 생각을 많이 하고 있어요.

윤재호 엄격했던 관계가 힘들지는 않았나요?

송해 저는 후배들을 선배같이 생각할 적이 많습니다. 사람이 세월이 흘렀다고 다 된 게 아닙니다. 세 살 먹은 아이한테도 배울 게

있어요. 그리고 새로 만나는 사람이나 같은 자리에 늘 있었던
사람에게도 서로 다른 점들이 많이 있거든요. 어려웠을 때를
생각해 보면 그 시절은 정말 내게 힘이 되었구나, 그때 친구와
선배들과 주고받았던 대화가 〈정〉이 되어 내게 커다란 힘이
되었구나, 합니다. 그리고 나의 후배들도 역시나 내게 힘이
되었습니다. 자주는 못 만나도 가끔 만나는 후배들이 몇
있습니다만 엎드려 절하고 감사드리고 싶은 생각이 간절하지요.

윤재호 제가 준비한 게 하나 있습니다. 선생님께 노래 한 곡을
들려주고 싶어요.

송해 아, 저한테요?

윤재호 네, 한번 들어 보세요.

창문 밖에서 빛나는 불빛은 이미 떠나버린 나의 모습.
어둠 속에서 빛나는 불빛은 이 밤 지새우는 나의 눈물.
스쳐 지나가는 그 세월 속에 불빛은 바래고
홀로 불빛을 지키는 나는, 나는 쓴웃음 짓는다.

송해 음, 가사를…… 가사를 미리 봤으면 좋았을 텐데. 사실 제가
노래를 할 줄도 들을 줄도 잘 모릅니다. 그저 음악은 그때그때 그
감정 표현이 드러나고 흘러서 곡으로 만들어지는 것 같아요.
그런데 이 노래는 제가 듣기에 참 좋습니다.

윤재호 누구 노래인지 아시겠어요?

송해 노래 부른 분은 모르겠네요. 그 서유석 씨가 〈가는 세월 그 누구가 잡을 수가 있나요〉 하면서 굵직하고 덤덤하게 부르는 「가는 세월」의 느낌이 나는 것도 같네요. 서유석 씨도 라디오에서 교통 방송을 오래 했던 사람이라 가깝게 지냈었죠. 이 노래는 물론 젊은 분이 불렀겠지요. 노래 흐름이 요새 느낌도 나네요.

    윤재호 아드님 얘기를 꺼내도 될까요? 이름이 송창진이지요?

송해 네, 송창진입니다. 옛날부터 자식이 세상을 먼저 떠날 때는 부모 가슴에 묻고 간다는 얘기가 있습니다. 그리고 사람 사는 게 운명이자 팔자가 되지요. 그래도 어떤 때는 그저 막 아이 이름을 부를 때가 있어요. 걔가 보일 때가 아닌데 꿈에 보이기도 하고. 창진이가 생각나면 집사람도 생각이 나지요. 엄마라는 사람은 저처럼 운명이고 팔자라고 생각하지 못했죠. 집 안 구석구석 아이의 흔적이 남아 있으니 어쩌다 책 한 권을, 또 어쩌다 걔가 신다가 낡아서 다 떨어진 신발 한 짝을 가슴에 안고 울던 모습이 잊히지 않네요. 우리 창진이, 저도 저보다 더 힘들고 마음 아픈 사람이 있어서 제 마음을 달래도 보고 다그쳐도 봤지만, 이 세상에 있는 한 잊지 못하지요. 저도 압니다, 끝이 없는 것을…….

    윤재호 창진 씨가 서울예전을 나왔다고 했잖아요.

송해 네, 그래서 제가 마음이 더 아픈 게 예전에 들어가서 하고 싶은 대로 그냥 두었으면…… 그랬으면 이 자리에 같이 있을지도 모를 텐데…….

    윤재호 혹시 대학 때 어떤 작업을 했는지 기억을 하세요? 음악을 한 거로 알고 있는데 들어 본 적이 있는지요?

무엇을 좋아했는지 어떤 작업을 했는지 제가 물어보고 들어 보고
관심을 가졌어야 했는데 제가 왜 그랬는지 이 생활을 하면서
너무나 아픈 적이 많아서 그랬는지 이 녀석만은 시키면 안
되겠다고 결심했었어요. 그래서 창진이와 뜻을 같이하거나 함께
음악을 하는 아이들도 집에 오지 못하게 했던 게 너무나
후회스럽습니다.

가끔은 그때 내 입장이 그럴 수밖에 없었으니 이제 마음에서
다 지우자고 할 때도 있는데……. 참으로 사람이라는 게 기운이
이상할 때가 있잖아요. 예감이 든다고 할지. 하루는 바깥에서
전화를 해서는 〈아버지, 친구들하고 시장에 나왔는데 아버지 신발
한 켤레 사려고 해요. 신발 크기가 어떻게 돼요?〉 하고
물어보는데…… 그때 감정이 참 그랬어요. 아이고, 부모에게 있어
핏덩어리 받아 성장시키는 공이 뭐와 비교가 되겠습니까? 그
전화를 받고 마음이……. 아, 또 감정이 솟구쳤네요. 용서하십시오.
요즘은 많이 잊어버리고 있는데 생각날 때는 또 한없이 나지요.

떠난 녀석도 그렇지만 제 딸 둘도 너무나 소중합니다. 두
아이가 결혼해서 손주들이 생기고 요 녀석들 보느라 그놈 생각을
잊어버릴 때도 있어요. 관심이 온통 손주에게 가고, 아이들한테
무슨 일 있으면 안 되는데, 하고 또 걱정하지요. 얼마 전에 손녀
하나가 결혼을 했어요. 손녀를 결혼식장에서 데리고 나가면서도
그놈 생각이 또 간절해서…… 아, 끝이 없네요.

전에 잠깐 말했지만, 아이가 트럭에 부딪혀 사고가 났는데
트럭 운전자가 도망가 버렸어요. 가해자를 찾으려고 하다가……
제가 포기했습니다. 트럭을 운전하는 사람이면 생활이 넉넉하지

못했을 거예요. 내가 그 사람을 찾으면 그 사람 가족은 또 무슨 수로 생계를 꾸릴까요? 그래서 포기했어요. 그리고 악연은 반복된다는 말이 있잖아요. 나쁜 일로 그 사람을 다시 만나고 싶지 않았습니다. 우리 아들에게 전혀 과실이 없다고 할 수도 없고요. 세상은, 내가 아무리 어렵고 힘들어도 저보다 더 아픈 사람이 많습니다, 정말 많아요. 우리 창진이는 제 생각에 〈아버지, 불효막심한 놈을 용서해 주십시오〉 하고 자기가 하고 싶은 것을 하면서 있지 않을까요?

윤재호 혹시 손자가 어느 쪽에 재능이 있는지 알고 있나요?

송해 우리 손자 양정우?

윤재호 네, 정우에 대해 얘기해 줄 수 있으세요?

송해 정우는 이제 고등학교에 들어갔습니다. 그런데 혈육은 어쩔 수가 없나 봐요. 혈통은 어쩔 수가 없나 봐……. 정우가 자라서 지금 하는 일이 창진이하고 똑같아요. 정우가 음악 학원에 다닙니다. 그런데 자기 엄마한테는 자세히 얘기하고 그러는데 저한테는 일절 하지 않아요. 정우가 여러 학원에 다녀서 요즘은 어느 학원에 다니니 했더니, 음악 학원에 다닌다고 딸이 말하더군요. 아, 핏줄은 핏줄인가 보다, 하고 저는 관여를 안 하지요. 하지만 만약 그것이 정우의 의지이고 뜻이라면 이제는 밀어주어야죠. 뭐 제가 밀어줄 힘은 없지만 좌우간 그 길을 걸어온 사람이니 제가 경험한 일을 들려주고 또 워낙 분야가 넓으니 어떤 선택을 할지도 지켜봐야겠지요.

개가 신다가 낡아서 다 떨어진 신발 한 짝을
가슴에 안고 울던 모습이 잊히지 않네요.
우리 창진이,
저도 저보다 더 힘들고 마음 아픈 사람이 있어서
제 마음을 달래도 보고 다그쳐도 봤지만,
이 세상에 있는 한 잊지 못하지요.
저도 압니다,
끝이 없는 것을⋯⋯.

윤재호 선생님이 생각하는 앞으로의 목표가 있는지요?

송해 네, 목표가 꼭 이뤄지는 건 아니지만 제가 용기를 가질 때는 사람들이 제게 〈아이고, 건강하시네요!〉 그러면 힘이 불끈 나요. 모두 여러분이 걱정해 준 덕분입니다, 하고 대답하면 그분들이 그래요, 〈아유, 100세는 넘으셔야 해요!〉라고. 지루해서 어떻게 사느냐고 다시 물으면, 〈그래도 120세까지 사셔야 합니다!〉 하죠. 아, 이분들이 이렇게 진실한 마음이니 가볼 때까지 가보자 생각은 합니다. 물론 실현은 안 되겠지만. (웃음)

　제가 여러분 앞에서 이런 얘기를 하고 살아왔던 경험을 말하는 것도 여러분이 모두 절 알고 있기 때문에 가능하잖아요? 그러니 저는 최선을 다하자, 늘 희망을 품고 살자고 마음먹어요. 길 가다가 사진 한 장 찍자고 할 때도 생각하죠. 저분이 날 모르면 어떻게 사진을 찍자고 할까? 사진 한 장 찍어도 되냐고 묻기까지 얼마나 고민했을까? 그래서 순순히 응하고 즐겁게 해드리는 게 제 사명입니다.

　오래 살아가면서 제가 바라는 게 하나 있습니다. 하고 싶은 거를 끝까지 다하고 목적을 이루려면 건강을 유지해야 할 거 아니겠어요? 그래서 건강하자! 그리고 가족이 제일 소중하지만 이만큼 나를 관심 있게 봐준 분들이 내 재산이 아니겠는가? 그래서 결례를 안 하려고 노력하고 있습니다. 지난번 부산국제영화제에 갔을 때도 관객들이 호응을 해줘서 참 감사했지요.

　　윤재호 「송해 1927」로 부산국제영화제에 간다는 소식을 듣고 어떠셨어요?

송해 아유, 연출팀에게 얘기를 듣고 한참 말을 못 했어요. 생각조차

지난해 제25회 부산국제영화제에서 〈관객과의 만남〉에 참석한 송해와 윤재호 감독.

하지 못했을 뿐더러 제가 한 게 없으니까요. 어딜 좀 꼬집어 보고 싶을 정도였지요. 아, 사람이 살다 보면 뜻밖의 일은 반드시 생긴다, 그런데 그것이 어디서 생기느냐, 모두 노력에서 생긴다, 하고 선배들이 말했던 것과 연결되고 그랬어요. 영화제에 작품이 출품되기까지 지금 내 앞에 계시는 분들이 없으면 이뤄질 수 없었습니다. 이번에 연출팀, 촬영팀, 제작팀 모두에게 더없이 감사드리고 이것이 계기가 되어 또 다른 기회가 온다면 그때도 멋지게 해보자, 그런 용기도 갖게 되었어요. 아유, 뭐 허망한 얘기인지는 모르지만 지금은 허망한 일이 이루어지는 세상입니다. 저는 그거 자신해요!

그래서 누가 직업에 대해 불평을 하면 꼭 그런 얘기를 합니다. 세상만사에는 우선 장단이 있는 것이고 가볍고 무거운 경중이 있는 거고, 높고 낮은 높낮이가 있는 건데 왜 나라고 높은 데가 없습니까! 다 있습니다! 올 때가 아직 오지 않은 것이죠. 세상을 인내하고 어려운 고비를 넘기고 살아오면 이렇게 좋은 소식을 듣게 되잖아요. 이 얼마나 영광인가! 저는 친구들 다 모아서 지금까지 저를 위로해 준 분들 다 모아 놓고 소주 한잔 실컷 하고 춤 한 번 추고 싶습니다.

윤재호 감사합니다, 선생님. 지금껏 긴 인터뷰에 응해 주셔서 고맙습니다.

송해 아이고, 아니에요. 그런데 내가 너무 울적해지네요. 아이에 관한 질문이 나오니 내가 못 견디겠네요.

윤재호 많이 애쓰셨어요.

송해 아니, 아니에요. 아, 그런데 그 노래는 누가 만든 거예요?

누가 직업에 대해 불평을 하면
꼭 그런 얘기를 합니다.
세상만사에는 우선 장단이 있는 것이고
가볍고 무거운 경중이 있는 거고,
높고 낮은 높낮이가 있는 건데
왜 나라고 높은 데가 없습니까! 다 있습니다!
올 때가 아직 오지 않은 것이죠.

윤재호 목소리가 되게 좋죠?

송해 네, 서유석 씨 생각이 나요. 서유석 씨 노래가 좋아서 나도 좀 가르쳐 달라고 한 적도 있어요. 마음에 와닿는 노래가 그렇게 많지 않은데 그이 노래가 그랬거든요. 노래는 배우면 다른 사람들에게 들려줄 수도 있고 뭐 하나 남길 수도 있을 것 같은데, 이 노래도 참 좋네요. 작곡가와 만나게 해주면 노랫말의 의미도 더 잘 알 것 같아요. 누가 불렀어요? 이 노래?

       윤재호 그 목소리 주인공이⋯⋯.

송해 네.

       윤재호 창진 씨예요, 송창진 씨.

송해 ⋯⋯.

       윤재호 송창진입니다.

송해 아, 세상에! 우리 감독님이 예리한 사람이지만 참 잔인하네요. 아이고, 이런 세상에, 야! 창진아! 너 성공했다! 이 세상에는 없지만 성공했구나! 인류 전체에서 네가 처음이다, 네가! 성공했다! 이 아비가 배워서 불러 줄 테니 위로를 받으려무나. 아, 오늘 놀라운 얘기를 너무 많이 들어서 참 이거 또 고민거리가 생기네요. 한평생을 사는 게 쉬운 일이 아니에요. 참 고맙습니다!

       윤재호 다음에 창진 씨 노래를 녹음해 보시겠어요?

송해 녹음을요?

       윤재호 네, 스튜디오에서요.

송해 네, 녹음 한번 하죠. 그 녀석의 뜻이 아마 거기 새겨 있으리라고 믿어요. 아들이 하고 싶은 얘기가 가사에 담겨 있으니 아들 대신 열심히 해보겠습니다. 내 자식이지만 망인의 넋을 달래고 하고 싶은 거 못 하게 한 그 죄를 푸는 거 아니겠어요? 그래서 꼭 하겠습니다.

윤재호 기대하겠습니다!

송해 아유, 고맙습니다.

이기남 이 노래를 저희가 어떻게 찾았느냐면……. 선생님께 미처 미리 말하지 못했지만 숙연 씨와 정우가 인터뷰를 하고 싶다고 해서 저희가 인터뷰를 했습니다.

송해 애들이?

이기남 네, 인터뷰하겠다고 했어요. 그래서 인터뷰를 하는데 둘째 따님이 오빠에게 받은 편지와 카세트테이프를 보여 주었습니다. 저희가 들어 봤는데 모두 자작곡인 거예요. 그래서 저희가 노래를 디지털로 복원했어요.

송해 노래를?

이기남 네, 한 40곡 정도 만들었어요.

송해 창진이가요?

이기남 네.

송해 …….

이기남 선생님…….

송해 아, 그러니 그 맺힌 한이 얼마나 큰가요? 걔가, 그렇죠?

　　　이기남 네.

송해 창진아, 미안하다. 나는 네 생각이 나면 그냥 소주 한잔 먹고 그냥 풀었지만…… 너는 얼마나 아팠을까?

　　　이기남 네…….

송해 그걸 막내가 가지고 있었다고요?

　　　이기남 네.

송해 딸들도 걔를 잃어버리고 굉장히 허전해했어요. 둘만 남았으니까. 자식이 부모 마음 모른다는 것과 마찬가지로 부모가 자식 마음 모르는 게 너무 많아요, 너무 많아……. 아, 난 누가 일절 얘기를 안 해주니까 몰랐습니다. 누구누구 인터뷰했어요?

　　　이기남 가족분은 숙연 씨와 정우랑 했고, 유희열 씨 고모님 되는 분이 석옥이 여사님에 대해 얘기해 주셨어요.

송해 아, 네. 집사람과 알고 지냈지요. 그 가수 유희열 고모예요. 희열이도 어머니가 병원에 계시는데 그동안 어떻게 됐는지 모르겠네요. 아, 인터뷰를 했구나.

　　　이기남 그리고 아드님 친구분도 만났어요. 그때 한양대학교 병원에 입원했을 때 왔었던 중학교 친구…….

송해 아, 그래요, 둘이 중학교 같이 갔어요. 참 그 개그 하고 노래도 하던 친구 있지요? 창진이와 서울예전을 같이 다녔던 친구가 방송국에 있어요. 이름이 기억이 나지 않아 뱅뱅 도네요.

이기남 찾아보니 여러 명 있더군요. 전창걸 씨도 있고.

송해 아, 네, 맞아요. 그 이름.

　　이기남 그리고 정우가 기타를 시작했을 때 따님이 오빠 애기를 해줬대요. 오빠도 기타 쳤었다고. 선생님 말씀처럼 핏줄은 못 속이나 봐요. 재능이 굉장한 손자를 두셨어요!

송해 아, 그 녀석은 말이 없어요. 그 밑에 정하는 이제 6학년인데 코로나19로 학교에 제대로 간 게 보름도 안 될 거예요. 날짜를 보면. 일주일에 한 번 가고 또 일주일 놀고. 요전에 와서는 〈할아버지, 할아버지! 우리 졸업 사진 찍었다!〉 해요. 요 녀석은 살뜰한 성격인데 양정우는 사귀는 친구도 많은데 말이 없어요. 그런데 뭐 잘하는 모습이 꼭 잃어버린 놈 같아요. 생김새도 그렇고. 그 녀석 볼 때마다 내가 개 생각을 하고 그러는데, 이 녀석도 음악 생각을 하는 모양이에요.

　　이기남 그런데 정우는 절대 오토바이 안 탄다고 하더라고요, 절대로.

송해 오토바이는…… 물론 연예계도 오토바이 타는 사람들이 많지요. 그때 제가 오토바이를 하나 부수고 아내가 다시 사줬을 때 제가 스스로 질책을 많이 했어요. 가만 생각해 보면, 그렇게 매일 조르면 나라도 사줬을 거예요. 자기 엄마에게 말한 것처럼 사고 절대로 안 내겠다고 하면……. 하지만 사고 안 내겠다 하고 나는 사고가 어디 있나요?

　　아무튼 정우하고 애기를 많이 했군요. 그 녀석이 중학교 졸업할 때였는데 예술 고등학교에서 스카우트 제의가 왔대요.

자신들이 추천한다고 학교로 오라고. 그런 얘기를 하기에 내가
집안에 불행한 일이 또 일어나면 안 된다고 한마디 했거든요.
그래서 그 녀석이 죽어도 오토바이 안 탄다고 그러는구나…….

이기남 네, 그랬습니다.

송해 그런데 우리 막내가 그 노래를 그렇게 가지고 있었던 거예요?
오빠가 만든 거라고?

이기남 네, 거기 카세트테이프 겉면에 〈내 자작곡〉이라고
쓰여 있어요. 1집부터 4집까지 있습니다.

송해 창진이의 노래가…….

이기남 네, 보물이에요, 보물.

송해 걔를 저기 한탄강에 뿌렸는데……. 흠, 양정우도 그 길로
가는군요. 조카와 삼촌으로 이어지네요. 새까맣게 몰랐어요.
정우와 창진이를 연결해 본 적도 없고…….

이기남 4집까지 있더라고요.

송해 동생이 오빠 혼령을 달래 주네요. 생각조차 하지 못한 일이
이렇게 일어나다니……. 노래에 자신의 말과 목소리와 의미를
담아서 남겼네요. 세상에, 이것도 다 인연입니다. 이렇게 내게
노래를 들려주고 아이들의 마음을 알게 되고. 인연이 있어서 이
모든 게 전달되는 거죠. 이 영화는 명작이네요, 명작! 분명히 잘될
거예요!

이기남 네, 인연입니다.

송해 제 아들 녀석을 이렇게 오늘도 만나고 자신의 음악을 세상에 2 2 4
들려주고……. 제가 상상하지 못한 마음속 꿈을 이뤄 준 거예요.
저는 큰 위로를 받았습니다.

　　이기남 오늘 많이 힘드셨지요?

송해 아니에요. 그저 오늘 이 노래가 참 슬펐어요.

　　이기남 네, 영화 나오면 〈이게 내 아들 노래다!〉 하고
자랑하세요! 따뜻한 영화가 될 거예요.

송해 세상에, 4집까지 만들었어…….

　　이기남 네, 저희도 깜짝 놀랐어요.

송해 아, 정말…….

　　이기남 선생님 이야기를 따라가면서 사람들을 만나고
자료들을 하나씩 모았는데, 둘째 따님이 그거를 모두 소중히
간직했더라고요.

송해 그랬구나.

　　이기남 처음에는 어디 넣어 두고 잠깐 잊어버렸는데 저희가
오빠 얘기를 물어보고 하니까 오빠가 준 게 있다면서 꺼내
왔었어요.

송해 우리 막내가 속이 깊어요.

　　이기남 네, 맞아요.

송해 평생 그 말을 안 했어요. 엄마한테도 말하지 않았을 거예요.

이기남 선생님! 우리 다 같이 사진 찍을까요? 마지막 인터뷰인데!

송해 좋지요!

이기남 사진 찍어요, 저희!

송해 자, 빨리 오세요, 조감독님과 제작진, 오늘 메이크업 해주신 분, 다들 오세요!

이기남 네, 다들 오세요!

송해 자, 오리! 오리!

일동 꽥! 꽥!

송해 아, 좋다!

이기남 아무래도 저희 영화 대박 날 것 같습니다. 오늘 느끼셨죠?

송해 네, 모두 수고하셨습니다!

일동 감사합니다, 선생님!

송해 네, 저도 여러분께 감사드립니다.

뒷줄 왼쪽부터 시계 방향 순으로 이규열 조감독, 윤재호 감독, 김훈태 제작자,
남희령 작가, 이기남 PD, 송해, 정윤재 제작자.

여덟 번째 인터뷰
2020년 11월 25일

신재동(「전국노래자랑」 악단장) × 윤재호

윤재호 안녕하세요, 신재동 단장님!

신재동 안녕하세요, 윤재호 감독님! 「송해 1927」은 선생님의
일대기를 그리는 건가요?

윤재호 일대기보다는 송해라는 사람에 대한 이야기에 더
가까워요.

신재동 고향을 떠나온 얘기 같은 거요?

윤재호 네, 그런 얘기도 나오는데 가족 얘기가 더
중심적입니다. 남쪽으로 넘어온 건 초반에서만 다루고
1970년대부터 지금까지의 삶에 더 초점을 맞추고
있습니다.

신재동 그렇군요.

윤재호 그럼 자기소개를 부탁합니다.

JD. 패밀리의 음악 연습실에서 인터뷰 중인 신재동.

신재동 악단 JD. 패밀리의 단장이고, 우리 악단은
「전국노래자랑」도 맡고 있습니다.

　　　　윤재호 JD. 패밀리에 대해 소개해 주십시오.

신재동 우리 악단은 총 열두 명으로 구성되어 있고, 각 구성원이
2~30년 이상의 연주 경력을 지닌 베테랑 연주자들입니다. 다른
악단과는 다르게 즉흥 연주를 많이 하는데, 악보를 보고 외워서
바로 조옮김이나 조바꿈을 하는 등 응용력이 굉장히 뛰어나야 해요.
또 아마추어 참가자들의 반주를 하다 보니 각양각색의 곡을
연주해야 해서 순발력도 뒷받침되어야 하죠. 일정이 없을 때는 늘
한자리에 모여 여러 음악을 연습하고 있어서 아무 때라도 무슨
곡이든 바로 연주할 수 있는 악단입니다.

　　　　JD. 패밀리의 단원을 소개하자면, 저는 베이스 기타를 맡고
있고요. 알토 색소폰 장재봉, 퍼커션 이평진, 드럼 민병직, 트럼펫
수석 주자 문재호, 세컨드 트럼펫 김영수, 신시사이저 송선호,
키보드 한범석, 트롬본 손기석, 테너 색소폰 최재훈, 어쿠스틱 기타
윤중선, 일렉트릭 기타 서강철 그리고 부총무이자 엔지니어인
강재석으로 구성되어 있습니다.

　　　　윤재호 눈빛만 봐도 서로 알 수 있는 관계이군요.

신재동 네, 우리 악단의 특징이 바로 그거예요. 눈빛만 봐도 알아서
연주하거든요. 호흡이 맞지 않으면 해낼 수 없고, 기억하지 못하면
안 되니까요. 송해 선생님이 1927년에 태어나셨으니 1920년대부터
지금까지 나온 음악을 다 할 줄 알아야 합니다. 게다가 무대에서
갑자기 어떤 노래를 언급하면 바로 나와야 해요. 그래서 흘러간

가요부터 최신 K팝이나 트로트 등 다양한 장르의 곡을 함께 모여
연주하지요. 그렇게 하루하루 쌓이다 보니 유대감이 더 단단해지고,
연주에도 희로애락이 담기는 것 같아요.

윤재호 40년간 국민과 함께한「전국노래자랑」은 어떻게
참여하게 되었나요?

신재동 제가 음악을 시작한 1979년부터 1980년대는 그룹사운드의
전성기였어요. 저는 고등학교 졸업 후 그룹사운드에서 보컬로
시작했는데, 멤버를 구성하다 보니 베이스 기타를 연주할 사람이
없어서 직접 하게 되었습니다. 나이트클럽과 고고장에서
연주하거나 재즈 악단으로 카바레와 스탠드바에서도
연주했지요. 그러다 1992년 말에 야간 업소에서 연주하다가 우연히
KBS 라디오의 김인배 악단의 총무였던 오동원 씨 눈에 띄게
되었어요. 당시 자연농원의 장미 축제에서 팀으로 연주하는데,
김인배 악단에 자리가 나서 그때부터 허참 씨가 진행한「정오의
가요쇼」, 정연수 씨가 진행한「가로수를 누비며」등을
함께했습니다. 그리고 드디어 1992년 3월에「전국노래자랑」으로
정식 발령이 났어요. 1995년부터는 아예「전국노래자랑」악단이
따로 만들어지면서 지금까지 이어졌죠. 저는 지금까지
28년째입니다. 첫 회부터 32년간 김인협 단장이 맡았고, 저는
2012년에 김인협 단장님이 별세하면서 악단을 이끌게 되었습니다.

윤재호「전국노래자랑」악단으로서 자부심이 느껴집니다.

신재동 우리는 단 한 곡도 MR 반주를 틀어 본 적이 없어요. 제가
목표한 것이기도 해요. 우리 악단의 연주자들이 모두 열 손가락

안에 꼽히는 친구들인데, 서너 살 어린아이부터 백 살 이상 어르신까지 「전국노래자랑」에 출연하시니 각양각색의 곡을 연주해야 합니다. 취향이 다르고 좋아하는 장르도 다르니까 모두 해야 하지요. 대부분의 악단이 가수 반주를 위한 악단이라면 우리는 가수 반주는 기본으로 하면서 「전국노래자랑」을 위해 존재하는 것이죠. 「전국노래자랑」은 한 번 할 때, 많게는 17팀 정도 출연하는데 모두 다른 노래입니다. 그 노래를 다 소화하지 않으면 버티질 못해요. 다른 악단보다 순발력이 몇 배는 필요하지요.

윤재호 처음에 베이스 기타를 선택한 이유가 있으세요?

신재동 베이스만의 매력이 있어요. 둥둥둥 리듬이 기둥이 됩니다. 모든 음악에서 베이스를 빼면 음악이 되지 않죠. 제가 연주하는 베이스 기타는 밴드에서 베이스 기타가 빠지면 사람이 걸어가는데 다리가 없다고나 할까, 또 사람들이 〈든 자리는 몰라도 난 자리는 안다〉라고 표현해요. 귀에 확 들어오는 소리는 아니지만, 밴드에서 없으면 안 될 악기입니다. 처음에는 잘 모르고 무조건 음악을 하는 게 좋아서 시작했지만 베이스 기타는 연주가 단순하면서도 할수록 어려워요. 옛날엔 리듬 악기였지만 지금은 개념이 달라져 화음까지 역할이 가능한 악기가 됐어요. 그리고 저는 그냥 처음부터 베이스 기타가 좋았습니다. (웃음)

윤재호 단장님은 작곡자로도 활동하는데 대표적인 곡을 소개해 주십시오.

신재동 남진의 「신기루 사랑」, 조항조의 「옹이」, 문희옥의 「반달 손톱」 등이 있고, TV 조선의 「내일은 미스터트롯」에 나와

유명해진 홍잠언의 「내가 바로 홍잠언이다」 그리고 우리 악단
앨범에 실린 곡들도 제가 작곡한 곡이 대부분입니다. 그중에 제가
제일 좋아하는 곡은 송해 선생님께 헌정한 「유랑 청춘」이라는
노래예요.

　　　　윤재호 송해 선생님은 어떤 분인가요?

신재동 정말 소탈하고 소박한 분입니다. 지방에 가면 숙소에 먼저
짐을 풀어 놓고 시장부터 가세요. 그리고 시장에 자리한 오래된
식당에 들어가 순댓국이나 돼지머리 편육을 시키고 그 지방 토속
막걸리를 마시면서 사람들과 이야기를 하죠. 항상 그 지방
목욕탕에 들르기도 하고. 서울은 그냥 각자 집에서 왔다 가니까
그런 재미가 없지요.

　　　　윤재호 사석에서는 호칭을 어떻게 쓰나요?

신재동 저는 그냥 송해 선생님 그래요. 다른 사람들은
〈회장님〉이라고도 부르는데 저는 워낙 오래전에 만나서 처음부터
지금까지 〈선생님〉으로 부르게 되었습니다. 아마 저희 아내보다 한
건물에서 같이 잔 횟수가 더 많은 거예요. (웃음) 우리는 만날
돌아다녔으니까요.

　　　　윤재호 그렇다면 단장님께 송해 선생님은 어떤 분인가요?

신재동 아, 어려운 질문이네요……. 때에 따라서는 아버지 같기도
하고 아주 큰형님 같기도 하세요. 그리고 제가 살아가는 데에 그
진로를 가늠할 수 있는 판단이 되는 분이기도 합니다. 살면서
이런저런 일들이 생기잖아요? 시련이 올 때도 있고. 그럴 때마다
의논도 하지만 굳이 하지 않더라도 아, 나도 저렇게 하면 되겠구나,

저렇게 살면 되겠구나, 하는 표본이 되는 분이에요.

윤재호 송해 선생님을 처음 만났을 때가 언제인가요?

신재동 제가 「전국노래자랑」에 처음 들어가면서 만났으니 1992년입니다. 그때 이미 선생님은 「전국노래자랑」을 한창 진행하고 있었지요.

윤재호 첫인상은 어땠는지요?

신재동 아, 굉장히 강하고 센 분이라고 느꼈어요. 지금도 활달하시지만 거의 30년 전이니 훨씬 더 박력이 넘쳤어요. 약주도 그 양을 정할 수 없을 정도로 마실 때였으니 술도 세고 인상도 세고. 그런데도 참 따뜻한 분이었어요. 세상을 떠난 김인협 단장님과는 또 다른 카리스마로 우리를 대하셨는데 악단 모두를 세세하게 챙겨 주셨습니다. 강하면서도 따뜻한 사람이라는 느낌이었죠.

윤재호 당시 나눴던 대화나 분위기를 여전히 기억하는지요?

신재동 글쎄요. 크게 기억나는 건 없는데 술을 마시며 이런저런 이야기를 많이 나누었죠. 송해 선생님이 젊은 시절부터 평탄하게 살아오지 않았잖아요? 그때 나눈 대화들은 〈어떻게 하면 앞으로 잘 살까? 편안하게 지낼 수 있을까?〉 같은 얘기였지요. 또 제가 30대였으니 진로에 관해 상담하고 연예계 이야기도 많이 나눴던 것 같아요. 아무래도 제가 음악을 하니까 음악에 관해서도 얘기하고 그랬습니다.

신재동 네, 그럼요! 다른 사람은 알 수 없는 저만의 송해 선생님이 있습니다. 그분과 제가 지내 온 세월이 거의 30년인데 보통 사람들은 송해 선생님을 그저 마음씨 좋고 부드러운 할아버지 같은 이미지로 그릴 거예요. 하지만 조금 전에 말했듯이 굉장히 강하고 센 분입니다. 그분은 프로페셔널 그 자체예요. 완전 프로예요! 그래서 어떤 일을 진행할 때 대충 넘어가는 게 없습니다. 자기 일에 프로페셔널하기 때문에 우리 모두도 프로페셔널로 일해야 합니다.

윤재호 그렇다면 그가 최고의 MC 자리에 오를 수 있었던 이유에 관해서 얘기해 줄 수 있나요?

신재동 그거 간단합니다! 우리가 송해 선생님을 만능 연예인이라고 하잖아요. 그분이 오랜 시간 국민 MC로 자리 잡은 이유는 여러 가지가 있겠지만 연예인이 가질 수 있는 능력을 모두 갖추고 있기 때문이에요. MC나 아나운서들이 예능이나 음악 쪽 부분이 부족할 수 있는데 송해 선생님은 음악을 들을 줄 알고 또 노래를 부를 줄 알고 어떻게 해야 관중의 호응을 이끌어 갈지 사회도 제대로 볼 줄 알며 또한 연기자이기도 하지요. 희극부터 비극까지 악극단 생활을 하며 익힌 연기가 여전히 그 바탕을 이루고 있습니다. 그러니 연예인이 보여 줄 수 있는 모든 능력을 한 몸에 다 갖추고 있는 셈이죠. 타고난 〈스타〉일 수밖에 없어요.

윤재호 「전국노래자랑」의 일과는 어떤지요?

신재동 보통 오전 9시에 KBS에서 버스로 출발합니다. 녹화 장소가 멀리 전라도나 경상도라면 오후 늦게 도착해요. 곧장 숙소에 짐을 놓고 바로 다 같이 술을 마시러 갑니다. 모르는 사람들은 송해 선생님을 마음씨 착한 할아버지라고 말하지만 이분은 〈술〉로 사람들을 엄청나게 괴롭히지요! (웃음) 오후에 술을 마시기 시작해서 새벽까지 마시고 또 포장마차에서 우동으로 마무리해야 끝이 납니다. 그럼 두 시간만 자고 녹화 들어갈 때도 있었어요. 그래도 현장에서 제일 혈기 왕성하게 분위기를 띄우며 녹화를 진행하는 분은 송해 선생님입니다. 우리끼리 우리가 저 나이가 되면 저렇게 할 수 있을까 해요. 진짜 「전국노래자랑」을 위해 태어난 분이에요.

윤재호 아무래도 술에 관한 에피소드가 많겠군요.

신재동 네, 술이죠, 술! (웃음) 술을 마시다 보면 2차, 3차를 가는데 3차 정도 가면 꼭 노래방을 가세요. 그리고 당신이 좋아하는 노래를 부르고 나서 새벽 4시쯤 되면 방금 말했듯이 포장마차로 갑니다. 그 시간에 나가면 바깥에 포장마차 같은 게 있잖아요? 거기에서 우동을 먹으면 드디어 〈오늘 끝!〉이 됩니다. 우동 한 그릇 먹으면서 깔끔하게 한잔 더 하고 끝나는 건데, 그 사이사이 저희가 너무 힘드니까 막 도망을 가요. 노래방에서도 도망가고 우동을 시켜 놓고 얘기하는 중간에 살살 빠져나가기도 하고 그러다 보면 하나씩 안 보이는 거죠. 그럼 그걸 다 기억하는 거예요. 어쩌면 그토록 술이 센지 제일 많이 드셨는데 누가 도망갔고 몇 시에 몰래 자리에서 일어났는지 다 아는 거예요. 「전국노래자랑」 스태프 중에 오래 같이한 사람들이 많은데 각자 모두 에피소드가 있어요. 누구는 숙소 옷장 안에 숨어 있다가 걸리고 욕조 안에 물 받아서 그 안에 드러누워 있다가 걸리고……. 결국 누구 할 것 없이 모두 나가서

한잔을 하고 들어와야 하는 거죠. 이런 추억은 절대 잊을 수 없어요. 하지만 그때 우리는 참으로 힘들었습니다. 진짜 아주 못된 할아버지였어요. (웃음)

윤재호 그럼 단장님도 술이 센가요?

신재동 저는 원래 잘 못 마시는 편이었는데 김인협 단장님과 송해 선생님 덕에 한두 잔씩 먹다가 많이 늘었지요. 다 같이 마시다 보면 한 명씩 슬슬 도망가고 그러면 다시 잡혀 오는데, 그래도 저는 송해 선생님 보호자로서 끝까지 자리를 지켰지요.

윤재호 「전국노래자랑」에는 정말 다양한 노래가 나오잖아요. 어떤 식으로 연습하세요?

신재동 녹화 3~4일 전에 예심을 하는데 그때 녹화에서 부를 노래가 결정되니까 거의 즉흥으로 연주합니다. 새로운 노래가 있으면 일단 노래를 들으면서 악보를 만들고 악단의 악기에 맞게 편성을 해요. 하지만 참가자들을 위해 원곡에 충실하게 편곡해야 하죠. 만약 다른 소리를 넣게 되면 아마추어 참가자들이 부르기 힘들어지거든요. 그리고 다시 리허설에서 마지막으로 맞춰 봅니다.

윤재호 무대에서 인터뷰를 하는 참가자들은 보통 어떻게 뽑나요?

신재동 한 회에 15~17팀 정도 뽑아요. 대도시 같은 경우는 4백 명에서 많게는 8백 명까지 지원하니까 경쟁률이 정말 세죠. 그런데 모두가 나름의 준비를 다 하고 오니까 누구를 뽑을지 정말 고민을 많이 합니다. 어떨 때는 오후 1시부터 시작한 예심이 그다음 날 새벽까지 이어지기도 해요. 특히 요즘은 음악 학원에 다니는

학생이 많아서 노래 잘하는 사람이 너무나 많습니다. 음악적인 질도 좋고, 옛날과는 다르지요. 다만 「전국노래자랑」은 노래 경연 대회이기도 하지만 〈축제〉입니다. 그래서 성별이나 세대별로 배려하고 맞춰서 뽑아요. 작가가 우선 선별을 하고, 끼가 있는 분들은 따로 인터뷰할 참가자로 뽑기도 합니다. 오디션 프로그램의 원조라고 볼 수도 있지요.

윤재호 그렇네요, 「전국노래자랑」이 배출한 가수들도 있잖아요?

신재동 네, 장윤정, 박상철, 송가인, 송소희, 이찬원, 임영웅, 오마이걸 승희 등등. 이런 가수들 보면 뿌듯합니다. (웃음)

윤재호 참가자들이 부르는 노래를 듣다 보면 저절로 유행하는 노래를 알게 되겠군요?

신재동 꼭 그렇지도 않아요. 요새는 금세 히트하고 또 훌쩍 지나가는 노래가 많아서 6개월 이상 지속하는 노래가 없어요. 하지만 음악 하는 사람들은 기본적으로 흥이 있는 사람들이라서 옛날 노래만으로 솔직히 재미가 없습니다. 요즘 노래는 우리도 신이 나요. (웃음) 전자 음악도 다 소화를 하는데 우리 악단에 건반이 두 개가 있어요. 건반 안에 들어 있는 모듈을 조정해서 그에 맞는 소리를 뽑아서 씁니다. 크레용팝의 「빠빠빠」도 해봤고, 싸이의 「강남스타일」도 연주했어요.

윤재호 그럼 시대를 막론하고 항상 사랑받는 노래는 무엇인가요?

신재동 오래전 인기 많았던 가요들을 들 수 있겠죠. 남인수의

「이별의 부산정거장」이나 조용필의 「돌아와요 부산항에」등이
생각나네요. 그런 것들은 세월이 가도 그냥 나오죠. 조용필, 남진,
나훈아, 하춘화 등 그런 가수들의 곡은 항상 불리는 거 같아요.

> **윤재호** 가끔 어린아이들이 출연하면 송해 선생님이
> 단장님께 용돈을 요구하기도 하잖아요. 혹시 사전에
> 의논한 건가요?

신재동 아니요, 전혀. (웃음) 어린아이들이 나오면 송해 선생님이
즉흥적으로 하세요. 그래서 항상 녹화 때가 되면 만 원짜리 지폐를
몇 장 준비해 둡니다. 그런데 좋아요. 그런 느닷없는 묘미가
있으니까요. 기분도 좋고요.

> **윤재호** 「전국노래자랑」에서의 실수담도 있겠죠?

신재동 천재지변으로 인한 실수가 잦습니다. 리허설할 때부터
비가 퍼부으면 안으로 이동하기도 하는데 리허설할 때는 괜찮다가
녹화할 때 비가 올 경우가 있어요. 그러면 철퍼덕철퍼덕 소리를
내면서도 연주를 계속하지요. 바람이 불어서 무대가 뒤집혀 날아갈
때도 있고, 눈보라를 맞아 가면서도 할 때도 있었어요. (웃음)

> **윤재호** 날씨가 아무리 궂어도 녹화를 끊지 않는군요?

신재동 녹화는 거의 생방송으로 이뤄져서 NG가 없습니다. 송해
선생님 생각이기도 하고, 공개 방송은 중간에 하다가 맥이
끊어지면 재미가 없어져요. 〈녹화 시작!〉 하면 웬만한 청천벽력이
일어나지 않는 한 끝까지 갑니다. 녹화는 세 시간 정도 하는데
거기서 걸러 내서 방송에 내보내죠.

그분은 프로페셔널 그 자체예요.

그래서 어떤 일을 진행할 때 대충 넘어가는 게 없습니다.
자기 일에 프로페셔널하기 때문에 우리 모두도
프로페셔널로 일해야 합니다.

윤재호 녹화가 거의 휴일에 이뤄지니 쉬지 못할 것 같아요.

신재동 거의 못 쉬죠. 어떨 때는 20박 21일을 밖에서 보낸 적도
있어요. 그런데 우리 제작진은 우리보다 더해요. 거의 한 달 넘게
집에 들어가지 못한 작가도 있습니다. 하지만 지방 녹화일 때는 다
같이 버스를 타고 다니니까 여행 가는 느낌이 들기도 해요. 우리가
죄다 역마살을 타고났는지 바깥에 나와 있으면 들어가고 싶고,
집에 있으면 또 나가고 싶고. (웃음)

윤재호 단장님께서 생각하는 「전국노래자랑」의 매력은
무엇인가요?

신재동 우리 나이에 맞는 서민적인 방송이에요. 이 프로그램
자체가 화려하기보다는 소탈하고, 사람들이 함께 숨 쉬는 느낌이
있어요. 게다가 매회 새로운 출연자가 나와서 다른 모습을
보이니까 지루하지 않고 소재도 무궁무진하죠. 어떤 사람이 어떤
재주를 부릴지 모르니까요. 그리고 사연이 정말 많습니다.
여기에서 만나 결혼한 사람이 있고 가족을 찾은 사람도 있고
녹화한 후에 갑자기 세상을 떠난 분도 있고……. 「전국노래자랑」은
그냥 인생이고 삶이에요. 우리네 삶…….

윤재호 혹시 「전국노래자랑」을 함께하면서 송해 선생님이
쓸쓸해 보인 적이 있나요?

신재동 제가 나중에 가만히 혼자 생각한 것인데, 선생님이 술을
그렇게 많이 드시는 것도 어떻게 보면 스스로 자신을 위로하는 게
아닐까 싶어요. 보통 바깥에서 여러 사람과 부대끼며 떠들썩하게
일하다가 집으로 들어가면 표현할 수 없는 허전함이 생기는데 이걸

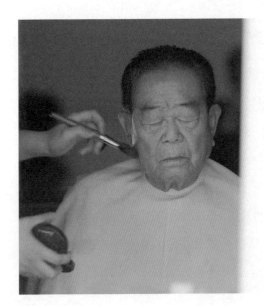

245

가족이 위로할 수 있는 데에도 한계가 있잖아요. 그런 마음은 저 아니면 먼저 세상을 뜬 김인협 단장님과 함께 시간을 보내며 풀곤 했죠. 그런데 밤을 새워 술을 마시고 얘기를 나눠도 풀지 못할 때가 있고 아무래도 저희도 힘드니까 먼저 택시에 태워 선생님을 보낼 때가 있어요. 그럴 때 그 뒷모습이 너무나 쓸쓸하고 안타깝게 보이죠.

그리고 선생님은 무대에 앉아 있지 않고 늘 서서 계세요. 우리가 리허설을 아침 9시부터 시작하는데 그때부터 리허설이 끝날 때까지 쭉 지켜보고, 또 녹화를 오후 1시부터 시작해서 4시까지 하면 단 한 번도 앉지 않으니 저도 앉지 못해요. 그런데 그런 모습을 가만히 보면, 당신께서 스스로 강하게 살아가려고 굳게 마음먹고 그렇게 버티는 듯해요. 보통 힘들면 다들 앉기 마련인데 똑바로 몸을 세우고 무대를 지켜보죠.

또 야외에서 녹화하니까 어떨 때는 비나 눈보라를 맞기도 해요. 한번은 진안군에 있는 마이산에서 녹화하는데 마치 샤워기로 물을 틀어 놓은 것처럼 비가 세차게 내렸어요. 녹화를 계속하느냐 마느냐 고민할 정도로 비가 퍼붓는데 이곳을 한 번 미뤘다가 다시 찾아간 곳이라 녹화를 멈출 수가 없었던 거죠. 그래서 그 비를 선생님이 무대에서 그대로 다 맞아서 온통 젖은 모습을 보았을 때 측은한 생각이 들었습니다. 저희는 파라솔 같은 거라도 치고 연주했는데 그런 것조차 없이 진행하는 모습이 아주 안타까웠지요.

윤재호 이번엔 반대로 송해 선생님이 가장 즐거워 보였을 때가 있나요?

신재동 어찌 보면 이 대답도 조금 전에 말한 프로페셔널 자세와

통하는데, 일할 때 제일 즐거워하세요. 전날 새벽 3~4시까지 술을
마시면 보통 두 시간 정도 자고 다시 일하게 되는 거라 온몸이
힘들고 피곤한데 세상에 그 연세에 저희와 똑같이 주무시고 나와서
일을 해도 우리보다 열 배 이상의 에너지를 뿜어내세요. 대본
그대로 토씨 하나 틀리지 않고 진행을 하며, 모든 참가자에 맞춰서
흥을 내고 울고 웃고 노래도 같이하고. 그렇게 당신이 좋아하는
일을 할 때 늘 행복해 보입니다. 그리고 그 모습을 보는 저도
행복해져요.

윤재호 송해 선생님과 사적으로 얘기할 때 북한에 관한
이야기도 나누세요?

신재동 네, 고향인 황해도 재령에 관한 이야기도 들려주시고.
저희가 지방에 녹화하러 버스를 타고 내려가다가 김제 같은 곳을
지나다 보면 곡창 지대가 나오잖아요. 가을이면 벼가 익어서
황금벌판을 이루는데, 그러면 그 풍경을 보다가 〈우리 고향에도
이때쯤이면 지금 난리 났을 거야〉 하고 추억을 되새기죠. 겨울에
동치미가 맛있다는 이야기가 나오면 이북 음식이 맛있다고, 특히
만두가 맛있다는 얘기로 연결되기도 하지요.

제가 선생님께 노래를 하나 만들어 드린 게 있는데 「유랑
청춘」이라는 곡이에요. 지난 2015년에 송해 선생님의 평전이 하나
나왔는데 영어영문학과 교수이면서 시인인 오민석 씨가 송해
선생님과 거의 2년을 같이 생활하면서 인터뷰를 하고 자료를
찾아서 평전으로 엮었어요. 그러다 보니 저하고도 같이 지낸 거나
마찬가지였죠. 어느 날 오민석 교수가 전화해서는 글 하나를 보낼
테니 읽어 보라고 해요. 내용을 보니 송해 선생님이 재령에서

마지막으로 떠나는 날에 관한 이야기예요. 송해 선생님이 당시 몇 번이나 고향을 떠났다가 다시 들어가기를 반복했을 때인데, 마지막으로 나오는 날에는 어머니가 〈복희야, 꿈자리가 이상하니 이번에는 진짜 조심해라〉라고 하셨대요. 그래서 금방 갔다 올게요, 하고 나왔는데 그 후로 70년간 다시 보지 못한 거죠.

　　　　그 글을 읽고 뭔가 가슴에 확 와서 10분 만에 작곡했어요. 그리고 그 70년의 유랑 세월을 오민석 교수가 노랫말로 담았습니다. 나중에 데모 테이프로 만들어 셋이서 같이 들었는데 세 명 다 펑펑 울었어요. 왜냐하면 송해 선생님이 너무 우시니까요. 〈눈물 어린 툇마루에 손 흔들던 어머니, 하늘마저 어두워진 나무리 벌판아〉 하고 어머니와 동네 이름이 나오니까 가슴이 벅차신 느낌이었어요. 그저 셋이서 막 울었죠. 그래서 설이나 추석 때 곡 「유랑 청춘」을 부르세요⋯⋯. 아무래도 고향 이야기가 나오면 항상 눈시울을 적시죠. 티는 안 내려고 애쓰시지만 누구에게나 고향은 그렇잖아요. 아무리 나이가 먹어도 어머니와 고향은 항상 그리움의 대상이니까요.

　　　　윤재호 「유랑 청춘」 외에도 좋아하고 즐겨 부르는 노래가 있나요?

신재동 워낙 노래 부르는 걸 즐겨서 좋아하는 노래도 매우 많지요. 노래방에 가도 40~50분은 혼자 노래를 다 하셔야 해서. (웃음) 그때 꼭 부르는 노래 중의 하나가 1942년에 백년설 씨가 발표한 「고향설」이라는 해금 가요가 있어요. 나중에 이미자 씨도 불렀는데 고향을 떠나 객지를 떠도는 사람들의 아픔과 그리움이 묻어 있는 곡입니다. 〈한 송이 눈을 봐도 고향 눈이요, 두 송이 눈을 봐도 고향

눈일세〉하고 시작해요.

그리고 노래방에서 흘러간 노래도 꽤 많이 부르시는데 가사가 한 번을 안 틀려요. 그래서 제가 어디 인터뷰를 하러 가면 늘 말하지요. 〈저분은 지구인이 아니고 우주인입니다. 건강도 그렇고 저 연세에 저럴 수가 없습니다. 제가 이미 깜빡깜빡하는데 저분은 늘 총기가 있어요. 그래서 저분은 분명 우주인일 것입니다. 제가 봤을 때 저희와 뇌 구조가 다릅니다.〉네, 저는 진짜 그렇게 생각해요!

윤재호 두 분 관계가 굉장히 특별하네요.

신재동 사람이 살다 보면 인생에서 커다란 영향을 받게 되는 계기가 생기기 마련인데, 누구를 만나느냐에 따라서도 진로가 바뀌게 되지요. 앞서 말했지만, 송해 선생님은 그런 면에서 매우 큰 영향을 주신 분이에요. 제가 그분을 만나면서 앞으로 살아가야 할 방식에 관해 생각이 바뀌었습니다. 그리고 음악을 대하는 자세도 달라졌어요. 옛 노래를 등한시하고 흘러간 노래라고 보통 치부하는데 송해 선생님은 그런 표현조차 싫어했습니다. 왜 〈흘러간〉 노래라고 하느냐고, 지금도 부르고 있는 우리 가요를 왜 그렇게 표현하느냐고.

또 하나, 제가 송해 선생님을 만나서 바뀐 것 중의 하나는 음식을 대하는 자세도 포함됩니다. 완전히 시골 동네에 가면 식당이 초라하고 반찬도 부실해서 어떤 곳은 막 군내 나는 김치 하나를 내놓기도 하면 사실 좀 먹기가 그렇잖아요. 그런데 그렇게 맛있게 잡수실 수가 없어요! 김치를 손으로 쭉쭉 찢어서 밥 한 숟가락 위에 얹어서 한입에 드시는데 어찌나 맛있어 보이는지! 아,

음식을 저렇게 귀하게 대하니까 건강하시구나. 그런 모습을 보면서 제가 많이 바뀌었습니다. 송해 선생님은 저한테 그런 존재예요. 굳이 제가 말씀을 안 드려도 아마 아실 거예요. 당신께서 저한테 끼쳤던 모든 것에 관해.

윤재호 두 분이 30년간 서로 알고 지내 오셨는데 어떤가요? 그 세월 동안 많이 바뀌었나요?

신재동 많이 바뀌셨죠. 제가 처음 뵀던 1992년에는 돌덩어리 같았습니다. 그때가 이미 환갑을 넘긴 나이였으니 외국 출장을 가게 되거나 하면 혼자서 다리를 주무를 때가 있단 말이에요. 그래서 제가 나이로 따지면 아들이나 마찬가지니 한번 주물러 드린다고 허벅지나 종아리를 만져 보면 아주 무슨 돌덩어리가 들어 있는 것처럼 근육이 딴딴했어요. 그런데 지금은 그때보다 못해요. 그렇게 딴딴했는데……. 그리고 일하실 때도 표정이나 동작이 굉장히 딴딴한 분이었어요. 최근에 출장을 가서 곤히 주무시는 모습을 보았는데 많이 나이 드셨다고 생각했습니다. 기운이 없으니 입도 살짝 벌어지고 이런 모습을 보니 가슴이 짠하죠. 단단한 사람이 어딘가 느슨하게 변한 것만 같아서…….

하지만 진짜 미울 때도 많았어요! (웃음) 미운 정이 들 때는 죄다 술로 힘들게 할 때였어요. 그런 고운 정 미운 정 온갖 정이 30년간 쌓였으니 저희가 예전 얘기를 한번 꺼내기 시작하면 밤을 새워야 해요. 녹화 끝나고 버스 타고 올라오다가 풍경 좋은 곳이 있으면 거기서 자리 펴고 낚시를 하고 생선을 구워 먹으며 캠핑을 한 적도 있고, 또 어느 밤에는 우리가 바깥에서 연주하고 노래를 부르니 동네 이장님이 신고한 적도 있고요. 지금은 그만둔 악단

프로그램 자체가 화려하기보다는 소탈하고,
사람들이 함께 숨 쉬는 느낌이 있어요.
「전국노래자랑」은 그냥 인생이고 삶이에요.
우리네 삶…….

13:54:06

멤버 한 명이 술에 취해 바다에 빠진 적이 있는데 그 옆을 지나가던 굴착기가 올려 준 적도 있어요. (웃음) 그런 30년의 추억들이 주마등처럼 스쳐 가면 마음이 뭉클해지죠.

지금은 코로나19로 힘들지만 다시 세상이 안정되면 송해 선생님은 꼭「전국노래자랑」이 아니더라도 다른 방송을 분명히 하실 분이에요. 그분은 이게 아니더라도 뭐든 새로운 모습을 보여 줄 사람이기에 오래오래 그 모습을 지켜보고 싶어요. 제가 진심으로 바라는 것입니다.

윤재호 앞서 말씀한 송해 선생님 평전 제목이 〈나는 딴따라다〉잖아요? 선생님만의 딴따라론이 있는 것 같은데 그런 이야기도 하는 편인가요?

신재동 많이 하시죠.

윤재호 뭐라고 표현하세요?

신재동 송해 선생님이 젊은 시절에는 극단에서 노래하거나 연기하거나 연주한다고 하면 사람들이 낮게 보았다고 해요. 〈딴따라〉라고 멸시하듯이 부르곤 했지요. 그런데 송해 선생님은 자신이 딴따라인 것을 굉장히 자랑스러워해요. 그래서 직접 그 용어에 대해 정리하고 또 그 얘기를 들려주죠. 특집 방송에 출연해서 이 얘기를 할 기회가 생기면 언제나 말씀하세요. 우리가 뭔가 축하할 일이 생기거나 좋은 일이 생길 때 그리고 멋진 스타가 등장할 때는 팡파르가 울려 퍼지잖아요. 그 트럼펫의 신호인 팡파르에서 딴따라로 연결되었다고. 그런데 너무 좋은 아이디어 아닙니까? 딴따라라고 불리는 사람들은 누군가를 즐겁게 해주고

위로도 해주고 사는 사람들이니까요.

> **윤재호** 단장님이 음악을 시작했을 때도 그런
> 분위기였나요?

신재동 그럼요. 제가 20대 초반부터 음악을 했는데 그때만 해도
〈음악 한다〉 그러면 내쫓았어요. 그래서 부모님 몰래 음악을 했는데
우리 단원들도 모두 비슷해요. 그리고 그룹사운드가 유행하던
시절에도 딴따라라고 부르면서 폄훼했지요. 지금은 완전히
달라졌어요. 외국에 나가서 정식으로 공부도 많이 하고 또
집안에서 적극적으로 후원도 하고, BTS 같은 그룹은 세계적으로
엄청나죠. 그들도 모두 딴따라입니다. 그런데 얼마나 좋은 일을
하고 있습니까? 국위 선양에도 앞서고! 그게 딴따라예요.

> **윤재호** 단장님께 음악은 인생이군요.

신재동 네. 저는 음악 말고는 할 줄 아는 게 없어요. 진짜 음악으로
한평생 살다 갈 운명인가 봐요. 제가 음악이고 음악이 곧 저입니다.

「송해 1927」의 뒷이야기

영화 PD를 시작하다 **2019년 10월 9일**

새벽 부산의 한 복국집 탁자에 따끈한 복국 한 그릇과 소주잔이
놓여 있다.

「기남아, 너 PD 한번 해볼래? 잘할 것 같은데!」

「에이, 제가 무슨 PD를 해요?」

사실 이렇게 답변을 한 데에는 다 이유가 있다. 나는 영화
전공자도 아니고 그저 〈영화 애호가〉였다. 대학생 때 영화를 매우
좋아해서 『씨네21』 잡지를 구독하게 됐고, 그 잡지 맨 뒷면 〈영화인
리크루트〉란에 〈영화제 자원 활동가 모집!〉이라는 참신한 글귀가
눈에 들어왔다.

그렇게 지원한 영화제가 〈아시아나국제단편영화제〉였다.
그곳에서 사람들과 어울려 영화 축제라는 것을 경험해 봤는데 이거
아주 마약이나 다름없었다. 그게 계기가 되어 영화제 스태프로
다년간 일을 하게 됐고, 성지 순례처럼 영화제 순례를 하게 된

것이다. 아시아나국제단편영화제를 시작으로 전주국제영화제,
순천만세계동물영화제, 부천국제판타스틱영화제,
메이킹필름영화제, 들꽃영화제, 마리끌레르영화제,
안양국제청소년영화제, 레지스탕스영화제 그리고 2019년
부산국제영화제를 끝으로 드디어 영화제에서 탈출하였다.

그렇게 크거나 작거나 새로 생기거나 오랫동안 명맥을
유지해 온 영화제들을 경험하며 〈남는 건 사람밖에 없다〉라고
여겼던 신조 — 정확히는 〈영화제를 하면 돈도 안 남고 체력도 안
남고 결국 사람만 남는다〉이다 — 를 잘 지킨 덕분인지 실제로
영화제에서 남은 건 사람밖에 없었다. 내게 처음 영화 PD를 제안한
빈스로드의 정윤재 대표 역시 2013년 아시아나국제단편영화제의
인연이 지금까지 이어져 이렇게 일하게 된 것이다. 친구들이
재미있는 영화 좀 추천해 달라며 물어보던 시절이 엊그제 같은데,
2021년 지금 나는 영화 PD로 일하고 있다. 그리고 그렇게 나의 PD
인생도 시작되었다.

영화 PD란? 2019년 10월 20일

「요즘 무슨 일 하고 있어?」

「응, 다큐멘터리 영화 PD를 하게 됐어.」

「우와, 멋지다! 그런데 영화 PD는 무슨 일을 하는 거야?」

「……」

영화 PD를 시작했다고 하면 주위에서 열에 아홉은 무슨 일을
하느냐고 물어본다. 너무나 잘 알려진 직업이라 생각하고 당연하게
여겼던 나는 막상 상대에게 설명하려고 하면 뭐라고 정의 내리기가
어렵다. 그야말로 모든 일을 〈다〉 하는 직업이기 때문이다. 보통

영화를 생각하면 어떤 작업과 과정이 떠오르는가? 그렇다, 지금 머릿속에 떠오르는 바로 그 일과 순서들을, 아니 그 이상을 영화 PD는 해내야 한다. 〈와, PD 없으면 영화를 어떻게 만들지?〉라는 생각이 들 정도다. 영화를 한 편 만드는 데 없어서는 안 될 이 중요한 자리를 왜 사람들은 잘 모르는 걸까? 〈PD〉라는 타이틀만 들어 봤지 아마 이들이 도대체 뭘 하는지 어떻게 작업하는지 모르는 이유는 우리가 대중과 제대로 소통할 만한 창구가 없었기 때문이기도 하다.

영화제에서는 〈운동〉이 하나 있다. 영화가 끝난 직후 스크린 자막에 올라오는 엔딩 크레디트를 작품의 마지막으로 보고, 이 엔딩 크레디트가 끝나기 전까지는 상영관에 불을 켜지 않는다. 그러나 이러한 성격을 지닌 국내 유수 영화제들을 봐도, 감독상과 작가상 그리고 배우상 등이 있어도 프로듀서상은 없다. 기껏해야 2~3년 전 몇몇 뜻있는 영화제에서 처음 시작을 한 게 전부다. 그마저도 한두 번 주다가 없어진 경우도 있다. 프로듀서를 예로 들었을 뿐, 사실 앞서 언급한 감독과 배우 이외에 영화에 종사하는 사람들의 직업이나 그 개인이 주목받은 경우는 극히 드물다. 물론 영화가 개인만의 산물은 아니다. 하지만 가만히 앉아서 영화의 엔딩 크레디트를 보면 뭐 하겠는가, 타이틀이 올라가도 무슨 일을 하는 사람인지 모르겠고 그저 의미 없이 흘러가는 활자인 것을…….

대망의 송해 선생님과 만나다 2019년 10월 31일

드디어 송해 선생님과의 첫 만남이 이루어진 역사적인 날이다. 부산에서 영화제 일을 마치고 갓 서울로 올라온 날이기도 하다. 장소는 송해 선생님이 터줏대감으로 있는 종로. 주요 스태프들이

「송해 1927」촬영을 준비 중인 송해와 이기남 PD.

모여 사전 미팅으로 서로 탐색전을 마치고, 송해 선생님께로 향했다. 낙원동 길가의 오래된 건물 3층에 송해 선생님의 사무실이 자리하는데 인근에는 〈송해길〉도 있다.

사실 나는 이 모든 게 낯설기만 했다. 송해 선생님을 〈할머니 댁에 가면 늘 틀어져 있던 텔레비전에서 아주 오랫동안 나오는 분〉 정도로만 알던 터였다. 유명한 연예인이라는 건 알았지만, 왜 유명한지는 정작 몰랐다. 더군다나 내가 자주 다니던 이 골목의 한쪽에 선생님의 사무실이 자리하고 있을 줄은 꿈에도 몰랐다. 부산에서 올라오자마자 참석한 미팅이라 제대로 된 사전 조사도 하지 못한 탓도 있다. 다행히 내 곁에는 우리의 무적 패밀리(제작사의 김훈태, 정윤재 두 대표, 윤재호 감독, 남희령 작가, 이규열 조감독)가 있었기에 그나마 안심할 수 있었다.

그런데 사무실에서 만난 송해 선생님의 첫인상은 말 그대로 너무나도 〈귀여웠다〉. 어린 시절 TV로 본 모습에 익숙해서인지 조금 풍채가 클 거로 예상했는데 실제는 아주 〈미니미〉였다. 미니미한 송해 선생님과 짧은 면담을 마치고, 근처에 있는 선생님의 단골집으로 향했다. 저녁 메뉴는 뜨끈하고 맑은 해물탕 그리고 화요 소주와 레몬이었다. 선생님과의 면접 전부터 이러저러한 술 일화를 너무나 많이 들었던 터라 소주를 짝으로 먹게 되는 것 아닌가 했던 우려와는 달리 아주 산뜻한 조합이다.

술잔이 적당히 오가는 유쾌한 술자리가 이어지며, 〈송 쌤〉과 우리 제작진은 아주 다양한 이야기를 주고받았다.

「그런데 선생님, 왜 영화를 찍겠다고 결심하셨어요? 4~5개월 정도 고민하셨다면서요?」

「응, 내가 뭘 더 보여 줄 게 있는가? 하는 생각을 했어.」

이 대답을 듣고 우리 제작진 모두는 너무 놀랐다. 구순을 훌쩍 넘긴 연세로 전 국민에게 노래와 코미디 그리고 재치 있는 입담을 거침없이 보여 주었고 또 지금도 보여 주고 있는 분이 여전히 어떻게 하면 사람들에게 새로운 것을 선보일지 고민하는 모습에 놀랄 수밖에 없었다. 그의 프로 정신에, 도전 정신에 경의를 표하던 순간이었다. 이날 이후로 우리 제작진도 송해 선생님의 어떤 새로운 모습을 관객에게 보여 드려야 할지 수많은 회의를 거듭하며 고민하는 순간이 많아졌다.

종남이의 탄생 2019년 11월 10일

〈종남아!〉 응? 종남이가 누구지? 알고 보니 송해 선생님이 나를 부르는 소리였다. 사연은 이렇다. 송해 선생님과의 첫 만남이 끝나고, 낙원동 사무실로 거의 출퇴근하다시피 하던 시절이었다. 사무실에 드나든 지 얼마 지나지 않아, 송해 선생님과 낙원동 어르신들이 내 이름에 관해 이야기하기 시작했다.

「그래? 이름이 왜 기남인고? 밑에 남동생 있어?」

「예전에 그 드라마 알아? 최수종 나오던 드라마. 거기에 아마 귀남이가 나왔었지? 그 동생이 종말이라고 아주 예뻤는데, 그 배우가 누구였더라?」

나를 보는 사람마다 이 이야기를 하도 해서, 〈아! 1990년대 초반에 아주 인기 많았던 드라마 얘기군!〉 하고 이미 짐작은 했었다. 보지도 않은 드라마에 귀남과 종말이 나온다는 것과 당대 내로라하던 배우들 최수종, 한석규, 김희애, 채시라 등이 나왔다는 것도 아주 잘 알고 있었다. 참 재미있는 일이 아닌가? 내 이름 하나로 이런 다양한 이야기를 할 수 있다는 것이, 세대를 망라한

261 이야기를 주고받는다는 것이.

　　그래서 이러한 대화 이후로, 나의 이름은 「아들과 딸」의
귀남이와 얼굴 예쁜(어르신들 눈에는 내가 예뻐 보였나 보다)
종말이의 이름이 합쳐져 〈종남이〉가 되었다. 나도 이 별명이 마음에
든다. 나와 친해지고 싶은 어르신들의 애정 표현으로 느껴졌기
때문이다. 그렇게 낙원동 일대에서 나는 〈종남 PD〉로 새로
탄생하였다.

「송해 1927」의 크랭크 인 2019년 11월 20일

송해 선생님은 전국적으로 너무나도 잘 알려진 분이기도 하고,
심지어 평전까지 나와 있기에 관련 방송이나 책만 봐도 누구나
이분의 인생에 대해 충분히 알 수 있다. 이러한 점이 제작진에게는
고민의 시작이었다. 전국구 유명 인사인 선생님에 대해 어떤
방식으로 이야기해야 할지, 어느 부분을 어떻게 담아야 관객에게
새롭게 다가갈 수 있을지 그리고 우리가 전하고 싶은 내용과
선생님께서 전하고 싶어 하는 메시지를 어떻게 하면 효과적으로
전달할 수 있을지 고민을 많이 했다. 이러한 고민 끝에 정한 첫
촬영은 바로 정제되지 않은, 송해 선생님의 입으로 직접 듣는
진정한 이야기였다. 선생님의 인생에 대해 직접 들으며, 우리의
마음에 와닿는 사람들과 이야기 그리고 사건을 추려 보기로 했다.

　　첫 촬영지는 선생님의 사무실에서 멀지 않은 낙원동의
〈추억을 파는 극장〉(허리우드 극장으로 더 유명하다)으로 정했다.
극장 직원분들이 거들어 주어서 촬영 전후로 필요한 세팅을 하는
데 큰 도움을 받았다. 옛날식 극장이라 규모가 엄청나게 큰 데다가
유난히 추운 11월 중순이라 촬영을 시작하기 몇 시간 전부터

상록회 사무실에서 「전국노래자랑」의 대본을 체크하는 모습.

난방을 최대한으로 돌렸다. 그래도 극장 안의 공기는 야속하리만큼
쌀쌀했다.

귀여운 나비넥타이와 함께 멋지게 정장 차림을 한 송해
선생님이 극장 안으로 들어오고, 곧바로 촬영을 시작했다. 우리는
사전 질문지를 3~4장씩 빽빽하게 준비했지만, 송해 선생님께는
질문 내용을 미리 알리지 않았다. 이미 여러 군데에서 수도 없이
답했던 내용도 있거니와 선생님의 준비되지 않은 답변을 듣고,
질문을 듣는 순간에 나오는 동작을 카메라에 담고 싶었기 때문이다.
선생님께서 질문을 듣고 사색을 한다거나 입술을 오물오물하거나
한숨을 쉬거나 하는 모든 것이 우리 영화의 진짜 모습이리라.

사실 송해 선생님은 준비된 상태를 좋아한다. 한 치의 오차
없이 답변하는 것을 좋아하며 상황에 맞지 않는 말을 하는 것을
싫어한다. 이미 지식으로나 경험으로 수많은 이치를 알고 있는
선생님이지만 시대가 변하니 항상 철저히 공부하고 준비한다. 이런
점들이 지금의 선생님을 만든 비결이 아닌가 싶다.

그래서 어떤 일을 제안받더라도 송해 선생님은 항상 미리
준비한다. 프로그램으로 치자면, 어떤 사람들이 출연하는지 어떤
성격을 강조하는 프로그램인지. 어떤 질문을 할 것인지 또
거기에서 필요로 하는 답변 방식이 있는지 몇 분 동안 진행되는지
등등 꼼꼼하게 하나하나 모두 체크하고 대비하는 분이다. 어느 것
하나 허투루 하지 않는다.

선생님의 자기소개로 드디어 우리의 첫 촬영이 시작되었다.

「제 이름은 송해이고, 고향은 저 황해도 재령이라는 곳입니다.
1927년 4월 27일에 태어났습니다.」

1백 년에 가까운 인생을 살아온 선생님의 일생을 너무 얕잡아

본 걸까. 질문은 꼬리에 꼬리를 물어 당초 예정되었던 두 시간을
훌쩍 넘겼다. 중간에 쉬는 시간이 있기도 했지만 우리는 〈조금만 더,
하나만 더〉를 외치며 거의 네 시간 동안 촬영을 진행했다. 난방이
잘 안 되어 추운 공간에서 선생님은 따뜻한 컵을 손에 쥔 채 우리가
하자는 대로 그저 따라왔다. 아마 첫 촬영이었기에 어디 한번 해볼
대로 해보라고 기회를 주신 것도 같다.

첫 촬영을 마치고 뒤풀이하는 자리에서 송해 선생님은
우리의(특히 종남이!) 모자랐던 부분에 대해 차분히 이야기했다.
그래서 앞으로의 촬영에 나 혼자만의 철칙을 정했다.

첫째, 시간 약속을 철저히 지킬 것(두 시간 촬영한다고 해놓고
거의 네 시간 촬영함).

둘째, 선생님의 상태를 잘 파악하고, 존중하며 촬영할 것(추운
데다가 저녁 시간이 다가옴).

셋째, 다른 사람의 의견이 아닌 선생님의 의견을 제일 먼저
여쭤볼 것(어떤 걸 할지 말지는 선생님께서 직접 결정하는 게
당연함).

지금 돌아보면 기본 중의 기본인데, 그땐 왜 몰랐을까 싶다.
처음에는 〈촬영 진행〉이 잘되어야 한다는 강박감에 잡혔던 것 같다.
그래서 촬영에 지장을 주지 않기 위한 〈물리적〉 세팅들을 했다.
그러나 그 촬영도 사람이 하는 일이니 어쨌든 사람이 우선이다.
서로에 대한 신뢰와 존중을 느끼면 촬영은 물 흐르듯 진행될 수
있다는 것을, 나는 이제 알고 있다. 〈선생님 그때는 너무나
죄송했습니다!〉

〈왜? 또 뭐 찍으려고?〉 큰일 났다! 이거 분위기가 영 심상치 않다. 이게 다 무대 뒤 송해 선생님의 모습을 담으려 새벽부터 쫓아다닌 탓이다.

송해 선생님은 〈미리미리〉의 대명사다. 약속 시각에 맞춰 오는 경우가 단 한 번도 없다. 이분의 시계는 언제나 한두 시간 일찍 돌아간다. 만약 약속이 오전 8시면 7시부터 기다린다. 이날은 「전국노래자랑」 연말 결선 녹화가 있던 날이자 우리 영화의 2회 차 촬영 날이기도 했다. 말하자면, 송해 선생님과 촬영팀이 고작 두 번밖에 못 만났다는 얘기다. 서로 서먹서먹한 분위기가 이루 말할 수가 없다. 선생님은 그나마 좀 익숙해진 종남이만 계속 찾는다.

리허설로 온종일 정신없을 것이라 예상한 우리 촬영팀은 선생님보다 한발 앞서 움직였다. 선생님이 오기 전에 무대를 둘러보고 주변 상황을 파악하기 위해 일찍 촬영장으로 나섰다. 「전국노래자랑」의 조연출을 맡은 김상연 감독님의 도움을 받아 대기실과 무대 뒤편의 동선을 파악하고 한창 조명과 카메라 세팅 중에 선생님이 나타났다.

「아이고, 벌써 왔어?」

우리를 우선 앉게 하고 새벽부터 오느라 고생 많다며 차를 내어 주고 도란도란 이야기꽃을 피우며 촬영은 시작되었다.

「선생님은 평소처럼 해주시면 되어요! 저희가 그냥 왔다 갔다 하면서 찍겠습니다!」

그렇게 새벽 7시부터 촬영을 시작했다. 대기실에서 두 눈을 감고 가만히 앉아 명상하거나 대본에 밑줄을 그어 가며 봤던 부분을 보고 또 보는 모습 그리고 KBS 구내식당에 아침밥을

먹으러 다녀오고 또 출연자들이 현장에 도착하여 리허설을
시작하기 전까지 자신의 리듬을 조절하는 모습들. 정말 프로다운
침착한 면모였다.

　　그 모습을 윤재호 감독과 촬영팀은 카메라 위치를 바꿔 가며
열심히 담았다. 전체적인 분위기를 담거나 대본에 집중하는 송해
선생님의 표정을 담기도 하고, 밑줄 긋는 손동작이나 읊조리는
입까지 세세한 면 하나하나를 놓치지 않고 따라다녔다.

　　그다음 단계는 리허설이었다. 참가자와 출연자들이 하나둘
모이기 시작했고, 선생님의 대기실도 여러 손님이 인사하러 오면서
분주해졌다. 우리는 선생님 옆에 딱 붙어 무대 뒤에서 앞으로
향하는 모습이며, 음악이 나올 때 흥얼거리며 몸을 흔드는
모습까지 여러 장면을 담기 시작했다. 그런데 우리가 너무
오랫동안 눈치 없이 붙어 다닌 탓일까. 리허설이 끝나고 대기실
안의 탈의실에서 옷을 갈아입던 선생님께서 불호령을 내리셨다.

　　그도 그럴 것이, 우리는 선생님이 에너지를 비축할 시간조차
없이 옆에 딱 붙어 계속 따라다녔다. 심지어 선생님이 분장하고
있을 때는 영화팀 조명을 사용하려고 대기실의 불도 모두
꺼버렸으니…….

　　〈아니 이만하면 된 것 같은데 뭘 계속 찍는 거야? 온종일 붙어
다녔는데도 아직 필요한 거 다 못 찍었어? 왜 자꾸 사람 신경
쓰이게 하는 거야!〉 이 모든 사태는 〈종남이〉가 잠시 손님을 맞으러
나갔다 온 사이 일어났다. 대기실로 돌아와서 이게 무슨 일인가
싶었던 나는 얼른 사태 파악을 끝내고 선생님이 옷을 갈아입는
중인 탈의실 앞에서 〈선생님, 종남입니다. 심기를 불편하게 했지요〉
하며 마음을 달래 보려 땀을 뻘뻘 흘렸다.

　　　우리의 화면에 담긴 〈넥타이를 매는 장면〉은 위의 모든 일이 일어난 직후의 장면이다. 이야긴즉슨 이렇다. 나는 〈선생님, 이제 저희 다 찍었습니다. 이 장면만 하나 찍고 물러나겠습니다〉라고 했고, 선생님은 우리가 안돼 보였는지 〈가긴 어딜 가? 여기가 얼마나 넓은데!〉라고 하셨다.

　　　대기실의 넥타이 장면은 이렇게 탄생하였고, 촬영을 마친 우리는 부리나케 장비를 정리하고 거의 도망치듯 촬영장을 빠져나왔다. 하지만 이후로 우리는 선생님과 〈귀엽게〉 티격태격하며, 촬영을 이어 나가게 되었다. 모든 것은 실수로부터 배운다고 했듯 선생님을 대하는 또 하나의 방법을 터득한 셈이다. 〈이제 송해력+1이 되었습니다!〉

오프닝 신 ― 서울 중앙보훈병원 행사 2019년 12월 26일

송해 선생님은 아주 오래전부터 전국의 보훈 병원을 돌며 공연을 한다. 아픈 사람을 위해 가까이서 노래를 불러 주거나 손도 잡아 주거나 재치 넘치는 입담으로 환자들에게 엔도르핀이 나오게끔 기운을 불러일으킨다. (어느 누가 송해 선생님의 기운을 원치 않으리! 심지어 나도 원한다!)

　　　이번 행사 장소는 서울 강동구의 중앙보훈병원. 〈송해가 떴다!〉 하면 1천 명이요 2천 명이요 모이기 마련이라 그 많은 인원을 수용할 수 있는 건 강당이나 무대가 아닌 바로 병원 출입구인 〈로비〉였다. 송해가 온다는 소식에 한 시간 전부터 병원 로비가 북적거렸다. 의자는 진작부터 만석이고 환자분들은 휠체어를 타고 오거나 수액 거치대를 끌면서까지 그의 등장만을 기다리고 있었다. 또한 수많은 의사와 간호사들 그리고 간병인들도 이날만큼은 모든 피로와 괴로움을 잠시 잊고 싶어 했다.

행사 시간에 맞춰 송해 선생님이 등장하고, 사실상 무대와
객석의 경계가 없는 터라 사람들은 조금이라도 더 그의 기운을
받으려 몰려들었다. 다들 선생님의 기(氣)가 필요했을까? 손 한번
잡기 위한 치열한 사투가 벌어진다!

이날 촬영을 마치자마자 했던 윤재호 감독의 말이 생각난다.
〈와! 무슨 광신도들이 모여들 듯이, 마치 송해 선생님이 하나의
종교인 것 같았어!〉 윤재호 감독은 이 말을 계속 반복하더니 결국
영화의 첫 장면(2020년 부산국제영화제 버전)으로 등장시켰다.
사투 신을 다큐멘터리의 첫 장면으로 쓴 윤재호 감독의 안목도
대단하지 않은가.

병문안 도둑 신 — 선생님 쓰러지다 2020년 1월 6일

청천벽력 같은 전화 한 통을 받았다. 〈송해 선생님이 입원하셨대!〉
이제 3회 차를 촬영했을 뿐인데 이게 무슨 일이란 말인가! 그리고
이토록 긴급한 상황을 제작진도 아닌 조감독의 지인이 먼저 알고
우리에게 알려 주다니!

일요일 아침, 주요 포털 사이트의 실시간 검색어로 송해
선생님의 이름이 오르면 다들 가슴이 철렁한다. 〈무슨 일이 있어서
올라간 건 아니겠지?〉 그런데 실제 그 일이 현실이 되었다!
언론에서는 송해 선생님의 입원 소식이 물밀 듯이 터져 나왔고,
연예계 기자들은 선생님이 입원한 병원 앞으로 집합 명령이라도
떨어진 듯 몰려들었다.

하루, 이틀, 입원 기간이 길어지면서 우리는 이 광경을 담아야
할지, 만약 담는다면 어떻게 찍어야 할지 고민했다. 병실에

카메라를 들이밀 수도 없는 노릇이고, 무엇보다 〈건강〉과 〈장수〉의 아이콘인 송해 선생님이 이런 모습을 사람들에게 보이고 싶어 하지 않을 것도 같았다. 촬영은 고사하더라도 현재 함께 촬영하는 영화팀인데 병문안이라도 가야 하지 않겠냐고 의견을 모았다. 결국 영화팀 대표로 PD인 나와 이규열 조감독이 병문안하기로 했다. 오즈모 포켓 카메라를 챙겨서 말이다!

병실 앞에서 희극인 엄영수와 방일수 선생님을 만났는데, 뭔가 지원군을 얻은 듯해서 마음이 살짝 든든해졌다. 송해 선생님처럼 건강 관리가 철저한 분이 병원에 와서 놀랐다며, 병원에 오더라도 우리가 와야 한다는 두 후배님의 귀여운 애교를 보며 선생님의 건재함을 두 눈으로 확인한 우리는 안심하고 병원을 떠났다. 병실 한구석에 두었던 카메라와 함께……

원로 연예인 상록회 신 ― 일상 8회 차 <u>2020년 5월 25일</u>

낙원동에는 오래도록 원로들의 발길이 끊이지 않는 사랑방이 있다. 바로 〈원로 연예인 상록회〉다. 회장이었던 김석민 선생님이 돌아가시고 그 뒤를 이어 송해 선생님이 30년도 더 넘게 이곳을 유지하고 있다. 김석민 선생님이 계실 때부터 쓰던 소파와 테이블도 그대로 남아 있다. 근검절약하는 송해 선생님을 꼭 닮은 사무실이다. 전국 방방곡곡을 다닌다는 수식어가 붙은 선생님이지만 촬영을 하지 않는 평소에는 늘 이곳으로 〈출근〉한다. 그래서 이 사랑방이 위치한 낙원동 근처에서는 늘 〈송해 목격담〉이 끊이질 않는다.

송해 선생님과 동고동락하는 사무실인 만큼 그리고 수년간 그와 일상을 보내며 마작을 하고 저녁이면 대포 한잔을 하러 가는

상록회 사무실에서 마작을 두는 원로들과 인터뷰 중인 송해.

원로들의 세월이 묻어나는 공간인 만큼 여기는 꼭 찍겠다고
생각했다. 그런데 아차! 미장센을 중요시하는 우리의 윤재호 감독,
사무실을 쓱 둘러보더니 불을 <u>끄고</u> 촬영해야 분위기가 날 것
같단다. 〈안 돼!〉라고 속에서만 메아리친 나의 울부짖음……

그래서 우리는 어르신들 마작을 하는데도 불이란 불은 죄다
<u>끄고</u> 촬영을 이어 갔다. 조금만 찍으면 될 줄 알았는데, 그런 줄
알았는데, 감독이 컷은 하지 않고 계속 이렇게 저렇게 촬영
아이디어를 낸다. 그렇게 한 시간쯤 지났을까? 아니 더 됐을까?
정신이 혼미해 기억도 잘 나지 않는다. 감독에게 눈치를 주며
촬영을 이만 끝내자는 신호를 보냈다.

촬영이 끝남과 동시에 나는 부리나케 편의점으로
달려가(백말띠의 위엄으로 내달렸다), 시원한 음료와 간식을 사
와서 어르신들께 내밀며 연신 죄송하고 감사하다는 인사를 드렸다.
그런데 결국 사달이 났다(내 이럴 줄 알았다). 선생님이 우리가
모두 나간 줄 알고(나는 저쪽 구석 소파에 조감독과 같이 앉아 잠시
쉬고 있었다), 육두문자를 섞으시며 〈이놈의 자식들!〉에 관해
뭐라고 외치셨다. 그렇게 오늘도 다사다난한 촬영을 마쳤다.

마지막 인터뷰 ─ 충무로 뒷골목의 콩코드 서울 2020년 8월 18일
너무나 긴장되는 송해 선생님의 마지막 인터뷰 날이다. 이날 우리
제작진은 송해 선생님께서 놀랄 만한 내용을 준비해 두었기에
촬영과 관련한 만반의 준비를 미리 하고 또 했다. 혹시 선생님이
감정적으로 충격을 받을까 염려되어 구급차까지 대기해야 하는 것
아니냐는 논의도 했다.

「선생님, 밤새 평안하셨어요? 좋은 꿈 꾸셨어요?」

낙원동 사무실에서 송해 선생님을 모시고 충무로로 향했다.
영화인에게 충무로는 참 많은 의미를 담고 있는 곳이라 마지막
인터뷰를 진행하기에 의미 있을 거로 생각했다. 그리고 인터뷰
장소로 잡은 〈콩코드 서울〉이 옛 분위기를 품고 있는 곳이라
선생님과도 꽤 잘 어울릴 것 같았다. 선생님이 준비하신 짙은
포도주색 정장은 이곳 분위기와 잘 어울렸다. 메이크업 아티스트
이윤정의 손길로 완벽히 준비된 송해 선생님을 모시고 인터뷰(를
가장한 서프라이즈)는 진행되었다.

처음에는 가벼운 질문들을 주고받았다. 선생님도 이제는
우리가 편해졌는지 스스럼없이 서로 대화를 주고받는 인터뷰로
흘렀다.

이윽고 윤재호 감독과 나의 눈이 마주치고 드디어 때가 왔다.

「제가 준비한 게 하나 있습니다. 선생님께 노래 한 곡을
들려주고 싶어요.」

「아, 저한테요?」

곧이어 누군가의 노래가 휴대폰 스피커를 타고 흘러나왔다.
차분한 통기타 선율에 얹어지는 어느 청년의 목소리. 선생님은
노래를 허투루 듣지 않고 눈을 지그시 감고 노래에 집중한다.
그러다 가사를 좀 더 잘 듣고 싶은 건지, 어떤 감정이 다가온 건지
휴대폰을 손으로 들어 귓가로 가져간다. 1절이 지나고 2절로
노래가 접어들었을 즈음, 송해 선생님의 눈가에 눈물이 고였다.
우리는 정말 말도 안 된다고 생각하며 서로를 쳐다봤다. 〈뭔가
알아채고 눈물을 흘리시는 건가? 노래가 감동적이라 눈물을
흘리시는 건가? 도대체 어떤 점이 이분을 눈물짓게 하는 건가.〉

노래가 끝나고, 송해 선생님의 혼잣말이 이어졌다. 〈가사가

참……〉 35년이나 묵혀 둔 노래. 여동생 외에는 아무도 그 존재를 몰랐던 노래. 35년의 세월이 흘러 아버지에게 가 닿은 그 노래는 아버지에게 그리고 아들에게 어떤 의미일까? 그 모습을 지켜본 우리도 숨죽이며 북받쳐 오르는 눈물을 삼키느라 선뜻 다음 말을 꺼내기가 힘들었다.

「이 노래를 저희가 어떻게 찾았느냐면……. 둘째 따님이 오빠에게 받은 편지와 카세트테이프를 보여 주었습니다. 저희가 들어 봤는데 모두 자작곡인 거예요. 한 40곡 정도 만들었어요.」

「창진이가요?」

30년이 넘게 「전국노래자랑」의 MC로 4만 명이 넘는 출연자의 노래를 세상에 널리 알린 사람이지만, 정작 아들의 노래는 한 번도 들어본 적도, 주변에 소개해 본 적도 없었다. 당신이 어렸을 적 해주에서 음악 학교에 다닐 때에도 아버님의 반대를 무릅쓰고 어머님의 지지에 의지해 음악을 했어야 했다. 세월이 흘러 본인이 아버지가 됐을 때, 〈딴따라〉 하면 무시당한다고 아들을 만류했어야 했다. 그런데 그 아들이 아버지의 반대에도 불구하고 자신의 방에서 카세트테이프리코더 한 대로 40여 개에 달하는 곡을 만들고 거기에 노랫말을 붙였다.

〈아, 그게 그렇게 되는구나…….〉 송해 선생님은 혼잣말을 되뇌며, 생각을 되짚어가며 이 상황을 점차 받아들였다. 우리도 선생님이 이 사실을 차분히 받아들일 수 있도록 다른 질문 없이 곁을 지켰다. 송해 선생님께 감정을 추스를 수 있는 시간을 드리고 촬영을 마무리하기로 했다.

나는 송해 선생님이 옷을 갈아입는 걸 거들며 아주 작지만 나만의 기운을 불어넣고 싶은 마음에 〈선생님! 지금까지 30년 넘게

「송해 1927」의 스태프들. 뒷줄 왼쪽부터 시계 방향 순으로 제작팀 막내 이승준, 정윤재 제작자, 이윤정 메이크업 아티스트, 이규열 조감독, 김힘찬 촬영팀 퍼스트, 김종선 촬영 감독, 윤재호 감독, 송해, 이기남 PD.

아들을 가슴에 묻어 두셨는데, 이제는 자랑하고 다니세요! 우리 아들이 만든 노래다! 하고요〉라고 말씀을 드렸다. 그리고 선생님은 세상에서 가장 인자한 미소를 지어 주셨다.

다행히 구급차를 부를 일은 없었고, 우리는 모두 뭔지 모를 따뜻한 마음을 품은 채 촬영을 무사히 마쳤다. 금강산도 식후경인데 맛집의 성지인 충무로까지 와서 점심을 안 먹을 수야 없지! 송해 선생님을 모시고 필동면옥으로 평양냉면을 먹으러 갔다. 식당으로 가는 도중에 여러 사람과 마주쳤는데, 모두 송해 선생님의 건강을 기원하는 따스한 말을 건네며 반가워했다. 평소에도 이곳을 종종 오시는 선생님은 〈내가 평양냉면 먹는 법이 있는데, 이렇게 고춧가루를 조금 많다 싶을 정도로 뿌리고〉 하며 맛있게 먹는 법을 가르쳐주셨다. 감정적으로 힘든 촬영이었는데도 송해 선생님은 고향의 맛을 우리와 함께 나누며 마지막 촬영을 마쳤다.

크랭크 업 2020년 8월 31일

우리는 송해 선생님의 마지막 인터뷰를 마치고 고민에 빠졌다. 〈이 영화의 엔딩을 어떻게 할 것인가?〉 20회 차 정도의 촬영을 진행했지만(실제로는 서브 촬영을 포함해 훨씬 더 많이 촬영했다), 영화를 마무리하기에 아직 뭔가가 부족했다. 아들과 관련한 내용을 좀 더 찍자, 송해 선생님을 스튜디오로 모시고 노래 한 곡 부르시게 하자 등등 여러 의견이 오갔다.

송해 선생님이 자신의 마지막 인터뷰에서 아들의 노래를 듣고, 〈아, 내가 이 곡을 한 번은 꼭 불러야겠다〉고 하신 터라 우리는 이와 관련한 추가 촬영을 준비 중이었다. 김인영 음악 감독은 송해

선생님이 아들 송창진의 노래를 직접 부를 수 있도록 리메이크
작업에 들어갔다. 그런데 이를 준비하던 중에 고민이 깊어진 송해
선생님이 가슴이 아파 도저히 부르지 못할 것 같다고 했고, 그러면
〈마지막 촬영은 어떻게 해야 하지?〉라는 고민에 빠진 것이다. 그때
번뜩 〈정우〉가 떠올랐다. 왜인지 모르겠다. 정우가 한번 불러 보면
어떤가 하고 의견을 냈더니 모두가 괜찮을 것 같다며 힘을 보태
주었다.

　비가 추적추적 내리는 날, 홍대 거리에서 정우를 만났다.
음악을 진로로 정하고 학원에서 기타 수업을 받던 정우는 어깨에
일렉트릭 기타 가방을 둘러메고 있었다.

　「뭐 좋아해? 먹고 싶은 거 있어?」

　「초밥 좋아해요…….」

　우리는 초밥집으로 향했고 한창 입맛 도는 고등학교
1학년생을 위해 특대 초밥 세트를 두 개 주문했다. 역시나 맛있게
잘 먹는다. 요즘 어떤 음악을 배우는지, 연습은 잘되는지 그리고
각자 음악에 대한 생각도 이것저것 나누며 초밥을 하나둘 없앴다.
그러다 정우에게 지난번에 들어 본 외삼촌의 노래를 불러 볼
생각이 있느냐고 물어봤다. 정우는 진지하고 생각이 깊은 편이라
내 질문에 선뜻 답하기보다는 초밥을 꼭꼭 씹으며 내 질문도 같이
곱씹어 보는 듯했다.

　「좋을 것 같아요…….」

　창진의 음악은 현재 정우가 추구하고 이어 가고 싶어 하는
음악관과 맞닿아 있는 면이 많다. 정우 역시 외삼촌의 노래가
마음에 들며 의미 있는 작업이 될 거라고 말했고, 특히 〈엄마가
좋아할 것 같다〉는 말을 덧붙였다.

그렇게 정우의 생각을 확인하자 일은 일사천리로 진행됐다. 우리는 김인영 음악 감독의 음악 제작사인 〈더플레임〉을 방문하여 정우의 목소리를 테스트하고 가이드 몇 개를 녹음했다.

「오! 엘리엇 스미스 같아요!」

김인영 음악 감독과 김진희 엔지니어는 정우의 노래를 듣자마자 마치 음유 시인처럼 노래하던 엘리엇 스미스를 떠올렸다. 약간의 미성이 섞인 정우의 목소리가 마이크를 통하자 진짜 그렇게 들렸다.

2020년 8월 31일, 마지막 촬영을 앞두고 우리는 007 작전을 펼쳤다. 김인영 음악 감독이 송해 선생님과 잘 어울릴 것 같다며, 1946년에 대한민국 음악 레코딩을 처음 시작하여 역사적으로도 의미가 있는 75년 세월의 〈서울 스튜디오〉를 작업실로 예약해 주었다. 먼저 송해 선생님부터 「딴따라」와 「내 고향 갈 때까지」, 두 곡의 녹음을 진행했다. 그런데 여기서도 그의 프로 정신은 빛났다. 이른 오전 시간인데도 불구하고 한 번의 음 이탈 없이 처음부터 끝까지 몇 번이고 노래를 불렀다. 김인영 음악 감독은 젊은 사람도 하기 힘든 일이라고 혀를 내둘렀을 정도다. 선생님의 녹음과 함께 포스터 컷 촬영도 병행했다.

한편 그 시각, 제작팀 막내 승준은 비밀리에 정우를 데리고 녹음실로 향하고 있었다. 〈정우, 녹음실 근처에 도착했습니다〉라는 승준의 문자를 받고 어찌나 떨었는지……. 정우가 송해 선생님과 마주치지 않도록 우리는 선생님을 철벽 수비하며 녹음실 밖을 빠져나와 다시 낙원동 사무실로 모셔다드렸다.

드디어 정우가 녹음실로 입장하는데 정우가 걸친 데님 재킷이 오늘따라 작업실 분위기에 잘 어울렸다. 음악 감독의

정우가 외삼촌의 노래를 부르는 장면.

지시를 받으며 정우의 녹음이 시작되었고, 정우 역시 윤재호 감독과 김인영 음악 감독을 잘 따라가며 차분히 촬영과 녹음에 임해 주었다. 그런데 아무래도 현장에 카메라가 여러 대가 있고 낯선 사람도 있으며 또 스튜디오에서 진행하는 녹음이 처음이라 긴장한 모양이다. 서너 번쯤 노래를 불렀을까. 정우가 땀을 뻘뻘 흘리기 시작했고, 목도 조금씩 갈라졌다.

쉬었다 녹음하기를 두 번 정도 반복하고 음악 감독의 오케이 사인이 떨어지고 녹음을 마쳤다. 고생한 정우를 집까지 바래다주고 다시 작업실로 돌아와 음악 감독의 마무리 믹싱 작업을 지켜보던 중이었다.

「피디님, 저 부르셨어요?」

「네? 아닌데요?」

나는 음악 감독의 의자 뒤 소파에서 오늘 찍은 사진들을 보고 있던 차였다. 갑자기 김인영 감독의 표정이 굳어졌다.

「지금 누가 제 의자를 당겼는데…….」

그러고도 믹싱 작업을 하던 와중에 우리가 녹음하지 않은 코러스가 들려오는 등 의문의 일이 계속 일어났다. 그날 밤 김인영 음악 감독과의 카톡 대화를 옮기면 아래와 같다.

- 오늘 귀신도 나왔고 대박 조짐이에요!

- 아, 진짜……. 아까 대박 소름!

- 코러스 분명 들었음. 아까 누가 의자 당겼고요!

- 하아, 아직도 서늘함.

- 대박 조짐이에요! 이거는 좋은 겁니다. 창진 씨가 왔다 간 거 같아요, 저는…….

- 저, 진짜 오늘 그 이야기 듣고 뭔가 느껴졌어요!

- 네, 맞는 거 같아요. 저는…… 무서운 게 아니라 슬퍼요.

- 네, 자신의 노래가 이제 발표되니까요.

- 본인의 한이 풀렸을 거예요.

- 조카를 통해서…….

부산국제영화제에 가다 <u>2020년 10월 26일</u>

〈부산국제영화제의 출품 서류 접수가 완료되었습니다.〉 2020년 7월 21일, 마감일에 아슬아슬하게 작품을 접수하고 나서 받은 메일 내용이다. 접수할 때는 정신이 없어서 몰랐는데, 메일을 받으니 갑자기 긴장되기 시작한다. 작품을 접수하고 결과를 발표할 때까지 그사이에 우리 제작진은 막판 스퍼트를 냈다.

사실 부산국제영화제에 출품하면서 「송해 1927」은 전환점을 맞았다. 접수 시점으로 완성도 있는 작품을 만들기 위해 편집을 여러 차례 손봤고, 제작진이 몇 번이나 모여 작품을 세세히 살피며 의견을 냈다. 더군다나 색 보정을 맡은 김형희 대표, 사운드 디자인의 김혁중 기사, 음악의 더플레임팀이 짧은 시간 안에 고생을 참 많이 했다. 역시 마감일이 있어야 작업의 능률이 올라가는 것일까? 제작진은 단기간 안에 정말 많은 일을 완수했고, 완성도는 날로 높아졌다.

제작진의 노력이 빛났을까, 부산국제영화제에서 우리 작품이 〈다큐멘터리 경쟁작〉 후보에 올랐다는 연락을 받았다. 감회가 새로웠다. 그리고 나에게는 정말 남다른 의미도 있었다. 바로 전해에 부산국제영화제에서 프로그램팀 스태프로 일을 마치자마자 올라온 당일, 그날 나는 송해 선생님의 면접을 봤기 때문이다. 지난해에 스태프로 일하고 그다음 해에 작품을 초청받아 영화제에 참석하는 나를 두고 모두 〈금의환향〉을 한다고 말했다.

나뿐만 아니라 송해 선생님에게도 의미가 깊었다. 이제껏 임권택 감독님과 이만희 감독님의 수많은 영화에 조연이나 단역으로만 출연했던 자신이 주연으로 데뷔한 영화로 영화제에 가게 된 것이다. 다만 아쉬운 점이 있다면, 모두가 선생님의 레드 카펫을 기대했는데 코로나19 팬데믹 상황으로 개막식이 축소되어 레드 카펫 위를 걷지 못했다는 것이다. 관객 모두가 기대했을 텐데…….

쏜살같이 3개월이 지나고 드디어 2020년 10월 26일 상영 당일이 왔다. 우리 영화가 대중에게 첫선을 보이는 날이다. 3개월간 수많은 논의가 있었고 모든 것에 빠른 결정을 내려야 했기에 우리 제작진의 단합이 더없이 빛났던 시간이 지났다.

이른 아침 송해 선생님을 맞이하러 부산역에서 「송해 1927」의 포스터를 들고 기다렸다. 어느 문으로 내리실까? 앞으로 갔다가 뒤로 갔다가 몇 번이나 왔다 갔다 하면서 포스터는 세로로 들까? 대각선으로 들까? 사소한 것 하나하나 모두 신경이 쓰였다. 드디어 열차 도착 신호음이 들리고 송해 선생님이 환한 미소와 함께 열차에서 내렸다. 부산에서 선생님을 뵈니 타지에서 고향 사람을 만난 것처럼 반가웠다.

준비된 의전 차량을 타고 송해 선생님께 오늘의 일정을 브리핑하며 시내로 향했다. 송해 선생님이 첫 주연을 맡은 영화라 매체들의 취재 열기가 너무나 뜨거웠지만, 당일치기로 소화하기 어려워 동선과 시간, 내용, 의전 정도에 따라 일을 선별했다. 첫 일정은 부산국제영화제의 집행 위원장이 다큐멘터리 경쟁 섹션에 초청된 작품과 관련 인물들을 초청하여 가진 오찬이었고 메뉴는 복국(역시 나와 인연이 있는 음식)이었다. 그다음 일정은 부산 MBC와 인터뷰. 송해 선생님은 1959년 부산 MBC 개국 때 이미 와본 적이 있어서 이곳을 더욱 친근히 여기며 기분 좋게 인터뷰에 응했다. 그리고 뉴스 스튜디오의 데스크에 앉아 있는 송해 선생님은 왠지 모르게 더욱 멋져 보였다. 스튜디오는 선생님의 오라로 가득했다.

다음 목적지는 부산국제영화제 〈영화의전당〉. 영화인의 성지로 서울에 충무로가 있다면, 부산에는 영화의전당이 있다. 그만큼 모든 이가 꿈에 그리는 곳이자 영화인에게는 더할 나위 없이 영광스러운 장소다. 이곳에 입성한 송해 선생님을 바라보는데 그저 뿌듯하고 눈물이 날 것만 같았다. 선생님 역시 부산국제영화제의 스태프뿐 아니라 자원활동가들과 함께 사진을 찍고 좋은 말씀도 해주시며 〈관객과의 대화〉를 기다렸다.

드디어 영화가 모두 끝나고, 관객석에서 박수 소리가 크게 울려 퍼졌다. 곧이어 강소원 프로그래머가 송해 선생님과 윤재호 감독을 객석으로 맞이했다. 코로나19 방역 지침으로 인해 비록 객석과 무대 사이는 멀고 각자의 자리 옆에는 아크릴 방지막이 설치되었지만, 송해 선생님은 그런 건 괘념치 않으며 마치 「전국노래자랑」 사회를 보듯 무대 이쪽저쪽을 가로지르고 관객들을 들었다 났다 했다. 〈코로나19 네 이놈! 우리의 흥겨움을 막지 못할 거다!〉를 몸소 보여 주는 모습이었다. 선생님을 만날 때마다 놀라운 점은, 송해 선생님은 사람들과 직접 대면할 때에 천 배, 만 배 빛을 발한다는 것이다. 도대체 그 에너지는 어디에서 나오는지 늘 궁금하다.

관객과의 만남을 끝으로 부산에서의 일정을 모두 마치고,

송해 선생님을 부산역으로 모셔다드렸다. 꽉 찬 당일치기로
피곤했을 텐데, 의전 차량을 담당한 조용철 기사님에게도 용돈
챙겨 주는 걸 잊지 않았다. 정말 감탄하지 않을 수가 없다! 수고한
이에게 용돈을 챙기는 정겨움을 가진 우리 송해 선생님!

코로나19로 인해 영화제의 많은 행사가 축소되고 더 많은
분에게 영화를 선보일 수 없었지만, 영화를 보러 오신 104명의
관객과 상영을 위해 힘써 준 부산국제영화제 스태프들에게
고마움을 전한다.

평창국제평화영화제에 가다 2021년 6월 18일

「송해 1927」로 지금까지 부산국제영화제, 무주산골영화제,
제천국제음악영화제, EBS국제다큐멘터리영화제,
DMZ국제다큐멘터리영화제, 제주혼듸독립영화제, 가톨릭영화제,
전북독립영화제 등 국내의 크고 작은 영화제에 초청을 받아
참석했다. 작품으로 영화제를 찾는다는 것은 참 영광스러운 일이다.
그만큼 작품의 가치를 인정한다는 일이고, 영화가 더 많은 관객과
만나 이야기를 나눌 수 있는 소통의 장이 되어 주기 때문이다.
그중에 송해 선생님과 함께 평창국제평화영화제에 가던 날은 우리
제작진 모두에게 두고두고 회자된다.

영화제 상영이 있던 날, 오전 일찍 선생님을 모시러 제작진과
함께 낙원동 사무실에 들렀다. 그런데 그날은 송해 선생님의
열렬한 팬 한 분이 먼저 와 있었다. 초가을부터 쓰시라고 누빔
이불과 손수 준비한 약밥 그리고 겉절이를 비롯해 온갖 반찬을
바리바리 싸서 오셨다. 인심 좋은 팬은 평창 가는 길에 어디
휴게소라도 들러서 다 같이 나눠 먹으라며 우리에게도 푸짐하게

음식을 나눠 주었다.

낙원동에서 출발하여 한창 서울을 빠져나가는 차 안에서 이야기꽃을 피우다가 문득 궁금증이 생겼다.

「선생님, 그런데 팬분들이 이렇게 반찬 많이 싸서 주시나요?」

「암, 그렇지! 말도 못 해!」

「음식들은 다 맛있어요?」

「(3초 정적) 그게 참 미치는 거라…….」

차 안에 있던 우리는 모두 빵 터졌다. 팬들이 정성 들여 손수 장만해 온 음식을 버릴 수는 없고, 그렇다고 안 먹을 수도 없는 진퇴양난에 빠진 선생님의 하소연이 시작된다. 〈음식은 간이 맞아야 한다〉는 선생님의 음식 철학을 시작으로 팔도강산을 다니면서 맛본 음식에 대한 이야기까지 그 주제로 한 시간은 떠들면서 서울을 빠져나갔다.

여러분! 송해 선생님께 음식을 해주시려면 간을 잘 맞춰 주십시오!

나의 엔딩 크레디트 2021년 10월 10일

한 편의 영화가 만들어진다는 건 정말 대단한 일이다. 관람은 대게 한두 시간이면 끝나고 평가도 손가락 까딱하여 별 몇 개 주면 순식간에 끝나 버리지만, 영화 한 편을 만들기 위해서는 수많은 사람의 협업과 그들의 수많은 시간이 필요하다.

나는 영화가 협업의 결과물이어서 더 멋지다고 생각한다. 이 세상은 혼자서 살아갈 수 없고, 다양한 사람과 더불어 살아가는 세상이 멋지다고 생각하는 나의 인생철학과도 맞아떨어져 더욱 그렇게 느끼는지도 모르겠다.

　　이번에 다큐멘터리 영화를 만들면서 정말 다양한 분야의 전문가들과 작업했다. 주요 제작진인 기획자, 작가, 연출 감독, 촬영 감독, 색 보정 전문가, 음향 기사, 사운드 디자이너, 음악 감독, DCP 패키징 작업자, 분장 전문가, 음원 디지털 복원가, 영문 번역가, 타이틀 작업자, 인터뷰에 응해 준 모든 분과 대본 작업을 도와준 친구 그리고 그 외 크고 작은 일을 맡아 주었던 친구들까지. 이렇게 다양한 사람이 모여 영화라는 하나의 창작물을 만들게 된다. 정말 멋지지 않은가? 이 모든 사람의 일정을 정리하고 작업 내용을 조율하는 등 엄청난 품이 들지만, 끝나고 나면 그만큼 또 뿌듯하지 않을 수가 없다.

　　그리고 처음부터 끝까지 모든 장면과 대사를 정해 놓고 찍는 극영화와는 달리 다큐멘터리는 장면 하나하나, 대화 하나하나, 인물 하나하나에 대한 속성을 계속 선택하며 만들어 간다. 그래서 촬영 과정에서 놀라운 이야기에 맞닥뜨리게 되면 희열 같은 게 느껴지기도 한다. 이번 제작 과정에서는 이순주 선생님을 만난 일, 송창진과 그의 음악을 만난 일, 그 음악을 재해석해 정우가 부른 일, 송해 선생님의 사소한 습관과 왜 선생님이 최고의 자리에 있는지 발견한 순간들이 바로 그랬다.

　　부족함 많은 신인 PD를 믿고 따라 준 스태프들과 그 모자란 부분을 따뜻함으로 채워 준 모든 분께 고마움을 전한다.

「송해 1927」에서 만난 사람들

코미디언 이순주

〈이순주 여사님이 별세하셨습니다〉라는 문자 메시지를 받았다.
올해 4월 6일 오후 5시쯤이었다. 깊은 한숨이 먼저 나왔다. 그 한 달
전에 이순주 선생님과 통화할 때만 해도 아주 좋은 컨디션은
아니셨지만 나쁘지도 않으셨다. 어르신들에게는 한 달도 짧은
시간인 걸까.

　　　이순주 선생님은 1970년대 당시 송해 선생님과 최고의
콤비를 이뤘던 코미디언이었고 나는 역사적 자료를 찾다가 이순주
선생님을 알게 되었다. 선생님은 1970년대 〈최고의 톱 여성
코미디언〉(선생님 이름 앞에는 최고와 톱이 두 번 붙어도 전혀
어색하지가 않다)답게 항상 유머러스하셨다. 비록 치아가 성하지
않아서 틀니를 써야 하고, 거동이 자유롭지 못해 지팡이를 짚고도
거북이보다 느리게 엉금엉금 걸어야 했지만 그런 건 전혀 상관없이
항상 유머를 장착하고 있었다.

　　　나랑 통화할 때면 내용은 별 상관이 없고 우리는 항상

1970~1980년대 복고풍 말투로 〈누가 누가 시답지 않은 농담을 더 잘하나?〉 대결하듯이 말했다. 마흔다섯 살이라는 나이 차가 무색할 정도로 선생님은 내 농담을 잘 받아 주셨다. 누가 보면 어르신께 버릇없이 그게 뭐냐고 했을 수도 있지만 사실 나는 예의가 꽤나 있는 사람이라 〈버릇없이〉를 하지 못한다. 그런데도 내가 선생님을 편하게 대했다면 그건 선생님이 편하게 할 수 있도록 만들어 준 덕분이다.

책에는 이순주 선생님의 인터뷰를 싣지 못했지만 선생님과는 「송해 1927」를 촬영하면서 알고 지내는 사이가 됐다. 사실 처음에는 송해와 박시명 콤비를 추적하고 있었는데, 박시명 선생님께서 돌아가신 지 꽤 되어서 선생님에 대한 흔적을 찾기도, 가족을 수소문하기도 쉽지가 않았다. 한번은 박시명 선생님 손자가 네이버 지식인에 남긴 글을 보고 댓글을 단 적도 있지만 연락하는 데에는 실패했다. 그러던 중 송해 선생님의 또 다른 〈콤비〉가 있었다는 것을 알게 되었다. 바로 〈이순주 선생님〉이다. 전성기 이후 미국에 정착해서 살고 계신다고 들어서 〈아, 미국까지 수소문해서 인터뷰를 하러 가야 하나?〉 하고 약간 절망했는데, 이내 몇 년 전에 한국에 들어오셨다는 기쁜 소식을 접하고 또 얼마 뒤에는 건강이 그리 좋지 않아서 인터뷰가 힘들 수도 있다는 소식을 들으며 몇 번이나 애가 타는 경험을 했다.

실제 인터뷰를 하기까지도 우여곡절을 겪었다. 선생님께서 한다고 하셨다가 안 한다고 하셨다가 선생님 댁은 어딘지 어떻게 지내시는지 알려 줄듯 말듯 아주 그냥 내 애간장을 다 녹이며 수수께끼 같은 날들을 이어 왔다. 인터뷰 당일에도 선생님께서 갑자기 안 한다고 할까 봐 조마조마했다. 그런데 선생님을 직접

뵙고 나니 지금까지 있었던 그런 모든 것이 이해됐다. 걸음이
불편하니 어디를 자유롭게 가지 못하는 상태였고, 타고난 연예인
기질상 뭔가 해보고 싶지만 현실적인 이유로 선뜻 하기가 쉽지
않은 그런 상황이었다.

　　선생님을 뵙기 전에 1970년대 코미디 자료를 찾아보며
선생님이 얼마나 멋지고 대단한 사람인지 예습하고 세뇌해
두었는데, 실제 선생님의 첫인상은 〈귀엽고 자유로운 할머니〉였다.
아담한 체구에서 오는 귀여움과 감각적인 보라색 안경, 대충 두른
것 같지만 외투와 색을 맞춘 머플러, 구겨 신은 하얀색 신발의
조화란! 이것이 바로 〈힙〉 그 자체였다.

　　촬영이 끝나고도 선생님과의 관계는 계속 이어졌다.
통화하는 사이가 됐고, 병원이나 마트에 장 보러 갈 일이 있으면
항상 나를 찾으셨다. 처음에는 어르신 부탁인 데다 거동이
불편하신 것도 충분히 알고 우리 영화에 출연도 해주셨으니 옆에서
돕자는 마음으로 병원을 같이 다녔다. 한 번이면 될 줄 알았는데,
틀니를 맞춰야 하는 치과 치료라 기간을 두고 여러 번 다녀야 했고,
게다가 거동이 불편하니 댁에서부터 예전 살던 동네 치과까지
가려면 하루 반나절 이상은 시간을 빼야 했다. 그런데 한 번 그렇게
같이 다니고 나니 다음부터는 마음이 쓰여 선생님이 매번 찾으실
때마다 선뜻 응하게 되고, 혹은 찾지 않으시더라도 다음 치과 치료
일정을 잡으며 달력에 체크를 해뒀다.

　　그렇게 선생님하고 같이 다니니 밥도 사주시고 가지고 있던
옷도 주시고 이제 끼지 않는 반지도 주시고 뭘 자꾸 하나씩 주셨다.
특히 선생님이 주신 큐빅 반지는 마음에 쏙 들어서 항상 끼고
다니는데 이제 선생님을 추억할 수 있는 건 내 기억과 반지밖에

2020년 2월 3일, 문래동 어느 카페에서 인터뷰 중인 고 이순주.

없다. 그래서 이렇게 새벽에 일어나 글을 쓰고 있는지도 모르겠다.

선생님과 마지막 통화를 할 때도 내게 보고 싶다고 하셨던 게 기억난다. 코로나19가 심각하니 조금 잠잠해지면 뵈러 가겠다고 맛있는 거 먹자고 했다. 선생님을 뵈러 가면 코다리찜을 같이 먹을 생각이었다. 선생님이 보리굴비, 생선찜, 명태찜을 좋아하셔서 같이 마트에 장 보러 가면 항상 들르는 푸드 코트가 있었다. 아주 가끔 다른 음식에 도전할 때도 있었지만, 그럴 때면 다시 다음에 저 집에 가야겠다고 하셨다. 한번은 양이 많다고 생각해 정식 하나만 시켜서 선생님과 나눠 먹었는데, 내가 너무 눈치가 없었는지 코다리찜 소스에 밥까지 비벼 드시는 모습을 보고 내가 뺏어 먹은 것만 같은 생각도 들었다. 씹기가 불편하니 뭐 하나를 끝까지 다 드시는 걸 못 봤는데 코다리찜만은 잘 드셨다. 내 돈 주고 코다리찜을 사 먹어 본 적도 없고 그렇게 좋아하지도 않았는데, 하나의 음식에 이렇게 추억이 많아질 일인가…….

선생님하고 병원이나 마트에 간 거 말고는 별거 안 한 것 같은데 은근히 추억이 쌓였다. 내 음성 사서함에 첫 메시지를 남겨 준 사람도 이순주 선생님이다. 선생님은 음성 사서함을 아주 잘 사용했다. 병원에 갈 때면 항상 아드님께 전화를 걸어 〈병원에 간다, 병원에 잘 왔다, 끝나고 이제 다시 간다〉 등의 이야기를 했다. 처음에는 상대방이 분명 전화를 안 받은 것 같은데 선생님이 전화기에 대고 계속 말하니, 혹시 선생님이 치매에 걸리거나 정신이 온전치 않은 게 아닌지 걱정이었다. 그런데 알고 보니 음성 사서함에 메시지를 남기는 거였다. 내게도 서너 번 정도 음성 사서함에 메시지를 남겨 주신 적이 있는데 오늘 다시 들으려고 들어가 보니 기간이 지나서 그냥 지워진 건지 메시지가 사라졌다.

한번은 〈사랑한다!〉고 남기셨기에 괜히 쑥스러워 그저 듣기만
했는데, 나도 들려 드릴 것을⋯⋯.

　　　글을 쓰면서 자꾸 눈물이 난다. 하지만 선생님이
별세하셨다는 소식을 여러 연예 매체가 알려 주고 또 사람들이 그
기사에 댓글을 많이 달아 주어서 참 고마웠다. 살아 계실 적에
웃음을 많이 주셔서 감사하다는 댓글이 많았다. 이순주 선생님은
사람들의 마음속에 그리고 나의 마음속에 오래오래 살아 계실 테다.

「전국노래자랑」 악단장 신재동

신재동 단장님을 처음 뵌 건 우연이었다. 낙원동 사무실을 한창
드나들던 때, 약속도 하지 않았는데 그곳에서 마주쳤다. 그렇지
않아도 「전국노래자랑」을 촬영하러 가야겠다고 생각하던 참에
〈하늘에서 단장님을 보내 주셨나?〉 할 정도로 기가 막힌
타이밍이었다. 그 이후로 코로나19 팬데믹 상황이 발생해
「전국노래자랑」은 전국을 돌아다니면서 촬영하는 일정을
중단했고, 우리도 「전국노래자랑」을 더는 촬영할 수 없게 됐다.
그런데도 만날 때마다 우리 제작진의 안부를 물어봐 주고, 영화가
어떻게 되어 가는지 궁금해하며 힘을 북돋아 주었다. 그래도
「전국노래자랑」의 악단과 단장님을 안 담을 수가 없기에 촬영
막바지에 추가 인터뷰를 했고, 신재동 단장님은 송해 선생님이
가진 참모습에 대해 아낌없이 들려주었다. 후반부에 인터뷰했지만
핵심적 이야기를 해주셔서 많은 내용이 영화에 새로이 추가되었다.
얼른 상황이 호전되어 〈신재동 악단〉의 혈기 넘치는 라이브 음악과
공연을 볼 수 있는 날이 왔으면 좋겠다. 신재동 악단 파이팅!

『맥심 코리아』최초의 여성 편집장으로 관능적인 여성이 주로
표지를 장식하는 잡지에 「대부」콘셉트의 송해 선생님을 전면으로
내세운 사람이다(책 본문 52~53면과 288면에서 선생님의 멋진
화보를 볼 수 있다). 어떻게 그런 놀라운 생각을 했을까? 〈남성을
위한 잡지이기에 이 시대의 진정한 남자이자 남자들의 우상이 될
수 있는 분을 표지 모델로 삼고 싶었다〉고 한다. 세련된 자수
슈트에 스웨이드 소재 중절모를 쓰고 번쩍번쩍한 금반지와 팔찌를
차고 있는 송해 선생님의 모습이 상상되는가? 이런 모습도 있다고
사람들에게 보여 주면 다들 놀란다. 콘셉트가 그야말로 찰떡이다.
표지에 송해 선생님 인생의 굴곡과 남자다움 그리고 세련미 등을
정말 잘 담았다. 이영비 편집장은 인터뷰에서도 화끈한 면모를
보여 줬는데, 시원시원하고 거침없는 답변 덕분에 촬영은 빠르고
순조롭게 끝이 났다. 영화에서만 보던 멋진 편집장은 현실에도
존재하고 있었다.

원로 연예인 상록회의 조은희

아마 이분이 없었더라면 「송해 1927」은 지금의 구성으로
만들어지지 못했을 것이다. 낙원동 원로 연예인 상록회의 25년
지기 상록수이자 송해 선생님의 든든한 버팀목, 바로 조은희
실장님이다. 우리가 갈 때마다 〈아이고, 고생 많아요. 식사는
하셨어요?〉라며 한 번도 빼놓지 않고 꾸준히 안부를 물어봐 준다.
그러고는 정작 본인은 〈빵순이〉라서 끼니를 빵으로 때우는데, 빵은
제일 기본적이고 간단한 스타일을 좋아한다. 입맛 역시 실장님의
심플한 성격을 닮은 게 아닐까?

낙원동 사무실의 모든 것에는 실장님의 손길이 어려 있다.
숲에 온 듯한 느낌을 주는 여러 식물, 온갖 트로피와 상장,
마작판부터 깨끗하게 닦인 마작 패까지. 그리고 내가 제일
좋아하는, 이곳에 들르면 꼭 마시는 실장님의 비법 3합
커피(둥굴레차에 커피 한 스푼과 설탕 세 스푼 그리고 프림 세
스푼을 넣고 섞는다)까지 말이다!

이곳에서 실장님은 실로 바쁘다. 쉴 새 없이 울리는 전화기에
응대하며 이곳을 찾는 원로들을 일대일로 맞춤 케어하고, 사무실에
직접 방문하는 손님을 맞이한다. 사이사이 매니저처럼 처리할 일도
수십 가지다. 약 2년간 실장님을 보고 배우고 느끼며 나는 이분을
존경하게 되었다. 일 처리가 똑 부러지는 건 기본이고 성품이
대단하시다. 이곳에 오시는 원로들을 모두 진심으로 대하신다.
원로들이 모두 연세가 많기에 응급 상황이 생길 수도 있고 언제
어떤 상황이 발생할지 모르는 일이 다반사인데 이분은 그 모든
것에 대응하고 있다. 원로들의 지갑에 비상 연락망을 다
적어서(사무실부터 원로 가족들의 연락처와 주소까지) 넣어
두거나 행정 관련 처리가 어려운 원로들의 중간 다리가 되어
주거나, 선의가 없으면 절대 할 수 없는 일을 이분은 묵묵히 하고
있다.

영화 진행에서도 많은 도움을 받았다. 촬영에 단서가 될 만한
분을 찾으면 그분의 소식을 알려 주고 또 연결 다리가 되어 줄
사람을 찾아 준다. 또한 도움이 될 사람을 소개해 주고, 송해
선생님과 어떤 방식으로 소통해야 하는지도 알려 주었다. 무엇보다
송해 선생님의 가족과 만날 수 있도록 힘써 주셨다.

조 실장님은 송해 선생님과 함께 낙원동 사무실에서 25년을

보냈다. 그야말로 〈송해〉에 대해 모르는 게 없으며, 오랜 시간
경험으로 얻은 정보를 우리에게 아낌없이 풀어 주었다. 게다가
수많은 기념일에도 실장님의 도움을 받았다. 송해 선생님의 계절별
입맛부터 선물 취향까지 실장님께 조언을 얻으면 모두 만사
오케이! 조 실장님은 이렇게 온종일 낙원동 사무실에서 원로들을
돌보고 집에 가면 또 고양이 일곱 마리를 돌본다.

　　이 자리를 빌려 조은희 실장님께 그동안 정말 고마웠다고,
영화에 많은 도움을 주셔서 이렇게 멋지게 완성할 수 있었다는
말을 전하고 싶다. 앞으로도 낙원동 사무실을 오래오래 지켜
주시고 변함없는 모습으로 그곳에서 또 만나 뵙기를 바란다.

낙원동 어르신들

〈안녕하십니까!〉 어느 날부터 원로들의 사랑방에 젊고 명랑하고
씩씩한 삼박자 PD 하나가 드나든다. 인사는 큰 소리로 잘하니 일단
1차는 합격. 게다가 어찌나 큰소리로 웃고 떠들어 대는지, 관심을
안 가지려야 안 가질 수가 없다. 이제는 〈어! 종남이 왔어!〉라며
반갑게 맞아 주시는 할매와 할배들.

　　그들도 한때는 잘나가던 인물들이다. 친근한 종남이에게
각자의 〈썰〉이 밀물처럼 쏟아지고, 〈내가 왕년에 말이야〉로
시작해서 이야기는 끝이 없다. 각자의 추억에 젖어 옛날 사진을
꺼내 보고 기억도 곱씹어 본다. 마작이 파하는 시점부터는
술자리가 시작되는데 물론 주종은 물어볼 것도 없이 〈빨간 거〉다.

　　가끔 나도 이 시간에 사무실을 방문하게 되면, 저녁 식사
자리에 같이 가자고 초대받기도 한다. 그럼 그때부터 송해 선생님
관련 일화나 낙원동 일대의 이야기, 원로들의 여러 소식이 저절로

낙원동 상록회에서 마작을 두고 있는 송해와 원로들.

수집된다. 이렇게 소소하지만 내밀한 관계를 오랜 시간 맺은
덕분일까? 낙원동 사무실에서 송해 선생님의 촬영이 있을 때도
어르신들의 배려를 많이 받았다. 자연광만 사용하기 위해 사무실의
형광등을 다 끄고, 오디오 녹음에 잡음이 생길까 봐 에어컨도 모두
꺼버린 어느 여름날, 어르신들은 불편하다는 말 한마디 안 하시고
늘 해왔듯 마작을 즐겨 주셨다.

처음 사무실에 방문했을 때나 지금이나 그곳의 풍경은
변함없다. 그런데 이제는 그곳에 안 계시고 하늘나라에서 편히
쉬고 계신 분들이 있다. 내가 갈 때마다 환한 미소로 〈종남이
왔어?〉라고 반겨 주던 그분들의 모습이 여전히 눈에 선한데 말이다.
그분들이 해주신 수많은 이야기, 삶의 지혜와 태도 그리고
그분들의 모습을 오래오래 간직하고 싶다.

송해 패밀리

송해 선생님의 가족분들을 만나면 일단 기분이 좋아진다. 아주
반갑게 인사를 건네주는 덕분이다. 선생님의 직계 가족과 석 씨
문중(사모님이신 석옥이 여사의 직계 가족)의 분들 모두가
그러하다. 우리 제작팀과 선생님의 가족과 친지분들은 지난해 송해
선생님의 아흔네 번째 생신 모임에서 처음 만났다. 첫 만남에
카메라까지 따라와서 조금 낯설어하기도 했지만, 집안 어르신의
일이기에 다들 선뜻 촬영에 동의해 주었다. 게다가 식사 장면을
촬영하는 내내 우리 촬영팀이 신경 쓰였는지 자꾸 뭐 좀 들라고
이것저것 권유해 주는 분들이었다. 우리만 먹어서 미안하다고 이를
어쩌냐고. 이 첫 만남을 계기로 매번 만날 때마다 반갑게 맞아
주는데, 송해 선생님의 첫 손녀가 결혼하는 식장에서도, 명절에

선물을 드리러 갔을 때도, 그 밖에 수없이 만나고 헤어졌던 날에도
말이다.

사실 가족을 촬영하기까지 어려움이 없었던 것은 아니다.
송해 선생님께서 고민 끝에 다큐멘터리 영화 제작에 동의한 후에
말했던 부분 중 하나가 가족은 촬영하지 않았으면 한다는 것이었다.
그도 그럴 것이 가족은 일반인인 데다 지금껏 어느 매체에서도
공개된 적이 없는데, 얼굴이 알려지면 일상생활에 어려움이 있을
수도 있기 때문이다. 그래서 우리 제작진도 가족분들에게 선뜻
다가가기가 힘들었고, 그 부분을 굉장히 조심스럽게 진행했다.
가족분들께서 촬영에 동의하기까지 굉장히 어려운 마음이 있었을
텐데, 이 프로젝트에 대해 깊게 고민하고 이해해 준 점, 완성된
영화를 보고 좋은 영화 만들어 주어서 감사하다고 오히려 우리를
응원해 준 점에 대해 대단히 감사드린다.

효자들

우리 영화는 〈효심〉에서 시작했다. 연로한 부모님 댁에 방문하면
일요일 아침마다 「전국노래자랑」이 알람을 맞춘 듯이 나온다. 그걸
보는 우리네 부모님들은 웃고, 탄식하고, 흥얼거리고 하며 일요일
오전을 보낸다. 수십 년간 그 모습을 지켜본 어느 효자는 생각한다.
〈아! 부모님이 보실 수 있는 영화를 한번 만들어 봐야겠다!〉고
말이다.

그렇게 제작사 (주)이로츠의 김훈태 대표는 송해 선생님을
주인공으로 한 영화를 만들고 싶다고 생각했고, 그 옆에는 철없던
대학 시절 함께 영화 시나리오를 쓰고 단편 영화를 만들던 20년
지기 친구 규열이(조감독)가 있었다. 대학 동창 둘이 어떻게 작당

301

모의를 한 지는 몰라도 이 둘은 송해 선생님 섭외를 위해
「아침마당」의 남희령 작가에게 연락을 꾀한다. 여기서부터 효자의
영화 제작에 대한 꿈이 실현될 수 있는 발판이 만들어지고, 이
발판은 영화 업계를 잘 몰랐던 김훈태 대표가 공동 제작사인
빈스로드의 정윤재 대표를 만나며 확장된다. 송해 선생님이 출연을
고민하던 4~5개월간 이들은 종종 모여 많은 이야기를 나눴고,
감독과 프로듀서 등 제작진 후보를 추렸다. 송해 선생님이 영화
제작을 승낙한 후로는 일사천리였다. 윤재호 감독과 내가 곧바로
합류했고, 프리 프로덕션과 프로덕션 단계를 동시에 진행하며
작업이 이뤄졌다.

지금 생각해도 어떻게 이 사람들이 다 한자리에 모였을까
신기하다. 다들 좋은 사람들만 모아 놔서 〈내 인생에 이런 행운이
다시 있을까?〉란 생각도 든다. 물론 영화를 만들면서 크고 작은
오해와 사건들이 당연히 있었지만, 말과 진심으로 해결하지 못할
일은 없었다. 단지 서로를 잘 몰랐기에 생겼던 마찰이었고, 다양한
사람이 모여 만든 협업의 산물인 영화를 제작하면서 이러한 일이
전혀 생기지 않기를 바라는 것도 말이 안 되는 일이다. 단지 우리는
이러한 문제를 해결할 소통 능력과 의지가 있는 〈아주 좋은〉
사람들이라는 서로의 믿음이 있었을 뿐이다. 이 영화는 우리
제작진 중 누구 하나라도 빠졌으면 절대 만들어질 수 없었다. 각자
제자리에서 제 몫을 넘치게 해준 우리 제작진, 최고다!

「송해 1927」 제작팀

「지금에서야 하는 말인데, 처음에는 송해 선생님이 영화를 잘 찍을
수 있을지 걱정을 많이 했어요. 송해 선생님처럼 이미 대중에게

맨 위는 「송해 1927」의 제작진들과 함께한 모습이며 가운데는 송해의 94세 생일 날 촬영 현장의 스케치이다. 아래는 방송인 강호동을 인터뷰하던 날.

널리 알려진 유명인을 어떻게 영화로 풀어나갈지 하는 게 첫 번째 이유였고, 제일 중요한 두 번째 이유는 송해 선생님께 〈제발 나는 불려 다닐 일 없게 해달라고〉 한 거였는데, 그런데 어째 한 번도 안 불려 갔지 뭐야?」

이 프로젝트의 일등 공신인 남희령 작가의 말이다. 송해 선생님과 오랜 인연으로 영화를 찍을 수 있게 설득해 준 분이니 남 작가님이 없었으면 이 영화는 시작하지 못했을 것이다. 송해 선생님께 영화를 찍고 싶다고 말씀드린 이후로 승낙하기까지 4~5개월의 기다림이 있었다. 선생님이 아무래도 마음에 없으신가 보다, 그만 포기해야겠다 하려던 찰나! 선생님의 승낙 소식이 전해졌다. 그 뒤로는 날개 달린 것처럼 훌훌 지나갔다.

김훈태, 정윤재, 남희령 세 명의 기획자들이 초반의 판을 짜고 거기에 윤재호 감독과 이규열 조감독 그리고 내가 합류하며 프로젝트는 세부적으로 모양새를 잡았다. 우리 제작진은 중요한 갈림길에 설 때마다 서로의 의견을 거침없이 내놓으며 작품의 완성도를 위해 치열하게 싸웠다. 이 영화는 그 산물이자 송해 선생님께 바치는 우리 제작팀의 존경심이다. 그리고 길에서 마주치는 모든 분의 소망과 우리의 소망도 같다.

〈송해 선생님, 오래오래 건강하세요! 사랑합니다.〉

에필로그

송해 선생님, 안녕하세요! 종남입니다.

　사흘 후면 선생님을 처음 뵌 지 딱 2년째 되는 날입니다. 당시
선생님 주변에는 짧게는 10년, 20년을 알고 지낸 분들이 있거나
40년이 더 넘게 정을 쌓아 온 분들도 있었습니다. 저는 그보다는
아주 늦게 뵀지만 대신 2년이라는 짧은 시간을 매우 기막히게
보냈지요. 그리고 우리는 선생님께 〈처음〉인 일들을 많이 했습니다.
첫 주연 작품, 첫 영화제 초청, 가족의 첫 공개적 인터뷰, 손자의 첫
스튜디오 녹음과 아들 송창진의 자작곡을 처음 듣던 순간…….
구순을 넘긴 연세였지만 의외로 선생님이 처음 해보는 일들을
저희와 함께했습니다. 그 순간에 어떤 걸 느끼셨는지요? 감히
가늠되지 않습니다. 첫발을 떼는 아이처럼 두렵지만 설레고 또
해낼 수 있다는 주문과 함께 성취감도 느끼셨을지 궁금합니다.

　얼마 전, 영화 개봉 홍보를 위한 사전 인터뷰에서 선생님이
했던 이야기가 생각납니다. 〈MC라면 이것만은 꼭 갖추어야 하는

게 있을까요?)라는 질문에서, 〈우선 이 사회자라는 사람은
아시다시피 무대에 함께 나오는 분을 존중해야 합니다. 저분이
없으면 내 존재가 없다고 생각해야 해요. 저 사람이 있기에 내가
이렇게 소개할 수 있는 자리에 와 있잖아요? 그렇게 소중히 여겨야
합니다. 조금 강하게 얘기하면, 저는 죽은 나무라도 그 나무가 꽃을
피울 수 있도록 해줍니다. 이렇게 마음으로 존중하고 소중하게
여겨야 해요. 저분이 있어서 내가 사회를 한다, 저 사람이 없으면
나는 사회를 못 본다는 마음으로요〉라고 하셨어요.

선생님은 60년간 다른 사람들의 꽃을 피워 주기만 하셨는데,
이제는 제가 선생님을 꽃피우게 해드리고 싶습니다. 이미 선생님은
인생에 있어 최고의 전성기를 누리셨을 텐데, 제가 어떤 꽃을
어떻게 피워 드릴 수 있을지 앞으로 고민이 되지만 말입니다……
아니면 그냥 안개꽃처럼 (잊을 만하면 나타나서) 소소한 웃음을
드리는 그런 존재가 되어도 괜찮을까요?

선생님의 웃음을 생각하면 기억나는 한 장면이 있습니다.
제가 선생님의 낙원동 사무실에서 선생님과 조은희 실장님과 함께
점심을 먹던 어느 날이었습니다. 조 실장님이 집에서 정성스레
부쳐 온 전과 선생님의 팬분들이 보내 준 밑반찬을 마작판 위에
소소하게 차려 놓고 밥을 먹었죠. 모두 식사를 다 마쳤는데, 전
하나가 남은 게 아니겠어요? 배는 부르지만 맛있는 전을 버리기
아까워 제가 상을 치우다 말고 싱크대 앞에 서서 손으로 집어
먹었습니다. 그 순간, 선생님께서 〈와하하! 저거 봐라!〉 하며
박장대소하셨죠. 선생님이 너무 즐거워해서 저는 전을 먹다 말고
고개를 돌렸더니, 〈아, 우리네 명절 같구나. 참 정겹다. 명절 때
아낙네들이 식사를 제대로 하지 못해 저렇게 부엌 한쪽에 서서

전을 집어 먹고는 했는데!〉 하며 웃으셨죠. 오히려 저야말로 그 순간 선생님의 즐겁고, 소박하며, 진실한 웃음과 만날 수 있었습니다.

항상 다른 사람에게 즐거움과 웃음을 주는 역할만 하신 선생님. 아픈 개인사가 있어도 내색하지 않고 가슴에 묻고 숨죽이며 〈이런 게 프로다!〉 하는 모습을 지금껏 보여 주셨습니다. 그런 선생님을 진심으로 웃게 해드릴 수 있어 저는 그 순간이 잊히지 않고, 선생님과 지낸 시간 중에 내심 가장 뿌듯하기도 했습니다. 〈내가 송해 선생님을 진심으로 웃겨 드렸다니!〉

요즘에는 선생님을 떠올리면 가끔 눈물이 나려고 합니다. 왜인지 잘 모르겠으나 아마 선생님이랑 정이란 게 들어 버렸나 봐요. 제가 나이가 들어서는 아니겠지요? 선생님하고 60년이나 나이 터울이 나는데 제가 선생님께 또 혼날 소리나 하는 건 아닌지 모르겠습니다.

선생님과 함께했던 2년의 세월을 영화로 그리고 또 이렇게 책으로 세상에 내보일 수 있어 너무나도 영광스럽습니다. 부디 이 책을 읽는 모든 분께서 송해 선생님의 인생사에 대해 찬찬히 훑어봐 주고, 선생님이 들려주는 말을 한마디 한마디 음미해 보고, 그렇게 천천히 서서히 송해 선생님께 물드는 시간을 가져 보기를 바랍니다.

선생님을 아는 모든 이의 바람처럼, 송해 선생님! 부디 건강하시고 오래오래 사세요! 언제나 사랑합니다.

2021년 10월 28일, 이기남

사진
© (주)이로츠, 빈스로드(10, 12, 32, 34, 48, 62, 74, 82, 94~95, 100, 150, 154, 158, 178, 184, 194, 198, 202,
206, 210~211, 214, 228, 232~233, 278), 송해 코미디 박물관(20, 40, 71~72, 138, 182),
KBS 미디어(28, 58, 90, 142, 176, 242), 맥심 한국판 2015년 12월 호(52~53, 288), 한국영상자료원(128, 130),
부산국제영화제(216), 평창국제평화영화제 비에이 스튜디오(284, 286)

지은이

송해

일요일마다 세 살 아이부터 백 살 노인까지 모두의 친구가 되어 주는 국민 MC. 분단 70년의 역사가 몸에 그대로 새겨져 있는 한국 현대사의 산증인이자 파란 만장한 대중문화의 발전사가 얼굴에 그려져 있는 한국 연예계의 대들보이다. 또한 모든 사람이 그가 오래오래 장수하기를 바라는 전 국민적 건강 아이콘이기도 하다. 방송인 송해는 1927년 황해도 재령에서 태어났다. 해주음악전문학교 성악과를 다니며 선전대 활동을 하던 중 6.25 전쟁을 맞닥뜨리고 잠시 피난길에 올랐던 것이 그대로 가족과 생이별하게 된다. 부산에서 피난 생활을 하다가 육군 통신 학교의 통신병으로 근무하며 남한 생활을 본격적으로 시작하지만 어릴 적부터 몸에 흘렀던 〈끼〉로 결국 창공악극단에 들어가 유랑 극단 무대에 선다. 이후 코미디언으로 사회자로 또 가수로 재능을 인정받아 방송계에 자리를 잡으며 〈송해〉라는 이름을 전국적으로 알린다. 안타깝게 아들을 잃고 잠시 모든 일을 쉬던 중 1988년 5월 「전국노래자랑」의 MC 제안을 받고 전국을 돌며 서민과 함께 웃고 우는 노래자랑 인생을 시작한다. 대한민국연예예술상과 한국방송대상 그리고 백상예술대상 등에서 특별 공로상을 수상했고, 2014년 대한민국 대중문화예술상 은관문화훈장을 받았다. 2021년 처음 주연한 영화 「송해 1927」로 그동안 대중에게 알려지지 않았던 가족과 일상 그리고 자신의 인생사를 꾸밈없이 공개한다. 현재 대구시 달성군에 자리한 〈송해 코미디 박물관〉의 개관을 앞두고 있다.

이기남

송해의 인생사를 그린 다큐멘터리 영화 「송해 1927」로 처음 데뷔한 영화 프로듀서. 서울에서 1990년에 태어나고 자랐다. 한국외국어대학교 스페인어과와 방송영상뉴미디어과를 졸업한 후 아시아나국제단편영화제와 부산국제영화제 등 크고 작은 영화제의 기획 및 프로그램팀에서 다년간 활동했다. 「송해 1927」로 2020년 부산국제영화제와 2021년 제천국제음악영화제 등 다수의 영화제에 초청되었다. 현재 윤재호 감독의 「숨」과 조준형, 이규열 감독의 「건축학 고양이」를 제작 중이다.

송해 1927

지은이 송해·이기남 **발행인** 홍예빈·홍유진

발행처 열린책들(사람의집) **주소** 경기도 파주시 문발로 253 파주출판도시

대표전화 031-955-4000 **팩스** 031-955-4004

홈페이지 www.openbooks.co.kr **email** webmaster@openbooks.co.kr

Copyright (C) 송해, 이기남, 2021, *Printed in Korea*.

ISBN 978-89-329-2192-1 03810 **발행일** 2021년 11월 15일 초판 1쇄